LA MAIN DE SANG

Tristan Mathieu

LA MAIN DE SANG

1800

*

Roman

Les Presses de la Cité

92, avenue de France – 75013 Paris
ISBN 978-2-258-20238-2
Dépôt légal : octobre 2022

I

1

Bagatelles pour une orgie

Faubourgs de Paris, 17 juin 1800

Armand de Calvimont regardait le paysage défiler par la fenêtre du fiacre. Il quittait les rues puantes de Paris pour les faubourgs et les champs dorés qui nourrissaient la population grouillante de la capitale. Il n'aimait rien tant que sentir l'air frais de la campagne, qui lui rappelait ses années d'aventures dans les plaines sans fin à l'autre bout du monde. Il s'observa dans le miroir ovale qui ornait l'une des parois du fiacre, probablement pour que des courtisanes s'y repoudrent entre deux rencontres. Il vit un homme qu'il reconnaissait de moins en moins : un visage ciselé mais viril – à mi-chemin entre l'aristocrate et le paysan –, couturé de petites cicatrices récoltées par monts et par vaux, pour la richesse ou la gloire.

À près de trente-cinq ans, il n'avait plus grand-chose à se prouver et se savait assez séduisant pour arriver à ses fins. Pourtant, il se sentait marqué, buriné par ses aventures, ce que contredisaient ses cheveux de jais sans aucune trace de grisaille et son absence étonnante de rides. Il lui semblait pourtant avoir déjà vécu et brûlé bien trop de vies. Lorsque le tumulte de son existence se calmait, comme présentement, une lassitude naissante l'étreignait, une inquiétude indéfinissable surgissait, comme si l'âge le taraudait déjà. Ce soir était l'occasion d'oublier tout cela.

Il pensait à Charlotte, chez qui il se rendait et était certain d'échapper à toute forme de mélancolie, et l'image joyeuse de ce corps tout dévoué au plaisir dissipait ses pensées amères. Diable, cette fille de bourgeois enrichi savait y faire ! À peine âgée de vingt-cinq ans elle tenait déjà salon et faisait tourner autour de son doigt tous les bons partis de Paris, ce qui n'était pas sans lien avec le talent exubérant de la jeune femme pour les jeux de l'amour ; elle multipliait les amants et organisait des parties fines avec le gratin de la capitale. Bienheureux Armand, qui, quelques semaines plus tôt, avait réussi à amarrer la belle, juste après son retour en France. La réputation de mystérieux aventurier que lui avait faite son ami d'exil Talleyrand avait probablement joué dans les attentions de Charlotte, mais qu'importe, il était invité à l'une de ses sulfureuses fêtes privées et comptait en profiter autant qu'il le pourrait.

Cette femme le fascinait et l'enivrait. Il ne savait trop ce qui se jouait en lui, mais ne s'en souciait guère : à présent, il voulait se laisser emporter par ce désir aux élans de jeunesse.

Le fiacre le déposa devant le domaine, situé à l'orée des champs, non loin du dôme doré de l'hôtel des Invalides. Le prix de sa course perçu, le conducteur repartit dans un nuage de poussière, laissant Calvimont seul devant la grille ouverte d'un vaste jardin qui entourait de discrétion la demeure du père de Charlotte. Un pavillon de chasse aux allures de manoir, accaparé durant la Révolution par cette nouvelle aristocratie de l'argent qui régnait désormais. La poussière retombée, Armand ôta sa cape, sous laquelle il dissimulait toujours un sabre court. Seuls les militaires avaient le droit d'en porter, mais la belle lame ouvragée, gagnée aux cartes à un vétéran de la campagne d'Égypte, faisait toujours son effet en société. Il la sangla sur le côté avant de s'engager dans le jardin.

Le soir était tombé et il se savait en retard car il avait été retenu par un dernier rendez-vous. Le parc qu'il traversait, dont les fleurs parfumaient la nuit, était entretenu avec goût. De longues charmilles tressées de roses longeaient l'allée où Charlotte, pour l'occasion, avait fait installer un double cortège de hauts cierges qui conduisait au perron. Plongé dans l'ambiance feutrée du jardin silencieux, éclairé par des flammes vacillantes, Calvimont remarqua en gravissant les marches l'absence de domestiques pour l'accueillir ; étrange, d'autant qu'aucun bruit ne filtrait du manoir pourtant éclairé de mille feux à travers ses hautes fenêtres. Surpris, il s'immobilisa.

Alors qu'il hésitait devant la porte, un hurlement déchirant retentit depuis les entrailles de la demeure, un cri pareil à nul autre et qu'il avait déjà entendu maintes fois : celui de la douleur. Aussitôt en alerte, il dégaina sa lame, regrettant de ne plus s'armer correctement sous prétexte qu'il était revenu à la civilisation. Mais les vieux réflexes reprirent vite le dessus, il ouvrit sans bruit la porte d'entrée et se glissa à pas de loup dans la demeure alors qu'une plainte sauvage perçait de nouveau le silence.

Il tomba sur le premier cadavre à l'entrée d'un petit cabinet : une femme nue, défigurée par un coup de couteau, gisait dans une flaque rouge qui teintait ses cheveux blonds. Deux pièces plus loin, il découvrit un nouveau carnage : deux autres femmes aux blessures béantes dans un salon repeint en carmin par le sang. Armand passa entre les corps prostrés, ne leur accordant qu'un regard, car une seule personne importait : Charlotte.

Le cri qui s'éleva, suintant la peur et la souffrance, était proche et indiqua à Calvimont le chemin à suivre. L'affrontement se profilait et l'extrême lucidité qui le précède s'empara de lui.

Il déboucha dans la salle de réception. Trois hommes richement vêtus y étaient attachés à des fauteuils à accoudoirs à tête de sphinx. Deux d'entre eux avaient rendu l'âme et leurs orbites énucléées contemplaient Armand dressé devant l'entrée. Regroupées autour du survivant, trois silhouettes sombres s'activaient, dagues de chasse en main. Mais Armand ne vit rien d'autre que le corps pendu au bout d'une corde nouée au lustre de cristal. Sa belle Charlotte se balançait en une dernière danse macabre, le visage bleui et son gracieux corps nu meurtri d'ecchymoses violacées.

Éperdu, Armand faillit ne pas voir les trois bourreaux qui s'étaient retournés brusquement pour se précipiter sur lui, poignards en avant. Pris par surprise, il sabra un premier homme, dont il fendit le nez et coutura les lèvres ; le deuxième contourna sa garde pour le poignarder au flanc droit, mais la lame ripa sur une côte et Armand répliqua par un violent coup de tête, qui éclata le nez de son assaillant. Le dernier agresseur se jeta sur Calvimont et l'envoya s'écraser contre un dressoir dans un angle de la pièce. Étourdi, Armand se fit à nouveau charger et ne dut son salut qu'à la pointe de son sabre qu'il dressa par réflexe devant lui. Emporté par son élan, l'autre s'empala sur la lame qui se brisa net, laissant Calvimont armé d'un fer rompu. Encore sonné, Armand se releva difficilement, palpant sa blessure au flanc. Il n'eut pas le temps de reprendre ses esprits : deux inconnus masqués surgirent dans la pièce.

Blessé et désarmé, il n'avait plus qu'une issue : la fuite.

Un premier tir de pistolet tonna derrière lui et la balle le manqua de peu en lui frôlant la tempe. Il sortit en trombe du manoir et remonta l'allée de cierges vers le portail. Dans son dos de nouveaux poursuivants lui donnaient la chasse avec force cris et explosions de poudre. Il courait à s'en brûler les poumons, le gravier de l'allée volait sous ses pas. Il atteignit une route poussiéreuse qui se perdait dans la nuit. Armand coupa à travers champs après qu'une nouvelle balle eut sifflé dans l'obscurité.

Il courait, telle une bête traquée. Une sensation qu'il connaissait bien, quand de chasseur on devient proie. Il s'enfonça dans une parcelle de blés mûrs, souillant et déchirant ses habits de soirée, multipliant les détours afin d'éviter les balles et de semer les assassins. Il enjamba des clôtures et traversa des haies en une course folle dans la campagne. Puis les champs laissèrent la place à des chemins de terre qui le conduisirent jusqu'aux premières masures bordant les cultures.

Désorienté et affaibli par ses blessures, Armand tenta de se repérer. Il ne reconnaissait pas les lieux, mais les habitations miteuses lui indiquaient qu'il entrait dans les faubourgs de la capitale. Engourdi par la douleur, il continua son chemin droit devant, sans savoir où ses pas le menaient, ni s'il était toujours poursuivi.

Il lui fallait trouver refuge quelque part, et vite.

Progressant de plus en plus difficilement, le souffle entravé par sa blessure au flanc, Calvimont fut pris de nausées et vomit à un croisement. Il marchait à présent sur des pavés et croisait des gens qui l'ignoraient totalement, le prenant pour un ivrogne ayant fait une mauvaise rencontre dans les rues enténébrées de la capitale. Titubant, il crut apercevoir enfin le dôme des Invalides se dessiner entre deux immeubles. Alors, à bout de forces, il s'écroula de tout son long, les pierres glacées pour seule literie.

Perdu dans un brouillard enfiévré, incapable déjà de réagir, Armand sentit des charognards puants lui fouiller les poches, arracher ses bottes, le dépouiller du peu qui lui restait. Cette humiliante palpation prit fin lorsqu'un tonnerre de voix graves s'éleva dans la rue où il gisait, rapidement suivi de lourds bruits de pas.

— Maudits vide-goussets ! Je te guillotinerais tout ça comme en 93 !

— Sergent ! Celui-là a l'air encore vivant…

Un pied s'enfonça dans les côtes du blessé, qui émit un faible râle.

— Vu les frusques, encore un bourgeois qui croit qu'on ne va plus le détrousser parce que la Révolution est finie. Je l'emmène au Palais, voir s'il y a moyen de se faire quelques piécettes au cas où on le reconnaîtrait. Continuez la patrouille, soldat.

Armand fut soulevé de terre et hissé sur une épaule où il perdit définitivement conscience au gré des balancements du sergent.

2

Rien ne va plus

Palais-Royal, 18 juin

Dans l'ambiance tamisée de la salle de jeu, où l'aube pointait à peine derrière les rideaux de velours rouge, les derniers joueurs de la nuit noyaient leurs pertes dans les brumes de l'alcool et les décolletés béants des courtisanes, dont le fard s'étiolait à la lueur vacillante des chandelles consumées. Un couple était assis à l'écart des parieurs en déveine et discutait à voix basse, non sans s'attirer les regards dévorés de curiosité de ceux qui avaient reconnu le ministre des Relations extérieures, Charles-Maurice de Talleyrand, en compagnie d'une femme dont l'élégance raffinée et la mine délicatement moqueuse contrastaient avec le public bigarré des catins en quête de clients.

— Bonaparte ? Mort ? Me voilà sceptique, monseigneur, le nabot a ses défauts, mais pas celui de perdre. Encore moins la vie.

Talleyrand lui fit signe de baisser d'un ton en parcourant des yeux la faune des joueurs avinés et des courtisanes.

— Surveille ta langue, Julie, les mouchards de Fouché sont partout…

La jeune femme recoiffa sa chevelure blonde comme si elle n'avait rien entendu. Depuis son retour à Paris, elle entretenait les meilleurs rapports avec le ministre de la Police, qui avait eu le bon goût de la rayer de la liste des émigrés. Et si elle devait de temps à autre passer à confesse, quai Malaquais, personne n'avait à le savoir.

— Ainsi, notre cher Premier consul aurait encore tout risqué dans une grande bataille au fin fond du Piémont, mais il semblerait cette fois que sa chance l'ait abandonné... résuma-t-elle.

— Ce n'est pas le moment de plaisanter. Si l'armée est vaincue et Bonaparte disparu...

Le ton inquiet du ministre, malgré sa voix suave, acheva de convaincre la jeune aristocrate qu'il prenait très au sérieux les rumeurs d'une défaite de Bonaparte en Italie contre l'ennemi autrichien. Certaines langues parlaient même de la capture ou de la mort du tout jeune maître de la République.

— Quelles perspectives, pour nous ?

Le flegme de cette femme, quelle que soit la situation, fascinait Talleyrand. Julie ne s'inquiétait jamais de rien. Elle avait hérité de siècles de noblesse un art du détachement, feint ou pas, que ni la ruine de sa famille ni la prison sous la Terreur n'avaient entamé.

— Si Bonaparte ne donne pas de nouvelles rapidement, les ambitieux vont sortir du bois et commencer à s'entre-déchirer, prédit le ministre. Alors restons vigilants, agissons au moment opportun, et si nous jouons bien la partie, nous n'aurons plus qu'à ramasser la mise lorsqu'ils se seront mutuellement dévorés.

Le regard bleu de Julie fut attiré par l'entrée, dans la salle de jeu, de Lucien Bonaparte, ministre de l'Intérieur depuis l'accession au pouvoir de son frère, six mois plus tôt.

— Quand on parle du loup...

Le turbulent Lucien se dirigeait vers Talleyrand en traversant la salle enfumée sans prêter attention à quiconque. Les favoris le long de son visage déjà empâté évoquaient un notable de province.

— ... le voilà qui vient nous renifler, murmura le ministre avant de se lever pour accueillir son homologue, un sourire aux lèvres. Mon cher Lucien ! Vous nous apportez de bonnes nouvelles ?

Coulant un regard appréciateur sur le beau brin de femme à côté de Charles-Maurice, Lucien désigna d'un geste la porte d'un cabinet.

— Pour vos seules oreilles, dit-il à voix basse.

Les deux ministres quittèrent la pièce sous le regard amusé de Julie, qui se rappela que pendant la Révolution Lucien était un jacobin fervent qui se faisait appeler Brutus, en hommage à l'assassin de César. Un souvenir qu'il avait jeté aux orties, et aujourd'hui, arrivé au pouvoir, il plongeait à pleines mains dans les caisses de l'État. Il venait d'acheter un château près de Paris qu'il restaurait à grands frais. En boitillant, Talleyrand guida son collègue dans une chambre de passe tout juste désertée.

Une fois la porte fermée derrière lui, Lucien se mit à faire les cent pas pendant que son homologue s'installait sur un sofa épargné par les ébats de la soirée et se servait nonchalamment un cognac.

— Savez-vous d'où je sors ? éructa le jeune ministre. De chez cette vieille peau de Joséphine ! Cette intrigante puante est indigne de mon frère, elle n'a aucun respect pour notre famille et dépense sans compter dans des frivolités vulgaires. Et ne croyez surtout pas que je ne suis pas au courant du reste… Je sais de source sûre qu'elle reçoit des hommes à toute heure, de jour comme de nuit, alors même que tout Paris bruisse des rumeurs de la mort de son mari ! Quelle honte !

Sirotant son alcool ambré, Talleyrand contempla la face rouge de colère que partageaient trop souvent les Bonaparte.

— L'épouse du Premier consul a ses propres manières de gérer la situation complexe qui est la nôtre… commença-t-il d'une voix apaisante.

— Dépenser n'est pas gérer ! le coupa Lucien avec emportement. D'où lui vient tout cet argent, pardieu ? Ce n'est pas en monnayant ses charmes décrépits qu'elle accumule autant de fonds !

Peu intéressé par les aigreurs du jeune Bonaparte au sujet de sa belle-sœur, Talleyrand détailla la figure tourmentée de Lucien. Depuis qu'un jour de Brumaire, parlant haut et fort devant les députés, il avait favorisé malgré lui le coup d'État, il ne se remettait pas d'avoir servi de marchepied à son frère. Et ce n'était pas sa position de ministre de l'Intérieur qui le consolait, en permanence combattue dans l'ombre par Fouché et sa police secrète.

— Je ne manquerai pas de me renseigner, Lucien, les scandales de corruption nous affaiblissent tous. Sinon, des nouvelles fraîches d'Italie ?

Tiquant au mot de corruption, Lucien reprit son calme et regarda pour la première fois Talleyrand dans les yeux.

— Aucune ! Seulement des bruits de plus en plus insistants de défaite et de retraite de l'armée vers les Alpes. Un tissu d'absurdités, mais qui va finir par transformer Paris en poudrière.

Talleyrand lui rendit son regard et sourit.

— Assurons-nous donc de tenir la mèche, monsieur le ministre.

Lucien resta figé quelques secondes à sonder Talleyrand. Il se méfiait de cet homme qui avait survécu à tout : la chute de la royauté, les excès de Révolution, les folies du Directoire… Mais pour l'instant il en avait besoin : il manquait d'alliés.

— Vous avez probablement raison… Venez me voir au château du Plessis. J'y pars dès ce soir, si je n'ai pas de nouvelles d'ici là.

Tu vas surtout mettre ta tête à l'abri, pensa Talleyrand.

Lucien balaya d'un regard méprisant la chambre où flottait encore un parfum sucré de courtisane.

— Nous pourrons parler en un lieu plus séant.

— Je n'y manquerai pas, Lucien.

Le ministre quitta la pièce tandis que Talleyrand finissait

son verre avant de rejoindre la salle de jeu. Il retrouva Julie au milieu d'une horde d'admirateurs, au grand dam des filles de joie délaissées qui rongeaient leur frein en lui lançant des regards assassins.

— Toujours aussi courtisée, chère Julie ? railla-t-il.

La jeune femme, occupée à murmurer à l'oreille d'un fils de banquier, leva la tête pour sourire au ministre boiteux.

— Ne jouez donc pas le jaloux, mon beau seigneur, cela ne vous sied pas. Alors, dites-moi, le misérable petit roquet a-t-il déversé sa bile ?

D'un regard impérieux, le ministre fit déguerpir les galants avant de s'asseoir auprès de la mercenaire de la vie.

— Joséphine, ses vices et ses tares, comme d'habitude ! Une véritable obsession. Les parvenus ne détestent rien tant que les autres parvenus qui ont mieux réussi qu'eux.

Lançant une œillade malicieuse à un damoiseau dépité qui la dévorait des yeux malgré les deux prostituées attachées à ses bras, Julie se tourna vers Talleyrand.

— Elle, au moins, ne fraye pas avec l'ennemi anglais en pleine guerre.

Le ministre pouffa en désignant la tenue brodée d'or et d'argent de la jeune femme : pas une pièce qui ne vienne des meilleurs marchands de Londres.

— Que de patriotisme, belle Julie ! Je me demande si vos amis de la finance partagent vos pudeurs pour leurs propres affaires. Une bonne partie de la fortune que vous avez sur le dos provient sans doute de trafics douteux avec la perfide Albion.

Julie leva les bras au ciel en une parodie de prière.

— Mes soupirants sont aussi généreux que les banquiers sont voraces, monseigneur.

Talleyrand s'esclaffa, puis il se leva pour ouvrir un rideau et contempler le Palais-Royal ; le jour s'était levé sur les catins qui finissaient leur nuit et celles qui commençaient leur journée. Déjà de nouveaux joueurs se pressaient sous les arcades. Cet antre de débauche était le lieu qu'il préférait dans la capitale, et ce malgré les mouches de Fouché qui y pullulaient.

— Vorace, oui, cette ville l'est tout entière, elle aspire les richesses et l'âme de tous les fous qui viennent se brûler à ses lumières, dit-il sur un ton pensif.

Julie le rejoignit à la fenêtre et observa la relève des prostituées sous les arcades : la danse sans fin de la vie parisienne, dont le Palais-Royal était le cœur battant, du moins pour ceux qui avaient de l'or dans la poche.

— Vous êtes devenu philosophe, monseigneur ?

Talleyrand se tourna vers elle et fit mine d'être vexé.

— Vous savez bien que j'ai toujours méprisé cette engeance pédante, comme toute personne de bien. Pour en revenir à Lucien, il m'a invité dans son château pour discuter plus amplement, je vais avoir l'immense plaisir de contempler l'amas délirant de marbre italien qu'il a érigé en l'honneur de feu son épouse.

— Que d'argent gaspillé en débauche vulgaire, pour une fille de salle, qui plus est ! lâcha Julie avec mépris.

— Fille d'aubergiste, mais passons. L'agitation de Lucien n'est qu'une façade, de même que sa colère envers Joséphine. Il craint que sa chance n'ait tourné en même temps que celle de son frère. Il prépare un mauvais coup et il cherche à m'y impliquer.

Talleyrand ouvrit la fenêtre pour faire entrer l'air pur dans le salon surchauffé et enfumé avant d'enchaîner :

— Les ambitieux se réveillent plus vite que prévu et veulent tous leur part du gâteau.

— Le contraire eût été étonnant, monseigneur. Allons au fait, qu'attendez-vous de moi ?

Le ministre contemplait Paris qui s'éveillait, un sourire mauvais sur les lèvres.

— Vous qui aimez tant jouir de l'argent des autres, partez en quérir ; donnez la chasse aux deniers de Joséphine, elle dépenserait plus que de raison et je veux connaître la provenance de ses fonds. Voilà qui vous changera de vos excès, un peu de compagnie féminine ne peut que vous faire du bien.

Sur ces mots, le ministre quitta la pièce, laissant une Julie pensive dans la salle de jeu où de nouveau l'or tintait sur les tables.

3

La part du diable

Rue du Bac, 18 juin

Armand ne comprenait pas.

Deux hommes le traînaient par les bras dans l'obscurité. Soudain, une lumière aveuglante apparut au bout d'un tunnel. Aussitôt, ils furent engloutis par une foule enragée. À perte de vue, Calvimont ne voyait que des femmes hurlant à la mort tandis que des hommes édentés crachaient sur lui des ruisseaux de fiel. Devant cette masse vociférante tout droit sortie de l'enfer, Armand tenta de s'échapper, mais ses muscles ne lui obéissaient plus. Des mains gluantes le poussaient vers un échafaud sur lequel se dressait une guillotine repeinte de sang qui n'attendait plus que lui. Hurlant de rage et de terreur, Armand vit le bourreau balancer sans ménagement un corps à la nuque encore fumante hors de la planche. La place était libre pour lui. En un instant, il fut ligoté et son cou s'enfonça dans la lunette. Une voix lointaine récitait l'acte d'accusation. Comme il se débattait désespérément, la tête tranchée du précédent supplicié se mit à l'insulter depuis le panier :

— Ton heure vient enfin, lâche ! Déserteur ! Traître !

Vision épouvantable que le visage ensanglanté du roi Louis XVI qui le maudissait ! Juste avant que le couperet tombe et l'expulse de ce cauchemar.

Armand se dressa sur son lit en criant, trempé de sueur, dans une pièce toute de bois et d'or. Une jeune femme en habit de religieuse ouvrit la porte et lança un coup d'œil avant de la refermer et de verrouiller à double tour. Encore embrumé, il contempla son environnement, qui le surprit par son luxe.

Il s'ébroua ; il ne comprenait toujours pas comment il avait atterri en ces lieux inconnus. Puis les souvenirs de la nuit précédente l'assaillirent et, portant les mains à son flanc, il se rendit compte que sa plaie avait été soigneusement pansée.

Une clef tourna dans la serrure et deux hommes à l'allure de portefaix entrèrent, suivis de la religieuse, qui lui demanda de les suivre. Trop faible pour tenter quoi que ce soit et curieux de connaître le sort qu'on lui réservait, il se laissa mener dans une salle d'eau, où on lui ordonna de faire promptement toilette. Armand s'exécuta, non sans soulagement : il se sentait sale.

Il enfila des vêtements simples et confortables apportés par la jeune femme, puis il accompagna les deux molosses dans ce qui semblait être un vaste bâtiment au cœur de Paris, d'après les toits à perte de vue qu'il apercevait par les fenêtres. Après avoir traversé une antichambre déserte, Armand fut introduit dans un grand salon pourpre où était assis le seul homme assez riche et puissant pour lui avoir évité la mort : Charles-Maurice de Talleyrand, ministre des Relations extérieures et ancien compagnon d'exil. Tout en poudre et perruque, l'intrigant avait troqué ses luxueuses tenues d'aristocrate contre un frac bleu-noir plus sobre. Toutefois, les boutons de nacre rosé et les motifs floraux assemblés au fil d'or sacrifiaient peu aux idées nouvelles prônant la modération en toute chose.

— Mon cher Armand ! lança sans préambule Talleyrand, sourire carnassier aux lèvres. La Providence œuvre par des voies mystérieuses pour que vous nous reveniez dans des circonstances si… particulières. Je suis peiné que vous ne m'ayez pas visité plus tôt, bien que j'aie eu quelques nouvelles par des connaissances communes. Vous savez combien je vis retiré...

Talleyrand avait en commun avec Voltaire l'art de mentir avec autant d'effronterie que d'élégance, ce qui fascinait toujours ses interlocuteurs.

— Monsieur le ministre, mon retour est encore frais et je n'osais vous déranger au milieu des tâches écrasantes qui sont les vôtres. Bien que j'aie ouï dire que vous aviez d'ores et déjà fait ma réputation auprès de personnes de bien...

L'ancien évêque leva une main paternelle. La modestie était une de ses armes favorites et ceux qui s'y laissaient prendre l'apprenaient vite à leurs dépens.

— Évidemment, jeune Armand, qui à part moi peut se targuer de connaître un homme ayant à la fois été mercenaire de l'impératrice Catherine, explorateur des Indes et pirate aux Amériques ? Vos aventures sont une réserve sans fin d'anecdotes que je distribue aux plus méritants.

— La Révolution a créé d'étranges destins, monsieur, vous le savez aussi bien que moi.

— Qui pourrait dire le contraire, en effet ? Mais vous avez eu un flair de chien de race : j'ai fait vérifier les listes d'émigrés et vous avez été l'un des premiers à quitter la France. Vous avez senti le vent tourner et, contrairement à tous ces idiots partis pleurer dans les jupes des Autrichiens, vous avez rendu votre exil productif. D'ailleurs, quelles merveilleuses nouvelles folies avez-vous accomplies après mon départ de Boston ?

— J'ai fini par céder à l'appel de cette Frontière dont nous discutions si souvent, ces espaces vierges sont prometteurs, mais seulement au prix du sang et d'incommensurables violences. Vous-même, n'avez-vous pas investi dans ces régions reculées avant votre retour en France ?

À Paris, le bruit avait couru que Charles-Maurice avait réussi une superbe spéculation – des terres immenses achetées à bas prix et revendues à une compagnie hollandaise – dont les bénéfices lui auraient permis d'être un des financeurs discrets du coup d'État de Bonaparte. Mais quand il était question d'argent, le ministre avait l'oreille subitement sourde.

— Avez-vous eu affaire à ces Peaux-Rouges dont la violence obsède tant les journaux américains ? J'ai toujours pensé à une exagération montée en épingle, une maladie bien commune dans un pays si jeune…

— Les Indiens peuvent se révéler brutaux, mais les opportunistes qui colonisent ces terres ne valent pas mieux, leur cupidité causera leur perte. Ça et leur folie luthérienne de la conversion.

— Ha ! Que de morale pour un boucanier tel que vous ! Dois-je vous rappeler comment nous nous sommes rencontrés ?

— Ce ne sera pas nécessaire, monsieur le ministre, je sais ce que je vous dois.

Talleyrand tendit sa main osseuse et tira sur le cordon de la sonnette, dont la musique grêle résonna au fond de la vaste demeure, avant de dévisager son interlocuteur en fronçant les sourcils.

— Dites-moi, mon cher, par quelle nouvelle diablerie avez-vous échoué couvert de sang devant les Invalides ?

Armand raconta rapidement à un Talleyrand éberlué comment, alors qu'il était invité à une soirée chez Charlotte Brunet, la fille du financier, il avait surgi au milieu d'un massacre abominable et que, blessé et désarmé, il n'avait dû sa vie qu'à une fuite éperdue.

Un domestique en livrée apparut pour débarrasser la table de la tasse de café que le ministre avait à peine touchée.

— La jeune Brunet, dites-vous… c'était donc l'une de ces fameuses *soirées* dont bruisse tout Paris, n'est-ce pas ? Narrez-moi tout, Armand, mais cette fois sans négliger le moindre détail.

Armand passa un long moment à rapporter avec minutie les événements de la veille à un Charles-Maurice attentif.

Le ministre resta quelques instants à réfléchir devant son interlocuteur silencieux.

— Armand, j'ai du mal à vous croire. Mais malgré votre propension à l'enjolivement, je ne saurais négliger une affaire pareille. Surtout dans les circonstances actuelles…

— Les circonstances, monsieur ?

— Allons ! Ne me dites pas que vous ne savez rien de la rumeur qui court depuis hier de la mort ou de la défaite du Premier consul !

— Ah, le fossoyeur de la Révolution ! De toute façon, si la nouvelle se vérifie, un autre militaire prendra le relais aussitôt, l'armée est devenue trop puissante pour nous tous.

— Vous avez raison, hélas… Mais revenons à votre histoire de massacre qu'il me faut tirer au clair. Puisque vous êtes impliqué, que diriez-vous de le faire pour moi ?

— Et comment ! Je brûle de mettre la main sur ceux qui ont assassiné Charlotte et m'ont pourchassé comme du gibier !

— Alors partez sur-le-champ au manoir Brunet et lancez-vous sur la piste des assaillants.

Avant de prendre congé, Calvimont offrit à son interlocuteur un sourire ironique.

— Me voilà ainsi au service des nouveaux maîtres de la République, qui l'aurait cru ?

— La Révolution n'est plus et vous travaillez pour moi. Tâchez de ne pas l'oublier. Bonne journée, Armand.

Calvimont hocha la tête sans un mot et sortit. Dans l'antichambre, les deux hommes de main qui l'avaient escorté lui annoncèrent qu'ils l'accompagnaient chez les Brunet. Les rets de Talleyrand se resserraient autour de lui.

4

L'odeur du sang

Rue du Bac, 18 juin

À peine Armand était-il sorti rue du Bac qu'un chariot bâché s'arrêtait devant l'entrée du ministère. Mené par un cocher à l'allure de vieux soldat, le véhicule dissimulait une demi-douzaine d'hommes qui, bien que serrés sous la toile de jute, lui firent une place ainsi qu'à ses deux ombres. Aussitôt installés, le chariot repartit à un train d'enfer vers la rue de Varenne. Après deux vaines tentatives de lier conversation avec ses anges gardiens, Armand se résigna à observer les hommes qui l'entouraient. Il s'étonnait que Talleyrand, personnalité de premier plan, s'implique avec tant de moyens dans ce qui n'était, pour l'instant, qu'une sordide affaire de meurtres en lisière de la capitale. Un empressement qui ne lui était pas ordinaire. Tout comme le fait d'avoir à sa disposition cette cohorte de choc dont Armand se demandait bien où il avait pu la dégoter. Les six hommes partageaient une raideur dans l'attitude et les gestes qui les désignait comme d'anciens soldats. De plus, les boursouflures diverses et variées sous leurs vêtements civils révélaient, pour un œil exercé, la présence de tout un attirail d'armes blanches et à poudre prêtes à être dégainées par ces chiens de guerre.

À Paris, les vétérans étaient légion après huit ans de guerres révolutionnaires qui avaient vu tout un pays combattre le principe de monarchie aux quatre coins de l'Europe. La France était devenue une nation en bottes et en armes. Une tendance que le coup d'État de Bonaparte n'avait fait que confirmer.

Les deux molosses de Talleyrand, quant à eux, semblaient faits d'un autre bois. Bien que taillés comme des débardeurs, ils avaient dans le regard une vivacité que l'expérience de la guerre n'avait pas anéantie. Tous deux chauves comme des galets de la Seine, ils auraient pu être frères. L'un avait une cicatrice boursouflée de la tempe gauche à la commissure des lèvres, qui amena aussitôt Armand à le surnommer « Balafre » ; l'autre, dents serrées en permanence, qui semblait contrarié de naissance, récolta dans l'instant le sobriquet de « La Gaîté ». Amusé par ces trouvailles, Calvimont sourit pour lui-même tout en regardant, par l'ouverture de la bâche, le paysage urbain défiler.

Les allusions de Talleyrand à la situation politique lui revinrent à l'esprit. À présent qu'ils traversaient les faubourgs, il sentait une tension électriser l'air. Nombreux étaient les citoyens qui semblaient plus nerveux qu'à l'habitude. Les regards étaient furtifs, la démarche plus rapide, comme avant l'arrivée d'un orage. Certains commerces avaient fermé leurs volets de bois et des escouades de cavalerie avaient pris place aux carrefours. Le pouvoir se méfiait du peuple. Armand eut un sourire ironique. Restait à savoir qui détenait encore le pouvoir : le tonitruant Lucien, dont on disait que son frère l'avait désigné comme son successeur ? Fouché, dont la police était partout, surtout là où on ne l'attendait pas ? Ou Talleyrand, dans son numéro préféré, celui d'équilibriste ?

À présent, les jardins maraîchers succédaient aux immeubles et le pavé laissait place à la poussière des chemins. Le chariot filait vers la propriété des Brunet, empruntant le même chemin que le fiacre d'Armand la veille au soir, alors même que la partie de plaisir se transformait en orgie de sang.

Armand frissonna à l'idée de retourner sur les lieux du drame, le corps sans vie de Charlotte dansait devant ses yeux. Il n'avait pas été là pour la protéger.

Le chariot s'arrêta devant les grilles du manoir et les hommes de main sautèrent du véhicule pour prendre position dans les jardins, tandis que Balafre faisait signe à Armand de rester à sa place. Quelques minutes plus tard, un des sbires revint en trottinant.

— Personne dans le parc, vous pouvez entrer, déclara-t-il.

— Ma foi, voyons ce que notre petit nobliau vaut quand il ne fuit pas à toutes jambes, lança Balafre en souriant de ses lèvres mutilées.

Calvimont préféra ne pas répondre au rustaud. Il descendit du chariot et suivit les crânes luisants des deux hommes, remontant l'allée de gravier blanc qu'il avait dévalée ventre à terre pour sauver sa vie quelques heures plus tôt.

La porte de la demeure était étrangement fermée de l'intérieur, mais La Gaîté, toujours impassible, l'enfonça de deux grands coups d'épaule en faisant voler l'huis tandis que son compère disposait ses hommes autour du manoir. L'odeur du sang et de la chair corrompue les assaillit aussitôt. Un arôme reconnaissable entre tous, celui du carnage, que ces hommes habitués à la mort étaient capables d'identifier tels des chiens de chasse.

Balafre fit signe à Armand de les conduire vers le lieu du massacre. Calvimont inspira une grande bouffée d'air vicié qui lui retourna le cœur. Retracer les pas qui l'avaient mené à Charlotte allait être éprouvant, mais il fallait bien s'y résoudre.

Il se reprit et s'engagea dans l'enfilade de pièces qui aboutissait à la salle de réception. En entrant, ils butèrent sur un cadavre, une femme blonde dont la profondeur du décolleté s'était remplie de sang séché.

— Égorgée, annonça Balafre.

Son compère, penché sur le corps, sortit de sa poche une sorte d'écarteur afin, sembla-t-il à Armand qui l'observait avec curiosité, de mesurer la plaie.

Balafre tapa sur l'épaule de Calvimont afin de continuer et ils laissèrent La Gaîté à son ouvrage. Ils s'avancèrent au centre du salon où deux femmes engagées pour divertir les invités gisaient dans une mer de sang croûté à l'odeur écœurante. Le molosse sortit un mouchoir qu'il plaqua sur son nez et, à son tour, examina minutieusement les blessures des cadavres. Dérouté par les façons de procéder des hommes de Talleyrand, Armand poursuivit son chemin jusqu'à la salle où, il le savait, l'attendait Charlotte.

Et elle était là, nue, frêle et roide au bout de sa corde, le visage boursouflé et méconnaissable, cette femme en qui on ne pouvait deviner celle qui, la veille encore, était l'une des beautés de Paris. Serrant les dents, Armand se tourna vers Balafre, qui l'avait rejoint :

— Le corps de l'assassin que j'ai occis a disparu. Le sang est encore là, mais pas trace du maraud.

— On aura enlevé son cadavre pour empêcher toute identification. Décrochez la jeune femme, je vais faire le tour des pièces restantes.

Resté seul, Armand ne parvenait pas à détacher les yeux de Charlotte, la veille encore si désirable et dont la chair martyrisée pendait du lustre, telle une triste marionnette au bout de ses fils. Comme beaucoup d'aristocrates de sa génération, il avait perdu la foi depuis longtemps, pourtant il esquissa un signe de croix. Si le Très-Haut existait, qu'il accueille l'âme de Charlotte. Pour sa part, il allait s'occuper de sa dépouille. Il tira un fauteuil sous la suspension et grimpa dessus. Sans une lame sous la main, il s'écorcha les doigts à défaire le nœud confectionné par les meurtriers. Lorsqu'il céda enfin, la corde lui fila entre les mains et son amante s'écrasa dans un bruit spongieux sur le parquet doré du salon. Armand arracha rageusement les rideaux d'une fenêtre et s'empressa d'en couvrir Charlotte avant de s'asseoir près d'elle.

— Je pensais avoir laissé la souffrance et la mort derrière moi, Charlotte... mais où que j'aille la paix me fuit, je ferai donc à nouveau couler le sang, puisque cela semble être mon destin.

Il caressa tendrement l'ovale du visage déjà durci et défiguré par la mort.

— Quels que soient les animaux qui t'ont fait cela, je leur ferai regretter de m'avoir laissé en vie, je le jure sur les ruines noircies de mon château.

Balafre réapparut tandis qu'Armand, sombre et vengeur, méditait encore auprès de son amante.

— Bien, vous avez fait ce que vous aviez à faire. Maintenant il va falloir prouver votre utilité, le rupin. Je me fous de savoir que vous êtes cul et chemise avec le patron, nous devons comprendre ce qui s'est passé ici, et vite. Des visiteurs inattendus peuvent débarquer à tout moment et je n'ai pas envie d'avoir à expliquer aux renifleurs de Fouché ce que nous faisons au milieu de tous ces cadavres.

— La clef du mystère, ce sont eux, répondit Armand en désignant les trois hommes attachés aux fauteuils à accoudoirs de sphinx, qui avaient rendu l'âme sous la torture.

Balafre et Armand s'approchèrent des cadavres dont les traits, rigidifiés par la mort, évoquaient des souffrances et des terreurs infâmes.

— Pardieu, ils ont eu leur compte, ceux-là ! Je n'ai pas vu quelqu'un dans cet état depuis la Vendée...

— La Vendée ? Morbleu, qu'est-ce qu'un massacreur de paysans fait au service de Talleyrand ?

— Vous autres émigrés, vous ne pouvez pas comprendre, il s'est passé tellement de choses ces dernières années, les grands idéaux et les allégeances éternelles ne pèsent pas grand-chose face au souffle glacé de la guillotine...

Circonspect, Armand réfléchissait aux paroles de Balafre tout en examinant les sévices infligés aux suppliciés. Yeux extirpés de leurs orbites, ongles arrachés, doigts et dents brisés, nez réduits à l'état de pulpe : le pire de ce qu'un homme pouvait infliger à son prochain.

— Je ne crois pas que nous tirerons quoi que ce soit de

ces messieurs tant que nous ne les aurons pas identifiés, déclara Balafre.

— Pourquoi ces tortures ignobles ? s'écria Armand. Si leurs bourreaux avaient vraiment voulu leur faire avouer quelque chose, il suffisait de les enlever pour prendre le temps de les interroger tout à loisir.

— À moins qu'ils ne fussent pressés…

— Ça n'explique pas un tel déchaînement de violence : on ne supplicie pas autant de personnes contre un simple renseignement. Ils parlent tous avant d'en arriver là.

— D'où savez-vous ça ?

— Il n'y a pas qu'en Vendée qu'on tue et qu'on massacre. Non, assassiner la fine fleur des libertins de Paris et pendre une femme, tout cela n'a aucun sens… À moins que…

— Pas d'effets de manche avec moi, Calvimachin. À moins que quoi ?

Armand prit son temps pour répondre.

— À moins que ce qu'ils cherchaient ne soit toujours ici.

5

Le sort en est jeté

Route de Saint-Cloud, 18 juin

Assise dans le coche qui avançait prudemment dans la brume matinale, Julie contemplait les forêts et les champs séparant Paris du château de Malmaison. Les filets de brume disputaient le paysage aux rayons du soleil, créant par endroits un tableau digne d'Hubert Robert qui réveillait en Julie de vieux souvenirs d'enfance.

— Qui aurait cru qu'une dévergondée telle que vous serait aussi émue par des effets de lumière dans la boue ?

Essuyant une larme furtive sur sa joue, Julie jeta un regard assassin à la femme qui partageait sa route : Mlle Lenormand, la pythie du faubourg Saint-Germain.

— Garde tes paroles pour tes naïfs clients, Marie-Anne, ou je te ferai passer le goût de la divination…

— Toujours des menaces ! N'ai-je pas payé ma dette après tout ce temps passé à vous préserver de vos ennemis ?

— Lorsque tu auras répondu pour tous ceux que tu as dénoncés durant la Terreur, ta dette sera payée ! En attendant, n'oublie jamais ce que j'ai en ma possession. Et crois-moi sur parole, ta servitude n'est pas près de prendre fin.

Avant d'être la devineresse attitrée du beau monde parisien, Marie-Anne-Adélaïde Lenormand, une petite brune au visage ciselé approchant de la trentaine, avait d'abord tenté de faire fructifier ses talents de visionnaire durant la

Révolution. Elle racontait d'ailleurs à qui voulait l'entendre sa rencontre avec Marat et Robespierre, venus la consulter, et auxquels elle avait prédit une mort violente. À la vérité, elle s'était fait une spécialité de dénoncer les aristocrates qui avaient le malheur de se confier à elle. Arrêtée en 1794, elle avait signé une confession en bonne et due forme qui, par des détours imprévus, avait fini entre les mains avisées de Julie.

La réponse de Mlle Lenormand promettait d'être cinglante, mais fut interrompue net par les cris du cocher, suivis d'une secousse brutale et de hennissements de chevaux : leur voiture venait de se déporter hors du chemin pour laisser passer une nuée de carrosses filant à grande allure en direction de la capitale.

— Jérôme ! Que se passe-t-il ? s'enquit Julie.

— Je ne sais, madame, ces fous filent comme si le diable était à leurs trousses !

Un dernier véhicule les frôla, laissant tomber au passage une malle qui roula dans le fossé.

— On dirait des rats fuyant un navire en perdition ! s'écria Mlle Lenormand.

Pour une fois, la prédiction de Marie-Anne se confirma, lorsqu'à l'entrée du domaine de la Malmaison elles virent un couple, habillé avec opulence, charger lui-même son propre carrosse. La frayeur se lisait dans les yeux.

— Jérôme ! Nous descendons ici ! Trouve un endroit discret où nous attendre, loin de ce capharnaüm.

— Avec plaisir, madame.

Quoique habillée d'une robe aussi longue que moulante, Julie descendit avec aisance du coche avant de se diriger d'un pas déterminé vers l'entrée des jardins du château. Derrière elle, Mlle Lenormand peinait à suivre le rythme, engoncée qu'elle était dans sa tenue bouffante de soi-disant magicienne. Julie s'arrêta devant le portail d'entrée gardé par une cohorte de soldats et la gueule d'un canon. L'humeur était à la défiance. Julie s'avança et salua d'un signe de tête.

— Messieurs, je suis Julie de Swarte. J'accompagne Mlle Lenormand, qui vient visiter Madame Bonaparte.

Le plus grand des soldats, un géant blond aux yeux perçants qui dépassait Julie de plusieurs têtes, sortit du rang pour les observer sous toutes les coutures sans la moindre pudeur.

— Vous seriez bien les premières à vouloir rentrer plutôt que sortir... Qu'est-ce que vous voulez à la Créole ?

— Nous lui apportons des nouvelles de son époux.

— Je le savais ! Le Général est vivant !

Il ordonna aussitôt à ses hommes de les escorter en toute hâte jusqu'au château, ce qu'ils firent avec un enthousiasme qui mit rapidement à bout de souffle les deux femmes. En traversant les différents parterres du jardin, dont une grande partie était encore en friche, Julie put constater qu'une véritable garnison y avait pris place, transformant le parc en une place d'armes improvisée.

— Des courtisans qui s'enfuient, des soldats qui se retranchent, ça sent la débâcle ! lança la pythie dans le style lapidaire qu'elle affectionnait et qui impressionnait ses clients.

Une fois devant la façade du château, Julie fut surprise de sa modestie. Rien à voir avec l'opulence de Saint-Cloud ou la munificence des Tuileries. Au contraire, la Malmaison avait tout de la demeure d'un hobereau de province. Cachée sous des arbres centenaires, embaumée par le parfum des rosiers, elle donnait l'impression d'un havre préservé de la fureur des hommes. Achetée par Joséphine pour fuir Paris, la Malmaison était vite devenue la résidence préférée du Premier consul, qui avait décidé d'y aménager ses propres appartements. Pour l'instant, le château ressemblait plutôt à un vaste chantier à l'abandon. Des échafaudages de bois grinçaient dans le vent, des statues gisaient au sol, et un monceau de pots de peinture barrait l'escalier.

— Même les ouvriers ont fichu le camp ! lança la devineresse, qui commençait à regretter d'être venue.

Esquivant les échafaudages, les soldats précédèrent les jeunes femmes dans un dédale de pièces désertes jusqu'à une aile où ils les remirent à des domestiques, trop âgés ou trop peureux pour s'enfuir. On les installa dans un salon encombré d'une multitude d'objets exotiques, probablement rapportés d'Égypte par Bonaparte.

— Des flagorneurs qui fuient comme des lâches, des soldats paniqués et des palais déserts, mais vous revivez votre adolescence à Versailles, chère Julie !

— Tais-toi donc, sorcière de pacotille, ou je t'envoie prophétiser à Sainte-Pélagie[1].

— Vous y irez avant moi ! Qu'est-ce qui vous a pris d'annoncer que Bonaparte est vivant ? Si j'affirme ça et que c'est faux, je suis perdue de réputation !

— Si Bonaparte est mort, Paris sera à feu et à sang avant la fin de semaine, ta réputation sera alors le cadet de tes soucis.

Marie-Anne Lenormand haussa les épaules, faisant virevolter ses cheveux noirs qu'elle portait longs et bouclés pour accentuer son allure de diseuse de bonne aventure orientale.

— Allons donc, j'ai vu tomber Robespierre, Tallien, Carnot, Barras... tous des idoles du peuple à un moment ou à un autre, et à chaque fois la France s'est trouvé un nouveau maître.

Excédée, Julie lui saisit le bras.

— Regarde autour de toi, idiote ! Une femme abandonnée, probablement morte de peur, entourée de soldats qui ne jurent que par leur précieux *Général*... Tu crois que l'armée, après avoir conquis le pouvoir avec Bonaparte, va laisser quelques politiciens parisiens reprendre les commandes ? Non, si leur idole est morte, tout cela va tourner au massacre.

— Alors que dois-je faire ?

---

1. Sise dans le Quartier latin, cette prison était réputée détenir des femmes de mauvaises mœurs.

— Le grand jeu ! Redonne espoir à Joséphine, fais-lui miroiter le retour prochain de Bonaparte.

Les portes des appartements privés s'ouvrirent à la volée sur l'une des dames de compagnie de Joséphine dans tous ses états.

— Mademoiselle Lenormand ? Par tous les dieux, quelle folie vous a poussée à venir en pareilles circonstances ?

— J'apporte l'espoir à votre maîtresse. Quand puis-je voir l'épouse du Premier consul ? Mais j'oublie mes manières, voici Mlle de Swarte, qui m'accompagne.

Julie exécuta une profonde révérence tandis que la dame de compagnie haussait les sourcils devant cette invitée inattendue aux manières si... Ancien Régime.

— La situation est... tellement difficile. Je ne suis pas sûre que Joséphine puisse vous recevoir...

— Elle le doit, madame ! s'écria la Lenormand avec l'ascendant dont elle tirait si bien parti pour son commerce. J'ai vu ce que nous réserve l'avenir et je dois le confier au plus vite à l'épouse du César ! Notre avenir à tous en dépend.

La dame de compagnie resta éberluée quelques instants.

— Vous avez vu l'avenir ? Après tout, qui sait... suivez-moi.

Julie lança un regard furieux à la devineresse pour ses excès de mélodrame en lui emboîtant le pas. Le léger claquement de leurs talons sur le parquet laissa rapidement place aux cris et aux pleurs qui s'échappaient de la chambre la plus proche.

Au centre d'un boudoir, effondrée sur un sofa jaune citron, Joséphine hurlait à en perdre la voix sur les domestiques qui s'affairaient à tenter de faire rentrer dans de grandes malles un nombre sans cesse grandissant de robes qu'une vieille servante mulâtre apportait par dizaines. Même à la cour royale de Versailles, jamais Julie n'avait vu autant de robes hors de prix.

— Empotée ! Idiote ! Tu as déchiré la mousseline ! Tu mérites que je te livre en pâture aux soldats !

Une bonniche au visage potelé s'écroula à genoux en larmes tandis que la vieille mulâtresse s'efforçait de la réconforter en jetant un regard noir à sa maîtresse.

— Garde tes œillades meurtrières pour les soudards de Lucien qui viendront nous massacrer, vieille peau ! Au moins, tu n'auras pas à être violentée par ces brutes, au vu de tes charmes décrépits ils se contenteront de te découper en morceaux...

— Madame !

Encore rouge de colère, Joséphine se retourna et ravala une exclamation en voyant des visages qu'elle ne reconnaissait pas. Depuis qu'elle approchait des rivages dangereux de la quarantaine, sa vue comme son teint s'étaient brouillés.

— Qu'est-ce donc que cette nouvelle intrigue ? Mes plus proches amis ont fui, mais des inconnues s'invitent dans mon château ?

— La célèbre Mlle Lenormand est là, madame. Elle est venue vous voir, exprès de Paris, pour vous apporter son affection ainsi que des nouvelles urgentes.

Aussitôt Joséphine se précipita.

— Mademoiselle Lenormand, ma chère amie, et moi qui ne vous voyais pas ! Pardonnez-moi, je suis abandonnée de tous, et le désespoir m'aveugle.

La devineresse s'essaya à une révérence et s'empêtra dans ses falbalas. Elle se sortit d'affaire en désignant Julie.

— Je vous présente Mlle de Swarte, qui m'accompagne dans ce périple jusqu'à vous.

Avant même que Joséphine réagisse, la pythie lui saisit la main, roula des yeux avant de les plonger dans ceux de la première dame de la République.

— Madame, l'espoir n'est pas perdu, laissez-moi vous dévoiler votre avenir, car vous n'êtes pas destinée à fuir loin de votre époux.

— Napoléon ? Que dois-je faire ? Que voulez-vous ?

— Il nous faut tirer les cartes, madame. Vous connaissez leur pouvoir. Êtes-vous prête ?

De sa jeunesse aventureuse, Joséphine avait toujours gardé une sourde confiance dans sa bonne fortune. Elle avait vu sa famille ruinée, son premier mari guillotiné, sa propre vie menacée. À chaque fois elle s'était relevée pour bondir plus haut. Toujours plus haut. En ce jour où elle risquait de tout perdre, elle était prête. À tout.

— Plus que jamais.

— Ainsi soit-il, retirons-nous toutes les quatre à l'écart de vos dames afin de démêler les fils du destin, dit la devineresse d'une voix soudainement grave.

Joséphine saisit Mlle Lenormand par la main et l'entraîna dans une pièce attenante, suivie de Julie et de la dame de compagnie qui avait introduit les deux femmes. Elles allumèrent des bougies et tirèrent les rideaux tandis que Joséphine et la devineresse s'asseyaient à une petite table, face à face. Dans la lumière vacillante d'un chandelier, usant de gestes lents et empreints de solennité, Marie-Anne étala une à une les cartes d'un jeu de tarot.

— Choisissez quatre cartes que vous disposerez en croix.

Joséphine s'exécuta ; Julie remarqua qu'elle ne portait plus aucune bague et que ses mains tremblaient.

— Pour chaque carte, vous allez poser une question au moment où vous la retournerez.

— N'importe quelle question ?

— Oui.

— Et vous allez me répondre ?

La Lenormand sourit comme une sainte en extase.

— Non, c'est le destin qui va le faire.

6

Le goût de la poudre

Manoir Brunet, 18 juin

Confronté à la scène du massacre, Armand s'interrogeait sur la justesse de ses déductions. Il s'écarta des cadavres et recula jusqu'à l'entrée de la pièce : les trois chaises étaient disposées en arc de cercle. Une véritable mise en scène.

— Et si on avait affaire à une provocation sordide, à un message, qui expliquerait la brutalité de ce massacre et la pendaison spectaculaire de Charlotte ?

Balafre se passa la main sur le crâne comme pour hâter la germination de ses idées.

— Une sorte de peinture macabre afin de choquer le bourgeois ? Compte tenu de la situation politique, ça aurait son petit effet. Des nantis qui se font égorger, ça sent son jacobin à plein nez, le retour de la Révolution, la guillotine de 93… On provoque la peur et les possédants se mettent à genoux pour réclamer l'ordre…

Calvimont eut un sourire amer. Balafre était bien la créature de Talleyrand. Il pensait comme son maître. Pour autant, Armand ne croyait pas à une manipulation politique. Trop risquée dans la situation volcanique actuelle.

— Ou alors les assassins avaient réellement besoin d'obtenir sur place l'information qu'ils désiraient. Vous avez fouillé tout le manoir ?

— Oui, il n'est pas si grand qu'on pourrait le croire de

l'extérieur... Vous pensez à une pièce cachée ou une surprise dans ce goût-là ?

Calvimont acquiesça.

— C'est le manoir du père de Charlotte. Il ne manque pas d'amis riches et puissants, le genre de relations qu'on aime bien recevoir loin des regards indiscrets. Autant pour le plaisir que pour les affaires.

La Gaîté entra dans la pièce, accompagné des hommes de main. Ils avaient revêtu de longues capes grises sur leurs redingotes. Quelques-uns portaient un masque sur la bouche comme pour se protéger des miasmes.

— Nous embarquons les corps pour le Grand Châtelet[1], vous avez trouvé quelque chose d'utile, ici ?

— Notre génie d'aristo ci-présent pense qu'on devrait casser les murs pour vérifier si le propriétaire n'a pas une cache secrète...

— Nous n'avons plus beaucoup de temps si nous voulons rester discrets, mais autant fouiller à fond, proposa La Gaîté. Si on revient voir le patron avec rien d'autre que des cadavres, ça ne va pas bien se passer. Alors, allons-y : mettons la maison à sac.

— Comme au bon vieux temps de la Vendée ! s'écria Balafre en commençant à palper et frapper les murs tandis que La Gaîté déplaçait les meubles.

Ne sachant trop comment s'occuper pendant qu'on emportait les corps de Charlotte et des autres victimes, Armand décida de mettre à profit son expérience de marin en sondant le parquet qui n'était, après tout, pas si différent du pont d'un navire.

Après plusieurs minutes à éprouver les lames de bois ciré, Calvimont remarqua qu'un endroit du salon réagissait différemment à son oreille. Il entreprit de desceller les lattes, vite rejoint par La Gaîté, qui se révéla bien plus doué que lui pour réduire le parquet en morceaux.

1. Sis en bord de Seine, il abritait la morgue de Paris.

Ils finirent par mettre au jour une ouverture qui donnait sur un vieil escalier à vis. La Gaîté battit son briquet à silex. Les marches étaient profondément creusées, preuve qu'elles dataient de bien avant la construction du manoir.

— Nom de nom, vous en avez dans la caboche, l'aristo ! s'exclama Balafre avant de se tourner vers La Gaîté. Dieu sait ce qui nous attend là-dessous, nous pourrions avoir besoin de nos hommes.

Penché sur la bouche béante, il entreprit d'examiner les reliefs du parquet fracassé et trouva un ressort brisé qui pendait sous le bois.

— Il doit y avoir un bouton pressoir quelque part pour actionner la trappe. En tout cas, le ressort est huilé de frais. On a emprunté cette entrée voici peu.

La Gaîté revint, escorté des sbires qui s'étaient dépouillés de leurs capes.

— Trouve-moi une lanterne, commanda Balafre, il fait noir comme dans un four là-dedans.

— J'y ai pensé, répondit La Gaîté, j'ai pris celle du chariot.

Armand s'empara de la lanterne où grésillait la cire d'une chandelle et vérifia l'étanchéité de chaque paroi de verre. Dans le monde souterrain, le moindre souffle pouvait moucher une flamme et vous plonger dans d'angoissantes ténèbres.

— Allons-y, ordonna Balafre.

Le duo descendit la spirale de l'escalier et déboucha dans une salle voûtée faiblement éclairée par des lanternes qui finissaient de se consumer le long de murs couverts de salpêtre.

— On se croirait dans la crypte d'une église.

— Tu ne crois pas si bien dire, Balafre, la voûte remonte clairement au Moyen Âge.

— Balafre ? Je m'appelle André, bougre de rupin !

— Calme, l'ami, et regarde au fond, il y a une autre pièce.

Les deux hommes pénétrèrent dans une salle plus petite, encombrée de sacs éventrés et de ferraille. Au milieu de ce chaos, ils découvrirent un tonneau rempli à ras bord de poudre noire mélangée de morceaux de métal, du clou rouillé à la lame de couteau.

— Une simple étincelle et nous disparaissons tous dans une colonne de feu. Il faut immédiatement prévenir Talleyrand, il y a ici de quoi faire sauter tout un quartier de Paris.

La lanterne à la main, Balafre examinait un seau en bois d'où émergeaient des cordes plus ou moins longues et épaisses.

— Vraiment ingénieux ! Ces ficelles trempent dans de l'eau-de-vie. Il suffit de les allumer à un bout pour que la flamme se propage à l'autre. Parfait pour faire exploser un baril de poudre rempli de mitraille. Sans compter qu'avec une corde suffisamment longue et épaisse, celui qui allume la mèche a le temps de disparaître.

Calvimont montra deux longues traînées noirâtres sur le sol en terre battue de la cave.

— Et visiblement, on a fait des essais.

À peine Armand avait-il terminé sa phrase que des bruits sourds de percussion et des cris résonnèrent, venant de la salle voisine, où ils se précipitèrent pour tomber sur une scène inattendue. La Gaîté et ses hommes, armes en main, faisaient cercle devant un pan de mur qui commençait à s'effriter sous des coups donnés depuis l'autre côté. Comme Balafre s'avançait, le mur s'effondra dans un tonnerre qui envahit toute la cave dans un nuage de poussière, laissant le passage à un homme dont la simple vue fit baisser les armes de tous les soudards de Talleyrand.

Incroyablement maigre, le visage épointé et les yeux froids comme la mort, Joseph Fouché, ministre de la Police, venait d'entrer par la béance ouverte dans le mur éventré, glaçant net les velléités de La Gaîté et de Balafre, qui reculèrent pour se placer derrière Armand. On avait beau travailler pour l'homme le plus subtil du pays, on n'en menait néanmoins pas large quand on tombait sur le diable en personne. Si Talleyrand avait quelques cadavres à se reprocher, le ministre de la Police, des mitraillés de Lyon à la tête fracassée de Robespierre, était, pour sa part, un cimetière ambulant.

Pendant qu'une dizaine de policiers investissaient la pièce, pistolet en joue, Fouché balaya du regard l'assemblée et s'arrêta sur Armand.

— Monsieur de Calvimont, justement l'homme que je cherchais.

Armand n'avait jamais eu le déplaisir de rencontrer Fouché, mais il le reconnaissait aux rumeurs diaboliques qui le précédaient et qui ne lui rendaient pas justice : l'homme était pire que sa réputation. Il ressemblait à un spectre tout juste sorti du tombeau, exsangue et les yeux sans vie, aussi désagréable que perturbant.

— Lorsque notre ami ci-devant aura fini de m'observer, il aura l'obligeance de demander à ses gens de quitter les lieux. Ma police s'occupe de tout, désormais.

La Gaîté et Balafre se précipitèrent dans l'escalier, suivis comme une seule ombre par les vétérans, trop heureux de s'en tirer à si bon compte. Fouché se tourna vers ses hommes.

— Fouillez la maison pendant que je discute avec notre hôte.

Les policiers se divisèrent en deux groupes, l'un remonta dans le manoir, l'autre passa dans la salle où patientait le tonneau de poudre. Restés seuls, Armand et Fouché se défièrent du regard.

— Monsieur de Calvimont ! Je m'impatientais de vous rencontrer depuis votre retour en France. Les nobles de votre envergure se font bien rares, de nos jours.

— Vous vous en êtes personnellement assuré, monsieur le ministre, à Lyon comme en Vendée !

— Allons donc, votre précieux cœur au sang bleu crierait vengeance pour tous ces paons poudrés envoyés à l'échafaud ? Non, vous êtes d'une autre race que ces parasites dégénérés dont nous avons débarrassé le pays, vous incarnez l'ancienne noblesse, celle qui ne craignait pas de se salir les mains.

— Nécessité fait loi en ces temps troublés, n'est-ce point comme cela que vous justifiez vos bains de sang quotidiens ?

Fouché eut un battement de paupières, signe chez lui qu'il n'appréciait guère la réplique.

— Je connais les tréfonds de votre âme, Calvimont, je sais tout de vous : l'incendie de votre château en Périgord, juste avant la Révolution, pour une sombre affaire de femme bafouée, une réapparition miraculeuse dans une unité cosaque en Crimée en 1794, vos dépravations à la cour lubrique de la tzarine Catherine...

— On ne déprave pas une impératrice, monsieur, on la sert.

— Voilà donc cet esprit dont on m'avait tant parlé ! s'écria Fouché, l'œil soudain allumé d'un semblant de vie. Et si nous abordions la suite ? Votre départ précipité de Russie n'est pas un secret pour moi, pas plus que votre implication dans d'obscurs trafics aux confins des Indes anglaises...

— Pourquoi ce si vif intérêt, monsieur ? À quoi bon tant d'énergie pour déterrer un passé révolu ?

— Je sais à quoi m'en tenir à votre sujet, Calvimont. Votre carrière de flibustier dans les Caraïbes n'a rien à envier à mes mitrailles les plus sanglantes. Sans Talleyrand, les Américains vous auraient pendu haut et court.

— Tout en revient donc à notre ami boiteux...

— Qui d'autre ? Vous vous êtes enrichi avec lui à Boston, et voilà que je vous retrouve ici, avec ses deux chiens de garde, dans un nouveau complot, et pas des moindres.

Calvimont fit un geste vers la salle basse où se trouvait le tonneau de poudre et de mitraille.

— Vous savez très bien que je n'ai rien à voir avec ça. Je ne suis ici que pour venger la malheureuse pendue à l'étage !

— Oh, épargnez-moi ces balivernes ! Cette catin, fille d'un corrompu notoire, n'est qu'un prétexte dans votre jeu avec Talleyrand, et je vais découvrir de quoi il retourne. Maintenant, filez faire votre rapport à cette vieille chouette en bas-de-chausses.

La mâchoire serrée, Calvimont tourna les talons et monta le vieil escalier quatre à quatre, déboulant dans le manoir livré aux policiers, qu'il traversa sans un regard.

À l'entrée du domaine, personne ne l'attendait, tous les sbires de Charles-Maurice avaient fui avec le chariot, peu désireux de se frotter à la police de Fouché, avec laquelle nombre d'entre eux devaient déjà avoir eu maille à partir.

Sous le brûlant soleil de juin qui montait à l'assaut de son zénith, Armand laissa derrière lui la dernière demeure de Charlotte et se mit à marcher vers Paris, où l'attendait son vieux compagnon d'exil qui, une fois de plus, l'entraînait dans l'un de ses sempiternels complots.

7

Les cartes du destin

La Malmaison, 18 juin

Joséphine avait toujours été attirée par le mystère. Depuis qu'elle avait échappé à la guillotine de Robespierre pour devenir la femme la plus puissante de France, elle s'interrogeait sur les forces inconnues qui avaient modelé son destin. Parfois, pelotonnée sur une bergère, le regard rêveur posé sur le parc à l'anglaise du château, elle croyait deviner dans ces allées sinueuses les bifurcations et les carrefours de sa propre existence.

Elle pensait alors à son premier mari, Alexandre de Beauharnais, dont ses deux enfants, Hortense et Eugène, portaient le nom. Un mariage aussi vite arrangé que raté, mais qui lui avait ouvert les portes du Tout-Paris. Une époque heureuse de sa vie, comme un bal sans fin. Pourtant son époux s'était écarté d'elle, la jugeant trop frivole pour ses propres ambitions. Il avait un nom et voulait en faire un synonyme de gloire : la Révolution allait lui en donner l'opportunité.

Fervent partisan des idées nouvelles, il était rapidement devenu une étoile montante de la vie politique, mais l'étoile s'était révélée filante. Les purs et durs de la Révolution, qui voyaient des rivaux partout, avaient rapidement fait décapiter cette tête qui dépassait un peu trop. Une mort tragique, injuste, mais que Joséphine, désormais veuve Beauharnais, avait su subtilement faire fructifier. Dans le monde, les femmes la plaignaient, les hommes la désiraient : elle était au centre de toutes les attentions. Ce mari, qu'elle n'avait pas eu le temps d'aimer, s'était révélé bien plus utile mort que vivant.

— Madame ?

Joséphine ouvrit ses paupières bistrées de fatigue. Quand elle dormait mal, elle devenait immanquablement nostalgique.

— Madame, vous devez tirer quatre cartes.

La Lenormand montra les cartes qu'elle avait disposées en éventail.

— Il y a vingt-deux cartes, que l'on appelle des lames majeures. Elles proviennent du plus haut savoir, celui des prêtres de l'Égypte ancienne. Ce sont elles qui vont nous éclairer.

Sans paraître choisir, l'épouse du Premier consul tira une carte, puis une autre.

— La première en haut, la suivante à droite, la troisième à gauche et la dernière...

Au moment de saisir la quatrième carte, Joséphine hésita. Ce n'était pas la première fois qu'elle interrogeait le tarot divinatoire, mais, cette fois, l'enjeu était de taille.

— Vous devrez la poser au centre du triangle, encouragea la Lenormand, c'est la carte maîtresse. C'est elle qui vous dira le destin de Bonaparte... et le vôtre.

L'épouse du Premier consul interrogea d'un coup d'œil inquiet sa dame de compagnie, Mme de Kreny, qui resta impassible. Elle connaissait trop bien Joséphine, ses sautes d'humeur et son irrésistible mauvaise foi. Mieux valait ne pas se mêler à cette mascarade. Si par malheur la carte se révélait de mauvais augure, Joséphine fondrait sur elle comme un corbeau de malheur. Avec les puissants, surtout quand ils le sont depuis peu, on a toujours tort.

— Voilà, dit Joséphine en complétant enfin le tirage.

Mlle Lenormand désigna la carte du haut.

— Vous avez le choix : soit votre question porte sur le sort d'une personne, soit sur un thème comme la santé, la fortune...

— Que la carte me dise ce qu'il va advenir de ma fille, Hortense.

La question surprit Julie, qui ignorait tout des problèmes familiaux de Joséphine. Méprisée par les sœurs de Napoléon, calomniée par ses frères, détestée par toute la famille, elle caressait en secret un projet hardi pour vaincre l'hostilité des Bonaparte. Un plan dans lequel sa fille, sans le savoir, avait le premier rôle. Mlle Lenormand retourna la carte et annonça :

— L'Amoureux !

— C'est lui, je le reconnais ! s'écria Joséphine en pointant le doigt sur le dessin coloré d'un jeune homme surplombé par un Cupidon. Il est entouré de deux femmes, je le savais ! Celle de gauche, la plus belle, ne peut être que ma tendre Hortense. Quant à l'autre, elle porte une couronne...

Mme de Kreny se pencha discrètement sur la devineresse et Julie.

— Vous avez mis dans le mille ! Joséphine est convaincue que le personnage est Louis, un des jeunes frères du Premier consul, qu'elle veut voir épouser Hortense, ce qui est loin de faire l'unanimité parmi le clan Bonaparte.

Julie se demanda si l'avisé Talleyrand était au courant de cette subtile stratégie matrimoniale. En unissant les deux familles, Beauharnais et Bonaparte, Joséphine renforcerait sa position. Ce que le ministre des Relations extérieures verrait d'un mauvais œil, lui qui, dans toute alliance dont il n'était pas à l'origine, décelait le risque d'une coalition contre lui. Et puis, il n'avait jamais porté dans son cœur la femme de Napoléon, la jugeant irrémédiablement futile.

— Il apparaît clairement que ces maudits Corses veulent donner une aristocrate en mariage à Louis, peut-être même une princesse déchue, déclara Joséphine sur un ton excédé.

Ces parvenus sont prêts à tout ! Encore un coup de Lucien, j'en suis certaine !

Elle tourna le regard vers la cartomancienne, dont elle tapota la main avec gratitude.

— Mais grâce à vous, je suis prévenue. Vite, retournons une autre carte !

— Vous souhaitez qu'elle concerne...

— Ce chien de Lucien !

Joséphine s'empara de la lame qu'elle jeta sur la table. À la lueur des chandelles dont la cire commençait de goutter sur le marbre, Julie découvrit une curieuse représentation : on voyait une tour, frappée par la foudre, d'où chutait un homme au milieu d'une pluie de débris.

— La Maison Dieu, prononça la Lenormand d'une voix sépulcrale, la pire des cartes. La vengeance divine. Il n'y a aucun doute, votre ennemi Lucien va tomber de très haut.

— Il va perdre sa position de ministre ? interrogea Joséphine avec anxiété.

— Pire que ça ! répliqua la devineresse sur un ton théâtral.

Joséphine était transfigurée. En un instant ses yeux se mirent à briller et le rose colora ses joues. Elle leva le regard sur Mme de Kreny.

— Nous sommes sauvées !

La Lenormand posa le doigt sur la carte de gauche. Le fer était chaud, il fallait le battre.

— Et maintenant, madame, que souhaitez-vous apprendre ?

— Parlez-moi de ma fortune !

Mme de Kreny eut un frémissement réprobateur et pinça les lèvres. Depuis le temps qu'elle fréquentait Joséphine, elle connaissait de près ses tourments financiers infinis. Ni la fortune de sa famille, ni celle des Beauharnais, ni les sommes folles envoyées d'Italie par Bonaparte n'avaient suffi à satisfaire sa soif effrénée de dépenses : un gouffre sans fond qui manquait à tout moment de l'engloutir. À tel point que, dans sa quête compulsive d'argent, Joséphine faisait feu de tout bois au risque de se brûler. L'épouse du Premier consul retourna la carte d'une main tremblante.

— Le Bateleur, annonça la Lenormand.

Jamais Julie n'avait vu une carte aussi étrange. Elle représentait un homme debout, dans des vêtements multicolores, devant une table de bois où étaient éparpillés des objets sans lien apparent : un couteau, un verre, des cubes minuscules... Mais ce qui frappa le plus la jeune femme fut la réaction de Joséphine et de sa dame de compagnie : elles étaient pétrifiées. Mme de Kreny restait bouche ouverte tandis que sa voisine écarquillait les yeux comme si le diable venait d'apparaître devant elle. Leur saisissement coupa même le sifflet de la Lenormand.

— Peu importe l'argent, intervint Julie en couvrant la carte de la main, ce qu'il nous faut savoir, c'est si Bonaparte est mort ou vivant !

Devant ces paroles d'autorité, Joséphine se ressaisit, non sans plonger un regard effaré dans celui, sidéré, de Mme de Kreny.

— Oui, je dois savoir.

— L'avenir de la France en dépend, proclama la Lenormand, retournez la carte, madame, je vous en prie.

Sans un mot, Joséphine recula sa chaise et se leva. Dans la demi-pénombre, les bras nus et la chevelure défaite, elle avait tout d'une reine en exil. Elle se dirigea d'un pas lent vers la fenêtre, dont elle écarta les tentures. Elle posa le front sur la vitre tiédie par le soleil du matin. Le parc était silencieux, comme endormi sous les grands arbres dont elle voyait la cime se balancer au souffle d'un vent invisible. Tout était serein et paisible. Joséphine se sentit vaciller. Que deviendrait-elle si Bonaparte était mort et qu'éclatait la guerre des prétendants au pouvoir ? Qui la protégerait ? Pas la famille de Napoléon et encore moins ses vieux amis, les Barras, les Tallien, qu'elle avait sacrifiés à l'ambition de son mari. Elle se rendait compte que, depuis le coup d'État du 18 Brumaire, elle vivait sur une corde raide et qu'elle risquait de chuter de haut.

— Madame ?

Le dos noir de la dernière carte brillait sous le feu des chandelles, attirant tous les regards. Sauf celui de Julie, laquelle s'interrogeait : comment une simple image pouvait-elle provoquer une telle réaction ? Les deux femmes avaient réagi comme deux complices prises la main dans le sac. Il y avait sûrement entre Mme de Kreny et Joséphine des secrets enfouis aux parfums d'alcôve et aux reflets d'or. Une piste à suivre...

— Je suis prête, dit Joséphine en reprenant sa place. Mademoiselle Lenormand, tirez la carte.

— Mais, madame, je ne peux pas, s'écria la devineresse, l'influx est essentiel ! Seule votre main doit toucher la carte capitale !

— Voulez-vous que je le fasse ? intervint Julie.

La devineresse applaudit hypocritement.

— Une main pure et innocente, voilà ce qu'il nous faut ! Dieu saura la guider !

Julie saisit la carte entre le pouce et l'index, la retourna d'un geste vif. L'épouse de Bonaparte poussa un cri.

— Un pendu !

Mme de Kreny se leva, repoussant brusquement sa chaise qui roula au sol dans un fracas qui fit hurler Joséphine.

— Nous sommes perdues !

— Vous n'y êtes pas, madame, car vous ne voyez qu'un pendu, rétorqua la devineresse. Le bonhomme ne l'est pas vraiment, vous remarquerez que la carte est à l'envers...

— Il y a espoir ? demanda Mme de Kreny.

— Et comment ! Pour commencer, le pendu l'est par un pied, ce qui veut dire qu'il n'est pas mort. Quand elle est posée à l'endroit, cette carte est le symbole d'un homme prisonnier de lui-même, incapable de se surpasser, de se transcender. En revanche, quand elle est dans ce sens...

Tous les regards étaient rivés sur la pythie, même Julie

la fixait avec surprise. Jamais elle n'aurait pensé que la Lenormand arriverait à faire merveille avec pareille carte. Il n'y avait pas à dire, la sibylle de la rue de Tournon, comme l'appelaient les gazettes, savait captiver son auditoire.

— Mais que dit-elle ? s'enquit Joséphine avec ferveur.

— Madame, elle nous dit que le Premier consul va remporter une grande victoire, vaincre tous ses ennemis et rentrer à Paris auréolé de gloire.

Bouche bée, Joséphine regardait cette carte qui lui annonçait de si stupéfiantes nouvelles. En l'espace d'un instant, elle était passée de la chute à l'apothéose. Une volte-face du destin qui la laissait sans voix.

— Madame, lui dit Julie, maintenant que vous savez ce que l'avenir vous réserve, n'attendez pas qu'il vienne frapper à votre porte. Retournez à Paris, montrez-vous. Votre hardiesse clouera le bec de vos adversaires et remplira de fierté votre mari.

Joséphine leva le regard sur le jeune visage. Les cheveux blonds frisottés contrastaient avec la détermination du regard bleu.

— Quel est votre nom, déjà ?

— Julie de Swarte.

— Je saurai m'en souvenir, affirma-t-elle avant de se tourner vers Mme de Kreny. Partez sur-le-champ pour les Tuileries afin de préparer mon retour.

La dame de compagnie se leva et s'inclina.

— Mais avant (Joséphine montra la carte du Bateleur sur la table), faites le nécessaire pour que rien ne ternisse le retour de Napoléon.

Enfin, elle se tourna vers la Lenormand.

— Quant à vous, je ne saurai jamais assez vous remercier d'être venue me secourir quand tous m'abandonnaient. Et en attendant que je puisse vous prouver plus encore ma reconnaissance, prenez cette bourse.

La pythie ne se fit pas prier : elle s'empara des cordons

de soie du réticule et l'engloutit dans son abondant corsage avant de s'incliner jusqu'au tapis.

— Madame, c'est pour moi un honneur de…

Joséphine était déjà partie. Julie attrapa la devineresse par le bras.

— Cesse tes courbettes ! Il nous faut suivre Mme de Kreny : désormais, c'est elle notre proie.

8

Un jacobin aux truffes

Rive gauche, 18 juin

Calvimont décida de ne pas se précipiter chez Talleyrand. Par expérience, il savait que faire attendre le ministre était le meilleur moyen de s'en faire respecter. Sous le parfait vernis de son éducation, Charles-Maurice restait un homme de l'ancien monde. Et quiconque avait le tort de s'empresser à le satisfaire se rendait vite compte qu'il n'existait plus que pour le servir. De toute façon, Balafre et La Gaîté avaient déjà dû faire leur rapport. Armand imaginait le visage livide des deux anciens soldats racontant l'irruption de Fouché dans les caves du manoir comme un diable jailli des enfers. Pour Talleyrand, un nouveau duel avec son plus rude adversaire venait de commencer.

Juste avant de quitter précipitamment le manoir Brunet, La Gaîté avait demandé à Armand de le retrouver au Châtelet, mais le jeune homme avait besoin de souffler et de réfléchir. Il emprunta la rue du Bac en direction de la Seine, et, comme à chaque fois qu'il se promenait à pied, il fut sidéré par la laideur de Paris. Façades décrépites, chaussées défoncées, la ville ne s'était pas encore remise des tourments de la Révolution. Le quartier Saint-Germain, auparavant l'un des plus aristocratiques de Paris, n'était plus que l'ombre de lui-même. Les boutiques où s'étalait jadis tout le luxe qu'offrait l'Europe étaient à présent des échoppes miteuses ; quant aux anciens hôtels particuliers, ils abritaient une population dépareillée où le valet, parfois devenu bourgeois, pouvait louer à son ancien maître ruiné un galetas sous les toits. Comme il allait tourner rue de Lille, Calvimont aperçut, de l'autre côté de la Seine, l'austère silhouette du pavillon de Flore.

Comme beaucoup de Parisiens, il frissonna. Durant la Terreur, c'est entre ces murs que sévissait Robespierre, comme un loup dans sa tanière. Il repensa à la machine infernale cachée dans le manoir. Et si les jacobins tenaient la mèche ? Et si les partisans de l'Incorruptible voulaient rallumer le feu de la Révolution : l'absence de Bonaparte pourrait bien leur servir d'étincelle…

Il arrivait au carrefour de la rue de Beaune. Son appartement était situé au premier étage de l'ancien hôtel des mousquetaires. Armand l'avait choisi par nostalgie. Un siècle auparavant, son ancêtre, quittant son Périgord natal pour embrasser la carrière des armes et la fortune du roi, avait habité cet endroit. Loger dans les mêmes murs que son aïeul, c'était comme tendre la main à sa lignée et briser la malédiction de la Révolution qui avait disloqué sa famille.

L'immeuble avait perdu beaucoup de sa superbe. Les pierres de l'escalier étaient ébréchées, la rampe avait disparu, les lattes du parquet des paliers étaient disjointes, seule une statue à l'angle de la porte, miraculeusement épargnée, rappelait la gloire passée des lieux. C'était une Vénus en terre cuite dont Armand caressait toujours la joue au passage. Son ancêtre avait peut-être eu le même geste de tendresse.

Quand il entra dans l'appartement, une boule jaillit d'un canapé et vint se frotter à ses mollets. Ce chat avait surgi un matin par une fenêtre ouverte, gris, efflanqué, et n'était jamais reparti.

Armand l'avait baptisé Balthazar. Depuis, le roi mage régnait sur un divan au tissu jauni qu'il lacérait avec bonheur. Tandis que son maître lui versait un peu de lait dans une écuelle, on frappa à la porte.

Aux trois coups brefs, Armand avait reconnu son voisin de palier. Une face rubiconde se dessina dans l'encadrement, annonciatrice d'un ventre de chanoine.

— Je vois que Votre Seigneurie a découché. Pour vous remettre de vos exploits d'alcôve, je vous ai apporté quelques menus plaisirs de bouche qui devraient vous revigorer...

Sans plus attendre, il posa sur le dressoir une jarre pansue où luisait un reflet d'huile et un pain aux flancs dorés, avant de prendre place pesamment sur le canapé ; Balthazar se précipita en réclamant son ordinaire de caresses.

— Si, en échange de l'excellent déjeuner que je vais nous préparer, vous me racontiez votre soirée ?

Calvimont s'assit et observa son invité impromptu. Antoine Tustal était une figure dans le quartier, où tous les parvenus se l'arrachaient tant sa réputation de cuisinier hors pair était établie. Il était tellement demandé, réclamé, supplié, qu'il ne se déplaçait plus que pour préparer un seul plat, mais qui faisait l'admiration des convives. Pour un maître de maison, annoncer qu'il servirait une salade Tustal ou un magret Antoine, c'était obtenir la consécration de sa table, la reconnaissance de son statut social. Tustal avait vite compris que, Révolution ou pas, la vanité faisait toujours marcher le monde.

— Je doute, mon cher voisin, que vous ayez envie de connaître les affres de ma nuit. Il est des souvenirs que l'on n'a pas envie de partager, mais je ne vous apprends rien...

Le sourire épanoui de Tustal s'envola.

— Nous avons toujours à apprendre d'autrui, répondit-il, surtout de leurs cauchemars.

— Même quand ils réveillent les nôtres ? ajouta Armand, pensif.

Tustal montra la jarre qu'il avait apportée.

— Savez-vous ce qui se cache sous l'or de cette huile ?

L'ancien aristocrate secoua la tête.

— Des truffes noires qui, ainsi conservées, gardent leur saveur. Je vais les sortir délicatement une par une, les éponger avec soin, puis les découper en fines lamelles, ce qui vous laissera le temps de vous décider à me raconter vos tourments nocturnes.

Armand dévisagea le cuisinier concentré sur sa tâche, cherchant à deviner ce qu'il pouvait ruminer. Car la vie d'Antoine Tustal, fils d'un maître queux du prince de Condé, était toute de mystères. Héréditairement promis à la haute cuisine, il avait été jeté sur le pavé par la Révolution, sans emploi ni avenir. Suspect pour avoir servi un prince du sang, il s'était empressé de retourner sa toque et était devenu un révolutionnaire enragé, frayant avec les sans-culottes les plus déterminés.

Cette conversion radicale lui avait valu l'estime de jacobins influents qui lui avaient confié la tâche redoutable de nourrir les membres du Comité de salut public. À toute heure du jour comme de la nuit, il devait remplir l'estomac de Barère, Saint-Just ou Robespierre. À la vérité, ces tigres d'hommes avaient un appétit de gazelle. Ils mangeaient sans lever un œil de leurs dossiers, indifférents à ce qu'on leur servait, à la désolation du cuisinier. Durant deux ans, Tustal avait rencontré, observé, écouté tous ceux qui dirigeaient la France d'une main de sang. Surtout, il avait croisé le chemin de tous les jacobins de Paris, des têtes chaudes du faubourg Saint-Antoine aux députés exaltés de la Convention.

Tous le connaissaient et il les connaissait tous.

— Et maintenant, il faut les égoutter…

Dans l'assiette, une dizaine de truffes pansues brillaient d'un éclat de saphir noir.

— Je me suis rendu hier à une soirée qui devait être de plaisir… commença Armand.

Tustal tamponnait délicatement chaque champignon avec une serviette de lin. Il était tout ouïe en donnant l'impression de s'intéresser à autre chose, talent qu'il avait développé au milieu des puissants du monde. Il ne perdit rien du récit de son ami ; sa découverte du massacre, Charlotte pendue à un lustre, sa fuite éperdue, blessé et perdant son sang, enfin la façon dont il avait été récupéré par Talleyrand.

Tustal brandit une truffe qu'il examina avec attention.

— Je vais la découper en fines lamelles selon le meilleur axe. Celle-ci est ventrue à souhait, il faut l'entamer au plus fort de son embonpoint.

Calvimont arpentait la pièce, revivant chaque épisode de son aventure, l'image du corps supplicié de son amante imprimée sur sa rétine.

— Mais il n'y a pas que ça... ajouta-t-il. Je suis retourné au manoir ce matin et, dans la cave...

Il faillit dire « nous », mais Tustal n'avait pas besoin de connaître l'existence des âmes damnées de Talleyrand.

— ... j'ai découvert une bombe : un baril de poudre rempli de mitraille, ainsi que des mèches prêtes à l'emploi.

— Qui est au courant, à part vous ?

— Le ministre de la Police, répondit Armand après une hésitation.

Tustal leva soudain la tête, les yeux réduits à deux minces fentes. Il avait forcément croisé Fouché au temps de son engagement révolutionnaire.

— Des cadavres en cascade, une machine infernale, Fouché... Vous savez animer vos soirées.

Devant la mine consternée d'Armand, Tustal regretta son sarcasme.

— Asseyez-vous, au lieu de tourner comme une bête fauve. Je vais vous préparer de quoi vous sustenter à la hussarde. Vous en avez besoin.

Il découpa de fines lamelles de truffe avant de poursuivre :

— Je suppose que si vous me parlez de ces horreurs, c'est que vous avez aussi quelque chose à me demander.

— Que savez-vous des jacobins aujourd'hui ? Sont-ils actifs, prêts à refaire une révolution ?

Antoine haussa les épaules.

— Ceux qui étaient vraiment dangereux ont été déportés en Guyane. Entre les affres du voyage et la rigueur du climat tropical, la plupart sont morts. Une guillotine sèche, en quelque sorte. Ceux qui restent sont des couteaux sans lame, tout juste bons à pérorer dans les cafés et à cacher en tremblant un portrait de Robespierre sous leur oreiller.

— Vous voulez dire qu'ils sont incapables de réaliser une bombe, de préparer un attentat ?

— Je le pense, sauf si un esprit supérieur les guide clandestinement.

Calvimont saisit une demi-truffe assaisonnée d'un peu de gros sel que lui tendait le cuisinier. Qui pouvait aujourd'hui être le maître caché des jacobins ?

— Lucien ? On dit qu'il est resté révolutionnaire dans l'âme.

— Pas dans son pantalon.

— Un militaire, alors ? Le général Augereau ? Il n'a pas digéré le coup d'État de Bonaparte.

— C'est pourquoi le Premier consul l'a éloigné de Paris, en lui confiant un commandement en Allemagne, où il n'y a plus un ennemi à combattre. De quoi périr d'ennui. Ce qui ne risque pas de vous arriver, avec le traquenard dans lequel vous vous êtes fourré.

Armand sentit à peine le goût pourtant obsédant de ce qu'il venait de croquer. Tustal avait raison. Lui qui n'était rentré en France que pour faire oublier les tumultes de son passé, il se retrouvait en plein cauchemar.

— Mais peut-être ne vous posez-vous pas les bonnes questions... suggéra le cuisinier.

— Et quelles questions faudrait-il se poser devant un baril de poudre chargé de mitraille ?

Antoine avait disposé les lamelles de truffe sur une assiette de grès et il les empilait une à une en les choisissant avec soin.

— Au lieu de vous demander qui est le commanditaire de

l'attentat, si vous cherchiez qui en est la victime prévisible ? Pensez comme un cuisinier : d'abord définissez le goût que vous voulez obtenir, ensuite choisissez les ingrédients qui vont le composer.

Calvimont installa Balthazar sur ses genoux. Quand il avait à réfléchir, le ronronnement du chat l'apaisait.

— À ceci près que nous avons déjà les ingrédients : la poudre, la mitraille et les mèches.

— Ne m'avez-vous pas dit que les mèches étaient prêtes à l'emploi ?

Armand hocha la tête.

— Cela signifie que l'attentat était prévu pour les heures à venir. La cible ne peut être Bonaparte, qui n'est pas rentré d'Italie, ni le bouillant Lucien, dont les journaux disent qu'il a quitté Paris pour la campagne.

— Qui reste-t-il ? s'écria Calvimont. Les deux consuls avec qui Bonaparte partage le pouvoir, Lebrun et Cambacérès ?

Tustal éclata de rire.

— Allons, qui voudrait de simples figurants choisis pour ne pas faire d'ombre au soleil ? Sans leur maître, ce ne sont que des chiens sans collier.

— Alors qui ?

Le cuisinier avait employé presque toutes ses truffes pour élever méticuleusement une sorte de buste.

— Après les ingrédients, cherchez donc la composition de votre plat de résistance. Qu'est-ce qu'il y a, dans votre machine infernale ?

— De la poudre et des débris de métal.

— Dans quelle proportion ? demanda le cuisinier comme s'il déclinait une recette.

— Nettement plus de mitraille que de poudre.

Tustal saisit une dernière lamelle qu'il posa en équilibre sur son édifice.

— Alors vous avez votre réponse. La mitraille doit servir à éliminer un grand nombre de personnes. À la façon d'un piment qui sature vos papilles.

— Vous pensez à un attentat de masse ?

— Oui, mais pour atteindre une cible précise. Vous devez donc chercher un homme de pouvoir souvent en public et toujours très entouré.

Calvimont pensa à la nuée d'agents qui, dans la cave secrète du manoir, entourait le ministre de la Police.

— Fouché...

Tustal éclata de rire.

— Fouché est un renard, pas un loup. Il chasse en solitaire, pas en meute. Cherchez mieux ou plutôt, regardez.

En empilant des lamelles de différentes tailles, Antoine avait dessiné un profil.

— C'est un de mes plats les plus recherchés. Je peux reconstituer la forme du visage de Louis XVI, de celui du Premier consul. Et même de celui de Robespierre, mais on ne me le demande jamais. Pourtant, croquer dans l'Incorruptible...

Fasciné, Armand contemplait le fragile buste. Il lui semblait qu'il portait une sorte de mitre.

— Vous ne le reconnaissez pas ? Il hante l'opéra aussi bien que les salles de jeu, toujours entouré d'une cohorte de jolies femmes. Un individu dont la disparition libérerait bien des ambitions...

Tout à coup, Armand comprit. Une mitre. Un seul homme au pouvoir avait été évêque.

— Talleyrand !

9

Les geôles macabres

Paris, 18 juin

Calvimont longeait les quais de Seine en direction de l'île de la Cité en songeant aux implications d'un complot contre Talleyrand. Si Tustal avait vu clair, Armand venait, malgré lui, de plonger dans une sanglante partie d'échecs pour s'emparer du pouvoir. À trop courir de victoire en victoire, ce diable de Corse avait laissé la France en proie à toutes les ambitions. Et tous les moyens étaient bons pour parvenir au sommet. Mais la Providence était imprévisible : peut-être l'ancien seigneur de Calvimont se voyait-il offrir une chance d'influer sur le destin de sa patrie, qu'il avait jadis abandonnée à la furie des révolutionnaires pour aller guerroyer aux confins du monde.

Armand emprunta le pont Neuf bondé, traversa la place de Thionville[1] et arriva en vue du Grand Châtelet, dont la masse dominait tous les édifices de l'île de la Cité à l'exception de la cathédrale Notre-Dame, resplendissante en cette journée des prémices ensoleillées de l'été.

Après un signe de croix machinal, Calvimont quitta des yeux le sublime édifice gothique pour se concentrer sur le Châtelet. Il n'espérait pas revoir de sitôt cette vieille forteresse du Moyen Âge reconstruite et convertie par Louis XIV en

1. Nom de la place Dauphine après la Révolution.

sinistre prison. Ce reliquat d'Ancien Régime au cœur de Paris avait d'ailleurs été l'un des théâtres des massacres de prisonniers de 1792, lorsque les Parisiens en plein délire avaient égorgé les détenus de la capitale sur de simples rumeurs de complots. Un lieu marqué par le sang depuis des siècles.

Noirci par l'humidité de la Seine et la crasse du temps, le Grand Châtelet surplombait Armand de ses hautes tours rondes, symboles d'une époque révolue où l'absolu du pouvoir royal s'incarnait en de puissantes forteresses de pierre.

La Gaîté faisait le pied de grue contre un mur à quelques pas de l'entrée et dévisageait les passants d'un air peu amène, faisant honneur à son surnom. Il esquissa une moue de dépit en avisant Calvimont avant de s'avancer vers lui.

— Vous êtes en retard et je dois rendre compte. Vous savez pourtant que l'Évêque n'aime pas attendre...

— Dois-je vous rappeler qu'à votre différence je n'appartiens pas corps et âme au Boiteux ?

Après un rapide coup d'œil aux bosses qui signalaient la présence de plusieurs armes sous l'habit d'Armand, La Gaîté haussa les épaules et se dirigea d'un pas saccadé vers les portes du Châtelet, fermement gardées. Devant eux, un tombereau apportait sa livraison de cadavres du jour.

— Des noyés, commenta La Gaîté, ça se voit à leur ventre gonflé.

— Comment savez-vous ça ?

La Gaîté ne répondit pas, occupé à présenter un document aux gardes de la prison avant de se fendre d'un geste signifiant « le nobliau m'accompagne ».

Escortés par un garde, ils s'enfoncèrent dans les profondeurs empierrées du Grand Châtelet, au sein d'un silence sépulcral oppressant que Calvimont, troublé, chercha à rompre :

— Votre double ne se joint pas à nous ? Il semblait pourtant apprécier les caves humides, ce matin.

— Il a d'autres chats à fouetter, les macchabées, c'est ma spécialité.

— Alors je comprends pourquoi vous me conduisez dans la plus ancienne morgue de Paris.

— Sa Seigneurie a d'autres perles de connaissance à inculquer au bas peuple ?

Au détour d'un couloir, ils croisèrent un grand prêtre austère en soutane noire et au visage de rapace que La Gaîté salua d'un geste familier sans s'arrêter.

— Peu de respect pour les nobles, mais beaucoup pour les tonsurés, à ce que je vois.

— Je vais satisfaire votre curiosité pour avoir le plaisir de ne plus vous entendre. Dans une autre vie, j'ai été prêtre au cimetière des Innocents, et j'ai toujours respecté ceux qui ont à cœur d'aider les démunis...

Il jeta un regard acide à Calvimont.

— ... contrairement à vous autres émigrés qui, après avoir fui aux premiers troubles, revenez à présent, le sourire hautain aux lèvres et la main rapace, pour tenter de récupérer ce qui ne vous appartient plus.

Armand haussa les épaules avec indifférence ; le cimetière des Innocents avait fermé vingt ans auparavant, il en déduisit que La Gaîté devait avoir au moins quarante-cinq ans, ce que ni sa carrure imposante de débardeur ni son visage grincheux mais peu marqué ne laissaient paraître : le cureton était bien conservé.

— Je suis heureux de savoir que la populace qui traînait les prêtres à la guillotine vous importe, mais je ne vois pas vraiment en quoi tout cela me concerne. Je suis allé chercher gloire et fortune loin d'un pays devenu fou et je suis de retour, voilà tout.

— Bah ! Je connais votre genre, ces petits nobliaux de campagne en quête de frisson et d'aventure et désireux d'oublier que leur château natal a les pieds dans la bouse. J'ai enterré des dizaines de jeunes chiens fous comme vous, victimes de duels insensés entre cousins anémiques. Tu parles d'une aristocratie !

— Je ne suis plus noble de rien ni n'ai de château, comme

vous n'êtes plus prêtre et n'avez plus de cimetière. Nous ne sommes que les humbles serviteurs d'un ancien prélat mué en diable.

— Ha ha, vous savez manier les mots. Vous allez vous entendre avec l'écorcheur.

Sur ces paroles, La Gaîté s'engouffra dans une dernière volée de marches vers les geôles basses du Châtelet d'où s'échappait un air glacial aux relents de charogne.

Pardieu, pensa Armand, j'ai réussi à le dérider !

Sourire aux lèvres, il suivit La Gaîté en laissant là leur garde, qui, un mouchoir plaqué sur le nez, s'éloigna d'un pas rapide.

Armand descendit à des profondeurs insondables à la lueur de la torche de son guide jusqu'à une salle voûtée où s'entassaient des entrailles dans des baquets suintant de sang. L'ancien prêtre appela à grands cris un certain « Georges » et une voix lointaine lui répondit :

— J'arrive ! Nom de nom, même avec les crevés, pas moyen d'avoir la paix !

Apparut d'une pièce attenante un homme à la haute stature qui enfilait une chemise piquetée de rouge. Ce qui frappa Armand fut l'œil manquant, dissimulé sous un taffetas de soie noire. Un luxe qui jurait avec le personnage.

— Nom de Dieu, Georges ! Tu sens le vin à plein nez ! s'écria La Gaîté.

Un sourire malicieux illumina le visage du borgne tandis qu'une jeune fille à demi vêtue se faufilait discrètement en évitant les regards attentifs des nouveaux arrivants.

— Tu vois, j'avais une saine raison, ami curé. Le bourgogne est souverain quand on est pris d'un coup de reviens-y.

— C'est elle qui en aura abusé, pour accepter de batifoler avec toi dans cette morgue puante…

— Trêve de plaisanterie, j'imagine que tu viens chercher la fournée de ce matin, tes brutes l'ont apportée en me réveillant à une heure impossible. Suivez-moi.

À la lueur des torches, ils empruntèrent un long couloir flanqué d'une multitude de portes de chêne, souvenir de la prison qu'avaient été ces lieux avant d'être dédiés aux morts. Georges s'arrêta devant l'une d'elles et sortit un trousseau d'une dizaine de clefs emmêlées qu'il essaya une à une, non sans quelques coups d'œil à Armand.

— Et si tu me présentais ton ami pendant que je nous fais perdre notre temps avec ces maudites clefs rouillées ?

La Gaîté interrogea du regard Calvimont, qui hocha la tête.

— Armand de Calvimont, émigré devenu aventurier, tout juste rentré dans notre beau pays. Il est ma croix pour la journée.

— Ah ! Un nouveau spécimen de la collection privée de Talleyrand. Bienvenue parmi les affidés du Boiteux, c'est à lui que je dois ma place ici plutôt que d'être à mendier pour un quignon de pain.

— Vétéran ? demanda Armand, que la question démangeait.

— Pas qu'un peu, oui ! J'étais à Rivoli avec le Général. Si ça ne tenait qu'à moi, j'y serais pour cette campagne, l'Italie est un paradis sur terre. Les femmes y sont sublimes. Quant au vin…

— Georges oublie de dire qu'il était médecin à l'époque, coupa La Gaîté, mais que la passion de la bouteille lui a fait couper la mauvaise jambe d'un colonel. Une faute qui a… amputé sa carrière…

Georges éclata de rire tandis qu'une clef tournait dans la serrure.

Dans une atmosphère glaciale et humide, Armand et La Gaîté découvrirent une ancienne salle d'interrogatoire reconvertie en chambre d'opération où tous les cadavres recueillis le matin même au manoir de Charlotte étaient entreposés. Georges enfila une blouse brunie par le sang et s'empara du corps d'une courtisane assassinée qu'il jeta sans ménagement sur une table de bois brut. Puis il sortit de ses poches une paire de loupes et un scalpel afin d'étudier les blessures fatales.

— Surprenant ! La coupure sur le cou est très nette, cette femme a été égorgée proprement, de droite à gauche, d'un seul mouvement, sans à-coups, ce qui est assez rare pour être noté. Usuellement, on doit donner une impulsion supplémentaire pour déchirer les muscles de la gorge mais là… tranchée avec la précision d'un rasoir, un vrai travail d'artiste.

Voyant que La Gaîté regardait d'un œil morne le borgne s'affairer sans réagir, Armand décida de poser les questions à sa place :

— Une idée de l'arme, de la main directrice ou de la corpulence de l'assaillant ?

— Droitier, taille moyenne, un peu plus grand que la fille… Attendez, un doute me vient.

Georges inspecta les corps des autres femmes du manoir dans un silence de tombe, et il allait s'emparer de la dépouille de Charlotte quand Armand s'interposa :

— Pas elle, elle n'a pas été égorgée et ne mérite pas de passer sous la loupe, du moins pas en ma présence.

— Mais… Ah, vous la connaissez ?

Face au regard fixe d'Armand, le borgne n'insista pas et reprit :

— Les catins égorgées l'ont été par la même arme et probablement le même homme compte tenu de la similarité des blessures. Deux se sont défendues ou ont tout au moins tenté de se protéger, ce qui a valu à l'une d'elles un poignet tranché net. Cela indique une grande force musculaire.

La Gaîté sortit de son mutisme :

— Violées ?

— Non, elles se sont amusées, travail oblige, mais rien qui laisse penser qu'elles aient été forcées. En revanche, j'ai plus de détails sur l'arme : une lame courbe à la pointe très effilée, qui a d'abord perforé la gorge sur le côté droit, et assez aiguisée pour atteindre les cordes vocales.

— Sans compter le poignet tranché… ajouta La Gaîté.

Une arme peu commune, pas une arme de guerre, une sorte de faux...

— Ou de serpe, comme celles dont se servent les vignerons, intervint Calvimont.

— Possible, ça ne m'évoque rien de connu, et pourtant j'en vois de toutes les couleurs ici-bas.

— Nous reviendrons plus tard sur l'hypothèse d'un seul assassin alors que j'ai eu maille à partir avec une meute de soudards, dit Armand en réfléchissant aux conclusions du borgne. Qu'en est-il des hommes ?

Georges désigna les cadavres gisant sur le sol.

— Je les ai déjà examinés. Rien de bien original, torturés à mort à la dague, pas de sévices post mortem.

— Et les yeux arrachés ?

Georges haussa les épaules.

— Du spectaculaire, pour obtenir des informations rapidement. Je n'ai rien trouvé sur eux. Ils ont été dépouillés, comme les femmes.

Cette dernière information fit réfléchir Calvimont. Quand il avait fait irruption dans le manoir, au début de la nuit, les femmes avaient-elles déjà été dépouillées de leurs bijoux ? Il était incapable de le dire.

— Femmes égorgées mais pas violentées, intervint La Gaîté, hommes torturés à la va-vite, et le moindre objet de valeur disparu. L'ami, votre complot ressemble diablement à un crime crapuleux ayant tourné en bain de sang. Des crétins débarquent en pleine partie fine et tombent sur des témoins, ils éliminent les femmes et torturent les hommes pour qu'ils divulguent la cachette d'un supposé magot.

— Sans ce que nous avons trouvé dans la cave, ça se tiendrait, mais la présence du diable en personne semble indiquer tout le contraire.

Blêmissant à l'évocation de Fouché, La Gaîté salua rapidement Georges et se dirigea vers la sortie. Armand serra la main de l'ancien médecin avant de lui tendre un carton.

— Voici mon adresse, nul doute que notre ami boiteux

voudra un examen complet de chaque homme. De plus, si l'on vient pour rechercher un disparu ou identifier un corps, prévenez-moi sur-le-champ. J'aurai plaisir à avoir de vos nouvelles.

— À vos ordres, monsieur, répondit Georges non sans ironie. Si j'ai quoi que ce soit de neuf après avoir ouvert un de ces gaillards, je viendrai en personne.

Armand remercia de la tête, l'esprit déjà ailleurs. Il ne se rappelait toujours pas si les femmes portaient leurs bijoux. Comment pareil détail capital s'obstinait-il à se tenir éloigné de sa mémoire ?

— Alors, l'aristocrate, on a du mal à se remettre de sa descente chez les macchabées ? railla La Gaîté à la sortie de la morgue.

— Ce ne sont pas les cadavres qui me gênent, mais de ne pas savoir où sont passés les bijoux que portaient les victimes.

La Gaîté le regarda comme s'il était un enfant de chœur incapable de réciter un *Pater*.

— Il suffit de demander.

— Mais à qui ? s'écria Armand.

— Là où se trouvent les meilleurs receleurs de Paris. Ceux qui savent faire disparaître rapidement le butin d'un vol qui a mal tourné et peuvent fondre de l'or tout comme retailler un diamant.

Il attrapa par l'épaule un Calvimont sans voix en ricanant.

— Après les enfers, le purgatoire : direction passage du Dragon.

10

Le Bateleur et le florin

Route de Saint-Cloud, 18 juin

Julie avait toujours aimé la traque. Dans sa jeunesse, elle avait suivi de longues chasses dans des futaies immenses avec pour seul repère les aboiements des chiens qu'enivrait l'odeur entêtante d'un cerf. Elle adorait se retrouver seule, dans les profondeurs de la forêt, à caresser l'encolure de son cheval, tandis qu'au loin se perdait le gémissement des cors de chasse. La solitude aiguisait ses sens : elle réagissait au moindre bruit échappé des bois, au souffle infime qui agitait les feuilles, aux signes qui allaient la lancer sur la piste de sa proie.

Le carrosse de Mme de Kreny roulait devant son fiacre. La fébrilité avec laquelle Joséphine l'avait envoyée sur-le-champ à Paris l'intriguait. Comment une simple carte de tarot avait-elle pu provoquer une réaction aussi vive ? Joséphine avait peur, manifestement. Comme si la figure du Bateleur avait réveillé une menace. Des menaces, Joséphine n'en manquait pas. Jamais, depuis Marie-Antoinette, une femme n'avait été aussi haïe. On lui reprochait tout, l'accusant d'être aussi stupide que cupide, mais ce qu'on ne lui pardonnait pas, c'était d'être aimée de Bonaparte. C'était sa force et sa faiblesse, car son pouvoir ne tenait qu'à ce nom, et si elle le perdait, elle perdait tout.

— Si elle a dépêché aussi vite Mme de Kreny, avança

Julie, c'est qu'elle craint un péril que, sans le vouloir, nous lui avons révélé.

Julie se tourna vers Mlle Lenormand.

— Donne-moi ton jeu de tarot.

La pythie s'exécuta sans un mot, ce qui n'était pas dans ses habitudes. Julie trouva la carte du Bateleur et l'approcha de la vitre pour mieux en distinguer les détails.

— Cette carte, qu'a-t-elle de particulier ?

— C'est l'une des plus énigmatiques du tarot. Personne ne sait qui est le personnage ni ce qu'il fait vraiment. Son nom de Bateleur laisse supposer que c'est un bonimenteur de foire. Quelqu'un qui va raconter une histoire, voilà pourquoi on dit qu'elle annonce un commencement, un départ, qu'elle prépare un changement d'existence.

— Et les objets sur la table ?

— Là non plus, personne n'est d'accord. Le plus probable, c'est qu'il s'agit d'éléments de jeux de hasard : des dés, le cornet…

— Et ce qu'il tient à la main ?

— Peut-être un bâton de parade pour faire des tours. En tout cas, quelque chose pour attirer le chaland.

— Comment tes clients peuvent-ils avaler un tel fatras ?

— Ce n'est pas la carte qu'ils croient, c'est moi.

Julie ne répondit pas. Nul doute que la pythie avait le talent de saisir ce que les gens voulaient entendre et le moment opportun pour le leur annoncer. Les cartes n'étaient qu'un décor de théâtre. Ce qui importait, c'était le jeu d'acteur. Et pour ça, la Lenormand était douée.

— Et si les prédictions se révèlent erronées ? demanda Julie.

— Lorsque c'est le cas, ils ont souvent d'autres préoccupations que de m'adresser des reproches.

— Évidemment, si tes clients disparaissent, ils ne risquent pas de se plaindre. Je vois mal Robespierre revenir te demander des comptes, sa tête fracassée sous le bras.

Le regard de Mlle Lenormand, jusque-là papillonnant, se figea.

— Robespierre, c'est différent. Il n'est pas venu pour voir son avenir. Il le connaissait déjà.

Julie avait cité l'Incorruptible par badinage, cependant la réponse de la pythie l'intrigua :

— Ne me dis pas qu'il t'a demandé le destin de sa bonne amie, Robespierre n'avait pas plus de virilité entre ses jambes que d'humanité dans son cœur !

— Non, c'était quelqu'un d'autre qui l'intéressait.

Julie haussa les épaules. La pythie était prête à toutes les inventions, tous les mystères, pour se donner de l'importance. Elle ne vivait que de sa notoriété.

Elle abandonna la devineresse à ses chimères. Il lui fallait se concentrer sur sa mission. Talleyrand, quand il lui avait demandé de trouver l'origine des fonds de Joséphine, semblait pressé. Depuis le temps que Julie le fréquentait, elle savait reconnaître les signes qui trahissaient sa nervosité. Il fallait ignorer son visage, toujours imperturbable, et observer ses mains. Longues, presque translucides, elles vibraient à l'unisson de ses pensées secrètes. Et là-bas, dans la salle de jeu du Palais-Royal, ses doigts avaient joué une partition qui prouvait son impatience.

La situation politique devait l'inquiéter. Le ministre avait des amis mais pas d'alliés. Les royalistes le tenaient pour un traître, les catholiques pour un apostat, les républicains pour un opportuniste : si le Premier consul disparaissait, il ferait l'unanimité contre lui. Pour autant, Julie ne comprenait pas pourquoi, dans cette situation tendue, il s'intéressait à ce point à Joséphine. Ils étaient sur le même bateau dans la tempête : la mort de Bonaparte les ferait tous deux couler. À moins que Charles-Maurice ne voie plus loin, au-delà de l'incertitude des jours. Et s'il pariait sur un retour triomphal du Corse, s'il préparait déjà sa future position : se rendre inattaquable en tenant dans sa main le destin de Joséphine ?

— Nous entrons dans Paris, annonça Mlle Lenormand tandis que la voiture tressautait sur les pavés.

Julie jeta un coup d'œil par la vitre entrouverte. Le carrosse longeait la Seine. De l'autre côté du fleuve, le dôme des Invalides flamboyait. On murmurait que Bonaparte voulait en faire le siège d'un nouvel ordre entièrement dévoué à sa personne. La Révolution, canalisée et épurée par le Premier consul, se préparait-elle à renouer avec les décorations et les titres ? Quand on s'apprête à créer une nouvelle chevalerie, se dit Julie, c'est que le trône se rapproche. Mais un seul faux pas de Joséphine pouvait briser ce rêve.

Pendant que Julie méditait, Mlle Lenormand dénoua les cordons de la bourse que lui avait donnée Joséphine. Elle s'était contenue jusque-là, par crainte des railleries de sa voisine, mais elle brûlait de savoir à quelle hauteur la femme la plus puissante de France avait estimé ses prédictions. De toute façon, la Lenormand ne se faisait jamais payer. Son art qui sondait les profondeurs de l'invisible était trop pur, trop éthéré, pour se commettre dans de basses tractations mercantiles. La pythie n'acceptait que les cadeaux, et ses clients, émus par un tel désintéressement, ne s'en montraient que plus généreux.

Elle sortit une à une les pièces, qu'elle déposa avec précaution dans un creux de sa robe. Le tintement métallique tira Julie de ses pensées. Toutes les pièces étaient en or. Sur la plupart, elle reconnut le profil empâté de Louis XVI. Preuve que Joséphine avait l'habileté de se faire rémunérer en monnaie sonnante et trébuchante, mais pas de quoi étriller un chat : la France entière trafiquait allègrement des louis d'or. En revanche, une pièce, plus petite et plus fine, attira son attention.

— Donne-moi ça.

La pythie la lui tendit à contrecœur. Julie l'examina de près. À la différence des autres, elle avait une forme plutôt ovale et un bord inégal, comme si elle avait été fondue à la hâte dans un moule de piètre qualité. À son tour intriguée, la Lenormand désigna la pièce.

— Regardez, c'est une fleur de lys. Le symbole de la royauté. Comment une telle monnaie peut-elle encore circuler ?

Julie ne répondit pas, mais elle sentait l'excitation de la chasse. Une pièce en or, de fabrication artisanale, portant le lys de France... Elle venait peut-être de débusquer un gibier de choix. Elle retourna la pièce sur un personnage insolite. La pythie poussa un cri.

— Voyez, c'est un roi ! Il tient un sceptre et porte une couronne.

Julie eut l'impression de tenir sa proie en joue. Quelque part, des royalistes se sentaient assez forts pour battre une monnaie en or à l'effigie d'un futur souverain. Comme si le pouvoir était désormais à portée de main. Comme si leur conspiration était sur le point d'aboutir... et cette preuve d'un complot, Julie venait de la découvrir chez Joséphine.

— Je garde cette pièce !

La pythie ne s'en offusqua pas, satisfaite de conserver le reste du pactole.

— Si vous voulez la vendre, je vous conseille d'aller voir M. de Golème. Un ci-devant devenu numismate. Il habite rue des Fossoyeurs, près de Saint-Sulpice. L'ancien appartement d'Olympe de Gouges[1], vous ne pouvez pas vous tromper.

— Une de vos clientes, lança Julie, à qui vous avez prédit longue vie et prospérité ?

Mlle Lenormand se rembrunit et se mura dans un silence vexé. La malheureuse Olympe avait fini sous le couperet de la guillotine.

Julie put se concentrer à son aise. Une conspiration… peut-être… Elle tenait là une découverte qui valait une fortune. Talleyrand, c'était certain, la paierait fort bien, mais Fouché plus encore. Lui avait voté la mort de Louis XVI : il jouait sa tête. Julie tournait la pièce entre ses doigts. Malgré l'excitation qui s'emparait d'elle, elle savait qu'il lui fallait attendre. Rassembler des fils encore invisibles, les relier, et tresser la corde. Ses révélations n'en auraient que plus de valeur. Mais d'abord, elle irait voir ce numismate. Où habitait-il, déjà ?… Ah oui, rue des Fossoyeurs. Un nom prédestiné.

— Regardez, lança la pythie en sortant de son mutisme, je pense que nous arrivons à destination ! Cette Mme de Kreny vient seulement préparer le retour de Joséphine aux Tuileries. Nous l'aurons suivie pour rien.

Les deux voitures venaient d'approcher des hautes grilles du palais où, depuis quatre mois, Bonaparte remplaçait les rois de France. Les longs bâtiments aux murs désespérément gris et aux innombrables fenêtres closes évoquaient un royaume oublié.

— Ce palais n'a jamais porté bonheur à ses occupants, commenta Mlle Lenormand. Henri IV est venu pour y mourir et Louis XVI s'en est fait chasser par l'émeute.

Dans la cour, quelques soldats désœuvrés tournaient en rond tandis qu'un carrosse dételé attendait sur le pavé.

— Tu oublies ton bon ami Robespierre, qui s'est installé dans les appartements de Marie-Antoinette et a fini comme elle.

1. Femme de lettres et révolutionnaire féministe.

— Je ne sais vraiment pas comment Joséphine peut vivre dans cet endroit lugubre...

La pythie ne termina pas sa phrase, car la voiture de Mme de Kreny venait de dépasser les Tuileries pour s'engager sur la place du Carrousel.

— Tiens ! s'étonna la Lenormand. J'aurais juré qu'elle allait aux Tuileries...

— Heureusement que tu ne prédis pas l'avenir, ironisa Julie.

La voiture remonta la rue Saint-Nicaise avant de tourner sur sa droite et de longer le palais du Louvre en direction de l'îlot du Doyenné : un entrelacs vénérable de rues minuscules et de maisons sans âge. Julie fit signe au cocher d'arrêter.

— Je descends. On ne peut circuler bien loin en fiacre dans ces ruelles. Retourne rue de Tournon, je t'y rejoindrai. Je continue à pied.

Cependant, le premier carrosse s'était arrêté juste à l'entrée de l'îlot et Mme de Kreny en sortit, une voilette sur le visage, pour se diriger vers l'impasse du Doyenné, une venelle qui se perdait parmi les vieilles façades à colombages. Julie la suivit à l'oreille, pistant le bruit de ses pas sur le pavé, lequel s'interrompit sur un tintement de clochette. La confidente de Joséphine venait d'entrer dans une échoppe. Julie se précipita et arriva à temps pour voir une porte se fermer.

Elle s'arrêta net.

Juste au-dessus de l'entrée, sur une enseigne de métal, se balançait la figure du Bateleur.

11

L'œil du dragon

Paris, 18 juin

La journée avançant, Calvimont et La Gaîté se hâtèrent de traverser le pont Saint-Michel, qui, bordé de hautes maisons, leur apporta une ombre bienvenue. Ils n'échangèrent pas une seule parole en descendant le quai des Augustins, suivant le cours de la Seine où les gabarres chargées défilaient sans discontinuer. Perdu dans ses pensées, Armand fouillait sa mémoire, se repassant un à un les événements depuis la veille afin de repérer ce qu'il avait pu manquer dans cette affaire qu'il comprenait de moins en moins à mesure que les indices s'accumulaient.

Il avait l'impression d'explorer un pays inconnu sans cesse plus profond, plus mystérieux, et quand il pensait découvrir une rivière navigable, c'était une montagne abrupte qui se dressait devant lui.

Comment cette machine infernale pouvait-elle se trouver dans la cave secrète d'un financier et de sa libertine de fille ? Brunet, à l'étranger pour affaires, était-il impliqué ? D'où Fouché avait-il surgi pour faire son entrée théâtrale ? Pile à temps pour s'emparer de leur découverte ! Et les bijoux et les objets de valeur qui avaient disparu ? Avait-on voulu faire croire à un crime crapuleux ? Mais pourquoi un tueur unique ? Qui était cet homme qui, d'un geste toujours précis, avait tranché tant de vies ?

Tout cela ne rimait à rien, aucun élément ne parvenait à s'accorder avec un autre, et pourtant Armand était persuadé que son sagace voisin cuisinier avait mis le doigt sur quelque chose : oui, Talleyrand était sans doute celui qui semblait le plus susceptible d'être visé. Quant à Fouché, il avait tout fait pour faire disparaître la bombe. De là à penser qu'il était compromis, d'une manière ou d'une autre, dans un projet d'attentat...

Coulant un regard sur la mine concentrée et soucieuse de son voisin, La Gaîté s'esclaffa.

— Bon Dieu, on dirait que vous avez avalé de travers, Calvimont. Vous allez nous faire une crise d'apoplexie. Et je n'ai pas envie d'expliquer au Boiteux que vous m'avez claqué entre les doigts. Surtout après le mal qu'il s'est donné pour vous sauver.

— Votre sollicitude me touche, curé, mais cette affaire dans laquelle nous sommes embarqués recèle trop de parts d'ombre et ce sont nos vies que nous risquons dans ce jeu entre puissants.

— Bah ! Vous autres aristos, vous ne pouvez vous empêcher de tout dramatiser, c'est la réalité de Paris, pas une pièce de théâtre antique. Voilà près de dix ans que les puissants s'entre-tuent et que les régimes changent au gré du vent, pourtant nous sommes toujours là.

— Vous qui connaissez bien les cimetières, vous savez qu'un vieux proverbe dit qu'ils sont remplis de gens qui se croyaient indispensables...

— Croyez-moi, les grands de ce monde auront toujours besoin de mains discrètes pour exécuter leurs basses œuvres, donc qu'importe le maître qui dirige la danse, l'essentiel est de mener sa barque envers et contre tous.

— Vous n'êtes pas la créature de Talleyrand pour rien, prêt à changer d'allégeance comme de chemise...

— Parce que vous valez mieux ? J'ai entendu le Boiteux raconter quelques-unes de vos aventures à ses invités : votre sanglant tour du monde vaut bien mes arrangements avec la situation politique, non ?

Serrant les dents pour se contenir et ne pas envenimer la discussion, Armand tourna les yeux vers l'ancien collège des Quatre-Nations, devant lequel ils passaient. Ce superbe bâtiment surmonté d'un dôme lamé d'or faisait face au Louvre depuis sa construction par le cardinal Mazarin. Mais la Révolution n'avait pas été tendre avec la bâtisse transformée en prison pour le compte du redouté Comité de salut public. Aux dernières nouvelles, une école des Beaux-Arts devait s'y installer et on voyait des ouvriers à l'ouvrage sur les bâtiments endommagés par la fureur révolutionnaire. La Gaîté, un sourire satisfait aux lèvres, obliqua vers la rue des Petits-Augustins, en direction de l'église Saint-Germain.

— Cet antre de receleurs dont vous m'avez parlé, qu'en est-il ? s'enquit Armand. Vous y connaissez du monde ?

— Vous avez retrouvé votre langue ? Je vous croyais plus rancunier.

— Épargnez-moi vos sarcasmes ! Dites-moi ce que je dois savoir, et vite.

— Du calme, l'égorgeur, nous nous rendons au passage du Dragon, que certains imbéciles appellent la cour du Dragon pour une raison qui m'échappe, car ça n'a rien d'une cour...

— Pardieu ! Venez-en au fait !

— J'y viens. Le passage du Dragon est un sanctuaire pour tout ce que Paris abrite de vermine : c'est le centre de la contrebande et de la revente d'objets volés sur la rive gauche. Curieux qu'un pirate dans votre genre n'en ait jamais entendu parler.

Calvimont détestait qu'on évoque ses frasques et plus encore que Talleyrand l'ait fait à sa place. À croire que le ministre avait une idée derrière la tête.

— Oubliez ce que vous croyez connaître sur mon passé, il est aussi révolu que vos jours de prêtrise. Les receleurs y tiennent patente légale ou la police ferme les yeux ?

— Vous vous y connaissez donc un peu…

— Répondez ! s'agaça Armand devant ce cuistre qui ne cessait de lui chercher noise.

— Les receleurs sont dûment enregistrés et tout ce qui se passe au Dragon est en principe légal, mais la plupart d'entre eux profitent de cette légitimité pour se livrer à quelques… à-côtés. Vous comprendrez quand nous y serons, c'est une petite cour des Miracles en plein quartier de bonnes familles.

Ils arrivèrent devant Saint-Germain-des-Prés ; la puissante abbaye, qui datait des premiers rois de France, n'était plus que l'ombre d'elle-même. Ses statues décapitées et ses cloîtres abattus illustraient la guerre qui avait été menée contre la religion. Pendant la Révolution, elle avait même été transformée en raffinerie de salpêtre pour y fabriquer de la poudre. Une activité à risque : le chœur avait failli être anéanti à la suite d'une explosion qui avait ravagé tout le quartier.

Dans sa jeunesse, Armand avait un oncle, un cadet de la famille de Calvimont, qui lui avait décrit la munificence de la bibliothèque de l'abbaye, une des plus riches d'Europe.

— Vous qui laissez traîner votre oreille partout, hasarda-t-il, savez-vous ce que sont devenus les livres de Saint-Germain ?

Le prêtre défroqué haussa les épaules.

— Qui sait, nous en trouverons peut-être passage du Dragon ?

Quelques centaines de pas plus loin, il s'arrêta à l'entrée d'une ruelle si discrète qu'Armand aurait pu la dépasser sans s'en apercevoir. Aussi sale que sombre, l'endroit n'était guère engageant.

— Prêt à côtoyer le pire de Paris, Calvimont ?

— Votre compagnie m'y a bien préparé.

Sur un gloussement rauque, La Gaîté s'engouffra dans le passage du Dragon, suivi d'Armand, qui lui emboîta le pas après un instant d'hésitation. Quelques enjambées et un tournant plus loin, l'ancien aventurier fut plongé dans un autre monde.

La longue rue noire de crasse était bondée, où qu'il posât les yeux Calvimont découvrait des individus rongés de misère au milieu d'une multitude d'épaves du passé. Plus que la foule, c'étaient les objets qui envahissaient les lieux : statues mutilées, meubles dépareillés, boiseries arrachées, vêtements souillés et bijoux en tout genre se côtoyaient dans un fatras sans queue ni tête.

Adossé à un pilier décrépi, un tableau dont l'encadrement achevait de perdre sa dorure montrait une fillette, un bouquet à la main, qui souriait à l'avenir. Il avait dû être peint juste avant la Révolution. Le portrait avait fini ici, pauvre débris oublié, mais elle, qu'était-elle devenue ? La Gaîté sortit d'un coup de coude Armand de ses rêveries.

— Nous y voilà, le marché des « vieilleries » de Paris, qui déborde de toutes les richesses pillées dans les châteaux et les hôtels particuliers des aristocrates. Près de six ans après la mort de Robespierre, tout l'Ancien Régime est là.

— Fascinant…

La Gaîté coula un regard suspicieux sur Armand, pensant à un nouveau sarcasme, mais le nobliau, un drôle d'éclat dans les yeux, semblait réellement subjugué.

— Si cela vous plaît tant, séparons-nous, ce ne sont pas les bijoux qui manquent ici et nous ne serons pas trop de deux pour faire le tour des receleurs.

Ébahi, Armand contemplait les reliques des ors et des fastes d'une vie aristocratique qu'il n'avait jamais vraiment connue, provincial de petite noblesse qu'il était. Il était stupéfait de trouver en plein Paris un marché de ce type.

Il ravala son sourire pour ne pas attirer l'attention de la faune qui hantait les lieux. Le passage du Dragon lui rappelait les marchés de contrebande des ports asiatiques qu'il avait assidûment fréquentés lors de son passage en ces terres lointaines.

Il s'approcha d'un receleur assis au milieu de porcelaines

de Chine et de cuillères d'argent en songeant aux grands personnages qu'il avait rencontrés dans la lointaine Asie ; il espérait que le redoutable Cheng et la belle Ching Shih, qui avaient si bien accueilli l'étrange Européen exilé de Russie, étaient toujours en vie et heureux, sillonnant la mer de Chine entre deux disputes.

Les minutes devenaient des heures, le soleil continuait sa course dans un ciel bleu si rare à Paris, et Armand se rendit à l'évidence. Tous les receleurs qu'il interrogeait ne savaient rien ou ne voulaient pas parler. Corruption, menaces ou subterfuges, rien n'y fit, personne n'avait entendu parler d'un lot de bijoux.

Dépité, Calvimont leva le regard vers le dragon de pierre qui avait donné son nom à cette rue du crime. Allez savoir comment une sculpture aussi finement ciselée avait fini encastrée dans la pierre au-dessus d'une entrée de ce bouge, mais force était de constater que c'était un chef-d'œuvre : un dragon de profil, crachant des flammes et dardant son unique œil plein de colère sur les innombrables criminels se pressant dans son domaine.

— Alors ? On baye aux corneilles ? Le naturel revient au galop, à ce que je vois.

Armand se retourna sur un La Gaîté jovial, ce qui se résumait dans son cas à un rictus découvrant une dentition trouée qui dessinait un damier.

— Il y a ceux qui baissent les yeux sur le bout de leurs pieds et ceux qui savent les lever vers le ciel, un ciel que vous avez oublié, semble-t-il, depuis longtemps...

La Gaîté éclata de rire. Cette joute verbale l'amusait follement.

— Ah ! Vous enlevez les gants, je préfère ça à votre personnage d'élégant.

Calvimont eut un geste d'impatience.

— Dites-moi plutôt que vous avez trouvé quelque chose de votre côté... Car je n'ai rien tiré de ces escrocs de receleurs.

— Chou blanc également, hormis quelques rumeurs dont je vais vérifier les sources ce soir.

— Tous ces efforts pour du vent ! Allez faire votre rapport à notre ami, je rentre chez moi consulter mes propres relations.

Le sourire de La Gaîté s'effaça. Armand n'ignorait pas que le rustaud le surveillait pour le compte de Charles-Maurice. En fin connaisseur de l'âme humaine, Talleyrand se méfiait de ses amis.

— « Relations » ? Vous venez de rentrer à Paris après des années d'absence et vous voudriez me faire croire que vous avez un réseau d'informateurs ?

Calvimont ne répliqua pas, mais ce défroqué commençait décidément à lui donner de l'humeur. Passe encore ses saillies douteuses sur la noblesse, il n'allait pas en plus supporter sa curiosité malsaine de fouine.

— Vous allez changer de chemise de paon pour la troisième fois de la journée, insista La Gaîté sur un ton railleur, et vous pavaner dans votre quartier de grands noms.

— La paix, pardieu ! Vous ne m'aimez pas, je ne vous apprécie pas non plus, cependant nous devons nous accorder si notre employeur commun veut encore avoir sa tête sur les épaules à la fin de la semaine. Alors laissez-moi me renseigner auprès de ces « élégants » que vous haïssez tant, mais qui pourraient nous aider à retrouver ces satanés bijoux dont ils sont férus.

— Du calme, sire pirate, tempéra La Gaîté, la journée a été longue pour tout le monde. Brisons là.

Sur ces mots, il tourna les talons et fila sans un mot sous l'effigie du dragon. Il savait qu'il ne tarderait pas à retrouver Calvimont chez Talleyrand.

Armand s'attarda dans le passage grouillant de tire-laine, de mendiants et autres vendeurs de misères autour desquels traînait une faune de déserteurs et d'évadés, les uns reconnaissables à leurs ongles incrustés de poudre et les autres aux marques brunes des fers, encore visibles aux poignets et aux chevilles.

En contemplant un petit homme au visage rond marqué par la vérole qui retaillait à la serpe des boiseries, il prit conscience de l'ironie qu'il y avait à se trouver au milieu des oripeaux de sa classe défunte, tant de beauté et de richesses vendues pour quelques sous. Comme sans doute les ruines fumantes de son château familial, dont les pierres séculaires avaient dû servir à édifier des granges.

Passant sous le dragon pour retrouver les rues animées du quartier Saint-Germain, il se dit qu'il avait en commun avec les proscrits du passage de ne pas trouver sa place dans un monde qu'il ne reconnaissait pas.

Le vacarme du carrefour Saint-Benoît le ramena sur terre. S'il se sentait exilé dans sa propre vie autant qu'en plein Paris, il n'oubliait pas pour autant sa mission : venger Charlotte et, peut-être, sauver la carcasse de ce renard de Talleyrand.

12

Une épreuve de foie

Rue de Beaune, 18 juin

Encore préoccupé par son échec au passage du Dragon, Armand pénétra dans son immeuble, croisa dans l'entrée deux commères qui s'échangeaient les rumeurs du jour, et gravit d'un pas rapide l'escalier délabré. Sur le palier, il fut accueilli par de vifs débats sortant de l'appartement ouvert d'Antoine Tustal. Sa curiosité éveillée, il s'approcha pour voir qui son célèbre voisin recevait avec si peu d'intimité en pleine après-midi.

Quelle ne fut pas sa surprise de croiser l'œil rouge et unique de Georges, l'écorcheur du Grand Châtelet qu'il avait quitté quelques heures plus tôt dans une morgue puante.

— Monsieur de Calvimont ! Nous vous attendions, joignez-vous à nous !

Sérieusement éméché, Georges peina à se lever du profond divan tandis que Tustal accueillait Armand d'une accolade au parfum aviné.

— Vous revoilà enfin, cher voisin, votre ami et moi avions une discussion que vous seul pouvez arbitrer. Installez-vous, j'ai préparé une collation que j'aimerais faire goûter avant de la servir à l'un de mes dîners.

Serrant la main d'un Georges à l'équilibre précaire, Calvimont observa les trois carafes vides sur la table.

— Je ne m'attendais pas à vous revoir de sitôt, soldat, dit Armand en considérant Georges avec circonspection, vous sembliez pressé de retourner à votre couche quand je vous ai quitté.

— Il y a un temps pour tout et je suis venu vous apporter des nouvelles. Mais votre fieffé voisin m'a tendu une embuscade et me voilà plus rond qu'une queue de pelle.

— Des nouvelles ? Quoi donc ?

Précédé de son ventre aux proportions épiques, Antoine Tustal ressortit de la cuisine muni d'une bouteille aux reflets ambrés et d'une assiette recouverte d'une serviette d'un blanc immaculé.

— Cessez votre inquisition quelques instants, Armand, j'ai là quelque chose qui va vous plaire et que, je l'espère, vous dégusterez avec plus de concentration que mes truffes.

— Antoine n'a pas tort, vous avez une tête à faire peur, et je sais de quoi je parle, avec ma gueule.

Armand haussa vaguement les épaules et se laissa aller dans le divan.

— Bien ! Maintenant que vous voilà plus calme, ouvrez-moi cette bouteille, je crains que mon confrère ici présent ne parvienne pas à viser le bouchon.

— Confrère ? s'étonna Armand.

Tustal s'installa sur une chaise face à ses deux invités.

— Votre ami Georges et moi en sommes venus à la conclusion que cuisiniers et médecins ont plus en commun qu'on ne pourrait le croire.

Sourcils froncés, un demi-sourire sur les lèvres, Calvimont se saisit de la bouteille.

— Conclusion n'ayant bien sûr rien à voir avec ces trois carafes vides que je vois là...

— *In vino veritas*, cher Armand, regardez plutôt celui que vous allez ouvrir.

Armand observa l'étiquette manuscrite.

— Tokaji ! Le vin des rois ! Antoine, vous êtes un faiseur

de miracles, en ces temps de guerre avec l'Autriche vous arrivez à vous procurer du vin hongrois ?

— Je n'ai aucun mérite, une cave a récemment été mise au jour dans un hôtel particulier au nord de Paris, l'aristocrate y avait caché une vraie fortune. Imaginez, plus de deux mille bouteilles ! Je me suis empressé d'en acquérir une bonne partie.

— C'est le problème quand on guillotine en masse, fit remarquer Armand, les condamnés n'ont pas le temps de révéler leurs secrets et d'échanger leurs richesses contre leur vie.

La bouteille de vin blanc à la robe dorée s'ouvrit sur un *pop* qui fit sourire les trois hommes.

Georges vida un fond de rouge avant de tendre son verre à Armand tandis que Tustal soulevait d'un geste théâtral la serviette recouvrant un mets qu'il s'empressa de poivrer et saler.

Perplexe, Georges se pencha sur une pièce ovale et nacrée qui fit s'exclamer Armand :

— Un foie gras de canard, pardieu, plus de dix ans que je n'en ai vu de pareil !

— Un foie de canard entier ?

— Oui, Georges, une spécialité de la région natale de notre ami. Quant à vous, Calvimont, je suis heureux de voir que, à défaut des truffes sarladaises, ce bel organe vous rappelle vos racines.

— Roublard de cuisinier, comment avez-vous su ?

— Vous êtes un voisin bien trop agréable pour qu'on néglige de se renseigner à votre sujet, mon ami.

— Qu'est-il arrivé à cette ville ? Faut-il que tout le monde veuille déterrer mon passé ?

Tustal resta un instant silencieux tout en débitant le foie en belles lamelles, pendant que Georges tentait de couper une miche de pain sans s'estropier.

— Qui parmi nous n'a pas un sombre palmarès à son actif, Armand ? Mais il ne tient qu'à vous de faire la paix avec vos actions passées, car, que vous le vouliez ou non, on les utilisera contre vous.

Grognant son assentiment, Georges tendit des tranches de pain irrégulières à Tustal, qui y disposa les lamelles de foie gras qu'il saupoudra de nouveau de poivre et de sel.

— Notre ami cuisinier parle avec sagesse, monsieur Armand, d'autant que vos exploits contés par Talleyrand ont fait plusieurs fois le tour de Paris. La nouvelle du massacre du manoir Brunet n'a fait que raviver le feu. D'ailleurs, après votre départ, deux gardes du Châtelet sont venus, l'un après l'autre, me poser des questions sur vous. Par curiosité, qu'ils disaient, mais je parierais l'œil qu'il me reste qu'ils jouaient les informateurs. Va savoir pour qui, mais nul doute qu'on s'intéresse à vous.

— La peste soit de ces rats fouineurs. Si j'avais voulu la célébrité, je serais resté aux Amériques. Maudit soit Charles-Maurice, avec sa passion des anecdotes !

— Faites attention avec les malédictions, monsieur Armand.

Tustal offrit à chacun une tartine de foie gras en ignorant ces commentaires sur le puissant Talleyrand, car il avait depuis longtemps compris que la sourde oreille était mère de sûreté.

Après avoir trinqué tous les trois d'un même geste et humé les arômes fruités du vin, ils mordirent dans leur tartine dans un silence religieux, laissant la chair grasse fondre dans la bouche en se mêlant parfaitement avec le vin liquoreux.

Armand dégusta une deuxième puis une troisième bouchée de foie gras. Il n'avait pas retrouvé une telle saveur depuis son adolescence passée à courir les forêts de chênes verts. Les foies gras servis aux cours impériales d'Autriche et de Russie faisaient pâle figure comparés à ce mets raffiné et pourtant si simplement préparé qui lui rappelait sa jeunesse.

Armand réprima des souvenirs qu'il n'avait pas envie de réveiller, le temps viendrait d'affronter son passé, pour l'heure il y avait plus urgent. Il se tourna vers Georges, qui pérorait en compagnie de Tustal sur la fatalité ou non du déclenchement de la Révolution.

— Je maintiens que si le Gros Louis avait eu le cran de faire tirer sur la foule, il aurait pu garder sa tête.

— C'est le soldat qui parle, les germes de la Révolution étaient plantés depuis longtemps. Souvenez-vous de la guerre des farines[1], quand la moitié du royaume se retrouva à feu et à sang…

— Messieurs ! Pardonnez-moi de perturber un débat qui agite tout le pays sans que quiconque y trouve de réponse, mais vous ne m'avez pas dit ce qui vous a amené ici, Georges, et j'ai déjà trop lambiné.

— Que de sérieux tout à coup, monsieur Armand ! Bon, ah oui, un couple s'est présenté à la morgue, qui pourrait peut-être identifier l'un des corps masculins. Des neveux ou je ne sais quoi, désagréables au possible, je leur ai dit d'attendre dans une pièce, et je les ai enfermés avant de venir vous voir.

— Pardieu, Georges ! Depuis quand ?

— Le vin et ce divin foie m'ont fait oublier la notion du temps. Quelques heures, peut-être ? Ils s'appellent Taillard, ou Gaillard… quelque chose comme ça.

— Nom de nom, Georges, la bouteille vous perdra, donnez-moi les clefs puis filez chez Talleyrand et trouvez le curé défroqué qui m'accompagnait, qu'il rapplique au plus vite au Châtelet !

1. Émeutes populaires survenues au printemps 1775, en réaction à une hausse vertigineuse du prix des céréales.

13

Quand le roi viendra

Rive gauche, 18 juin

L'horloge du palais du Luxembourg sonnait la demi-heure de midi quand Julie descendit de la voiture qui la ramenait de la rue du Doyenné. Elle ne s'était pas attardée devant la boutique où était entrée Mme de Kreny. Il était inutile de se faire remarquer, elle y reviendrait dans l'après-midi. Elle avait trouvé la bonne porte, celle dont le Bateleur était la clef. Elle comprenait à présent la stupéfaction de Joséphine quand cette carte était apparue. Elle y avait vu un signe direct, un danger, voilà pourquoi elle y avait dépêché d'urgence sa confidente. Maintenant, il fallait trouver un bon prétexte pour y pénétrer sans attirer l'attention. Le mieux était de se faire passer pour une âme naïve. Et à ce jeu, Julie, qui avait connu la splendeur de Versailles et la misère de l'exil, était imbattable.

Avant de descendre la rue de Tournon jusqu'au numéro 5, Julie s'arrêta devant la longue façade du palais du Luxembourg. Un peloton de cavalerie faisait piaffer ses chevaux devant l'entrée. Il y avait longtemps que le vieux palais, construit pour apaiser la douleur de la veuve d'Henri IV, n'était plus un centre de pouvoir véritable. C'était pourtant là que se tenait le Directoire, le gouvernement de la France, avant que Bonaparte ne le balaye d'un coup de sabre. Qui se souvenait encore du faste de

Barras, l'homme fort de l'époque, de ses dépenses excessives, de ses amants et de ses maîtresses ? Plus personne. Quatre ans de la vie politique de la France avaient disparu en une journée, celle du 18 Brumaire. Personne n'y avait survécu. Personne sauf Joséphine, qui, maîtresse affichée de Barras, avait accompli le tour de force de se faire épouser par Napoléon. Si son mari triomphait sur les champs de bataille, elle savait gagner les guerres secrètes des salons et des alcôves, pensa Julie en passant le porche de l'hôtel particulier où résidait Mlle Lenormand.

La cour était remplie de voitures et de domestiques. La situation politique confuse avait manifestement précipité tout Paris dans l'appartement de la pythie. Julie pénétra dans l'antichambre. Devant un parterre avide de nouvelles, la femme de chambre de la Lenormand pérorait en rougissant de plaisir. Pour une fois, elle tenait le premier rôle.

— C'est comme je vous le dis, Mademoiselle a été appelée ce matin de toute urgence à la Malmaison...

L'assemblée laissa échapper un murmure d'émoi.

— La femme du Premier consul ne prend aucune décision sans consulter ma maîtresse.

Sur les visages, l'admiration succéda à la surprise.

— Et dans la situation que connaît la France, continua la servante, ses révélations peuvent changer bien des choses...

— Mais enfin, qu'a-t-elle dit à Joséphine ? osa une voix anonyme.

— La vérité ! lança la femme de chambre d'un ton de tragédienne. D'ailleurs, l'épouse de Bonaparte a été si frappée de ce que lui a révélé ma maîtresse qu'elle l'a largement récompensée. Voyez par vous-même...

La femme de chambre montra un guéridon sur lequel était posée une cloche de verre abritant un flot de monnaie d'or jaillissant d'une bourse marquée des initiales *J. B.*

Julie faillit éclater de rire. Non seulement la pythie avait ajouté quantité de pièces pour donner une impression d'abondance, mais en plus elle avait substitué à la bourse d'origine une autre où on avait hâtivement brodé les initiales de Joséphine. De quoi plumer en beauté tous les naïfs de Paris. Julie s'approcha de la femme de chambre.

— Dis à ta maîtresse que Mlle de Swarte veut la voir immédiatement.

— Vous n'y pensez pas ! Voyez tout ce monde qui se presse pour la rencontrer ! Et des personnes de qualité !

Julie fit discrètement sortir du haut de sa robe le coin d'un papier où se lisait le symbole du Comité de salut public.

— Écoute-moi, petite sotte, si tu ne veux pas que ton public apprenne que ta devineresse de quatre sous a été emprisonnée en 1794 et surtout pour quelle raison, dépêche-toi de la prévenir.

La servante disparut pour revenir aussitôt ; elle s'inclina.

— Mademoiselle va vous recevoir tout de suite.

Julie pénétra dans le salon où la Lenormand s'installait pour dispenser la bonne parole. Allongée sur un sofa, la pythie examinait attentivement une tasse de café dont il restait un fond. Elle s'empara d'une soucoupe, la posa sur la tasse et renversa l'ensemble.

— Passez-moi la serviette blanche qui est sur la table, intima-t-elle.

Surprise, Julie s'exécuta. La Lenormand prit la tasse, dont les bords étaient tapissés de marc de café, et la déposa sur la serviette.

— C'est une des plus anciennes pratiques de divination. Savez-vous qu'elle vient de la plus haute antiquité, de Mésopotamie ?

Julie se garda de demander depuis quand on buvait du café entre le Tigre et l'Euphrate. La pythie ôta la tasse. Un cercle tacheté de formes aléatoires apparut sur la serviette.

— Vous voulez connaître votre destin, mademoiselle de Swarte ?

— Pas aujourd'hui.

— Vous avez tort. Regardez sur le côté gauche. C'est un dragon qui se dessine.

Julie avait beau écarquiller les yeux, elle ne voyait que des taches informes.

— Signe que vous courez un grand danger.

— Alors nous sommes deux, car s'il m'arrive malheur tes jours sont comptés. Tu ne l'as pas vu dans ton marc de café ?

La pythie froissa nerveusement la serviette.

— Ne prenez pas à la légère mes prédictions !

— Et toi les miennes : profite bien de la notoriété due à ta rencontre avec Joséphine, mais ne parle jamais de moi à quiconque.

— Je suppose que je ne suis pas près de revoir la pièce d'or que vous m'avez subtilisée ?

— Pas plus que tu ne te souviens de notre périple en voiture près des Tuileries.

Excédée, la Lenormand se leva. Alors que la gloire et la prospérité frappaient à sa porte, son invitée se faisait un malin plaisir de lui rappeler qu'à tout moment elle pouvait la serrer au garrot. Ce n'était plus supportable. Dans l'antichambre, les clients s'impatientaient. La pythie désigna une porte qui donnait directement dans la cour. Avant que Julie sorte, elle ajouta sur un ton soumis :

— Je sais que vous avez le bras long.

— Alors garde la mémoire courte.

Le quartier qui séparait les rues de Tournon et des Fossoyeurs abritait de nombreux hôtels aristocratiques tombés dans la roture. Les cours d'entrée avaient perdu leur concierge, les jardins à la française leurs jardiniers, l'herbe poussait entre les pavés, les rosiers redevenaient sauvages. Rue Garancière, Julie ralentit le pas devant une porte cochère qui donnait sur un étroit bâtiment à la façade fanée. Elle leva les yeux sur trois fenêtres closes au premier étage. C'était derrière l'une d'elles qu'était né Charles-Maurice de Talleyrand-Périgord il y avait bientôt un demi-siècle. Difficile d'imaginer que cet enfant, né sous Louis XV et baptisé dans l'église toute proche de Saint-Sulpice, serait un jour un évêque renégat et le ministre d'une république... Julie serra dans sa main la pièce frappée d'une fleur de lys issue de la bourse offerte par Joséphine à la pythie.

Elle songeait à sa vie de jeune fille, quand elle avait été présentée à Versailles.

Elle revoyait la bonhomie enrobée de Louis XVI et l'impeccable beauté de Marie-Antoinette. À cette époque, pour qui appartenait à l'aristocratie de cour, le roi, la reine, c'était tout. Cependant Julie n'avait pas longtemps partagé cette conviction. Très tôt, elle avait compris que ce monde était moribond et que la noblesse n'existait plus. Elle avait adoré ces vieilles familles qui rêvaient encore du Roi-Soleil, ces nobles qui chassaient à courre dans leur province, ces jeunes femmes couvertes de diamants qui se pâmaient sur Rousseau, mais ils appartenaient au passé. Et de ne pas l'avoir compris à temps avait provoqué leur chute définitive.

Voilà pourquoi Julie comptait bien se servir de ce probable complot royaliste pour son propre compte. On ne ressuscite pas les morts.

Elle longea la grande nef grise de Saint-Sulpice. Si un complot des partisans du roi était en cours, Talleyrand, qui avait trahi tout le monde, risquait gros. Pour autant, ce n'était pas lui qu'elle préviendrait en premier, mais Fouché. Il serait beaucoup plus efficace, plus *définitif*, pour tordre le cou à une conspiration. Et surtout, il pouvait être d'une aide précieuse. Quant à Charles-Maurice, il serait sauf sans avoir à se salir les mains. En paix avec sa conscience, qui coïncidait avec ses intérêts, Julie se dirigea vers la rue des Fossoyeurs. Auparavant, elle devait en savoir plus sur cette étrange pièce.

M. de Golème était de ces érudits qui traversent la vie sans lui accorder le moindre regard. Une fois tombés dans les bras de leur passion, elle devient leur maîtresse exclusive et le monde peut s'écrouler sans eux. Ainsi avait-il vécu la Révolution loin des regards et heureux. Tout entier dévoué à la numismatique, il avait continué à collectionner, classer, étiqueter, sans davantage se préoccuper de la République que de la guillotine. À peine s'étonnait-il de voir autant d'amateurs céder au plus vite leur collection pour financer un départ précipité. Pour lui, la Révolution avait été une époque bénie durant laquelle il avait accumulé les pièces les plus rares, les monnaies les plus anciennes. Il œuvrait dans une parfaite solitude, que rien ne semblait pouvoir troubler.

Aussi fut-il surpris quand on frappa alors qu'il mettait la dernière main à la description exhaustive d'un superbe statère en or, de l'époque d'Alexandre le Grand. Un véritable bijou.

— Monsieur de Golème ? dit l'importune. C'est votre voisine, la fameuse Mlle Lenormand, qui m'envoie. Elle m'a conseillé de vous consulter au sujet d'une pièce...

À ce mot, les yeux de M. de Golème brillèrent de convoitise. La jeune femme lui apparut comme une envoyée du ciel.

— Une pièce ? Entrez, mademoiselle, entrez tout de suite.

Le numismate posa sa loupe, saisit la pièce, la fit tournoyer entre ses doigts avant de dévisager Julie.

— Mais où avez-vous trouvé ça ?

— Dites-moi plutôt ce que vous savez sur cette pièce. Elle est artisanale, n'est-ce pas ?

Le numismate acquiesça.

— Oui, l'atelier qui l'a frappée n'est pas très habile. L'or semble provenir de fontes successives. Quant aux moules, ils ont été gravés à la va-vite.

— De l'or volé ou amassé je ne sais où, peut-être issu d'un atelier clandestin ? demanda la jeune femme, qui imaginait déjà la jubilation du ministre de la Police.

— C'est fort possible. À cette époque, il y en avait beaucoup.

Julie se redressa, comme piquée par un serpent.

— Comment ça, « à cette époque » ?

— Oui, cette pièce date de cinq siècles.

— Mais le lys est bien le symbole du roi de France ?

— C'est aussi le symbole de la ville de Florence, qui a fondu au Moyen Âge cette monnaie en or que l'on appelle florin.

— Et le monarque côté face ?

— Il s'agit de Jean le Baptiste. Un saint, pas un roi.

Julie était abasourdie. En quelques réponses, le numismate venait de faire voler en éclats tout son échafaudage. Il n'y avait pas plus de conspiration que d'atelier de frappe royaliste. Fouché pouvait dormir tranquille : le prétendant au trône de France, le frère de Louis XVI, allait rester encore longtemps en exil. Pour la première fois, son instinct l'avait trompée. Elle avait poursuivi un gibier qui n'existait pas, un leurre.

— Vous ne m'avez toujours pas dit d'où venait cette pièce ?

— D'une succession, lança Julie au hasard, nous l'avons trouvée chez mon oncle.

— Il était collectionneur ?

— Je ne crois pas, répondit la jeune femme en se levant.

— Étrange ! Car cette pièce est rarissime. Regardez saint Jean Baptiste, il n'est pas tout seul.

Intriguée, Julie scruta la figure. De chaque côté du saint, deux minuscules formes qu'elle n'aurait jamais remarquées lui apparurent.

— À gauche, c'est un lion ; à droite, un léopard, révéla le numismate, et c'est très, très intéressant…

— Je n'en doute pas, coupa Julie, qui avait désormais hâte de reprendre le cours de son enquête, mais je dois prendre congé.

— Vous ne voulez pas en savoir plus sur cette pièce ? Vous devriez, croyez-moi.

Julie comprit qu'elle froisserait le numismate si elle ne l'écoutait pas jusqu'au bout. Après tout, il l'avait sauvée d'un ridicule assuré, elle pouvait bien lui consacrer encore quelques instants.

— Pardonnez-moi, je suis encore sous le coup de la mort de mon pauvre oncle. Je vous en prie, faites.

— Cette pièce est exceptionnelle. En plein Moyen Âge, quelque part en France, un seigneur a voulu frapper monnaie et, pour marquer son originalité et son pouvoir, il a ajouté ces deux animaux. Et le destin, ou le hasard, a voulu qu'il ne reste que cette pièce. Elle est unique.

— Ce qui veut dire ? demanda Julie.

Le numismate lui tendit délicatement la pièce.

— Que vous avez une fortune dans votre main…

Julie ne réagit pas. Un signal d'alarme venait de résonner en elle. Comme, à la chasse, dans le grand silence du matin, quand un bruit menaçant s'échappe d'un fourré. Comment pareille pièce avait-elle pu se retrouver dans la bourse de Joséphine ?

— Une fortune… mais aussi un gros problème, ajouta M. de Golème.

Pour la première fois, le numismate la regarda dans les yeux.

— Parce que cette pièce a été volée.

— Volée ? Mais à qui ?

— À quelqu'un dont je crains même l'ombre.

— Mais…

— Mademoiselle, j'ai réussi à traverser la Révolution, la Terreur et le Directoire sans perdre ma tête. Beaucoup pensent que c'est par pure chance, mais il n'en est rien. Je suis prudent. Très prudent. Cette pièce va vous attirer beaucoup d'ennuis. Croyez-moi, jetez-la avant que cette mauvaise histoire d'héritage ne vous saute au visage.

— Enfin, monsieur, vous divaguez !

M. de Golème désigna la porte d'un regard.

— Disons, pour votre bien et pour le mien, que vous n'êtes jamais venue ici.

Julie, troublée, se rendit compte que le numismate semblait maintenant terrorisé. Elle n'avait pas mis la main sur un complot, mais sur quelque chose de beaucoup plus dangereux.

Julie rangea la pièce en sûreté contre son sein et partit sans un mot. Elle ne tirerait rien de plus du numismate pour le moment, mais il y avait là un mystère à élucider.

14

La vie secrète des morts

Île de la Cité, 18 juin

Après une cavalcade précipitée jusqu'au Châtelet suivie d'un échange houleux avec les gardes pour avoir accès à la morgue, Calvimont chercha et finit par trouver la porte derrière laquelle était enfermé le couple que Georges avait reçu. Suant à grosses gouttes malgré la fraîcheur ambiante, Armand entendit à travers le battant une vive discussion.

— Je te dis qu'on n'aurait jamais dû venir ici ! se lamentait une voix de femme.

— Et courir le risque de perdre l'héritage de l'oncle s'il lui est arrivé malheur, tu es devenue folle ? répliqua une voix masculine hachée.

Armand inséra la clef dans la serrure et pénétra dans une petite pièce aux murs nus où attendait un couple haut en couleur. La femme débordait de son corset sous une robe jaune que complétait une large ceinture d'un rouge éclatant qui rehaussait plus qu'elle ne cachait sa corpulence.

L'homme, quant à lui, semblait vouloir concurrencer sa femme dans le mauvais goût avec sa silhouette rondouillarde enveloppée dans une tenue bleu roi et les chaussures à boucles d'argent dont il frappait nerveusement le sol pavé.

Colorés à l'excès et gras de partout, ils incarnaient cette

nouvelle bourgeoisie qui tentait de remplir les souliers trop grands de l'aristocratie défunte.

Découvrant Armand, l'homme se leva vivement et dressa un poing flasque dans un vain geste d'intimidation.

— Bougre de butor ! Vous n'avez aucun droit de nous enfermer, libérez-nous tout de suite ou c'est l'échafaud qui vous attend !

— Et si vous vous rasseyiez avant de prendre un mauvais coup ?

— Vous osez me menacer ? Savez-vous seulement qui je suis ?

Le jeune homme ne se rappelait plus le nom que lui avait donné Georges.

— Point du tout. À moi de me présenter, je suis Armand de Calvimont, mandaté par le gouvernement de notre bien-aimé Premier consul afin de vous interroger sur votre oncle.

À la mention de la particule, le poing de l'homme était redescendu, et aux mots de « Premier consul » ce fut le sang qui déserta son visage.

— Mon oncle ?... Bonaparte ?... Quel... quel rapport ?

Sa femme l'attrapa par le bras pour le faire asseoir avant d'esquisser une révérence maladroite que la robe qui la boudinait rendit ridicule.

— Je suis Mme Maillard, excusez mon mari, nous sommes enfermés dans cet endroit atroce depuis des heures et nous commencions à douter de notre sort. Ainsi que de celui de notre cher oncle, bien sûr.

— Bien sûr... J'ai cependant quelques questions à vous poser. Si vous voulez bien m'accompagner...

— Tout ce que vous voudrez.

La femme saisit son mari par le bras avant de suivre Armand, qui les conduisit à grands pas à l'étage inférieur vers la salle des morts. Jetant un bref coup d'œil au couple trottinant derrière lui, ces deux pantins singeant l'aristocratie, Armand réprima une moue dégoûtée.

— Selon mes informations, vous êtes venus au Châtelet car votre oncle a disparu de son domicile, c'est bien ça ?

— Si fait, monsieur, il devait déjeuner chez nous aujourd'hui, et pour rien au monde il n'aurait raté mes plats de chez Beauvilliers...

Armand hocha la tête. Beauvilliers, ancien cuisinier de Monsieur, frère du roi, était une notoriété culinaire dans le Paris de Bonaparte. Comme son confrère Tustal, les parvenus de la bourgeoisie se le disputaient.

— Cela ne me dit pas pourquoi vous vous êtes présentés directement ici. Pourquoi ne pas d'abord visiter les hôpitaux ou les prisons ?

Le couple échangea un regard qu'Armand fit mine de ne pas remarquer.

— Eh bien, dit la femme après une hésitation, c'est que notre oncle sort beaucoup, et comme de nos jours les rues sont dangereuses, avec tous ces marauds, ces pouilleux qui traînent dès la nuit venue...

— Où habite votre oncle ?

— Avec nous, rue Quincampoix. Nous partageons un immeuble de famille.

— Et quelles sont ses activités ?

— Oh... Il aide des amis en difficulté. Vous savez, c'est un homme si bon, si généreux !

Intrigué, Armand haussa les sourcils.

— Il pratique le prêt à usure ?

— Qu'allez-vous penser, voyons ! se récria la grosse bourgeoise. Des personnes bien nées lui confient de l'argent pour qu'il le place et lui le prête à des gens qui en ont besoin. Il est si charitable !

— Je n'en doute pas. Attention aux marches... Je pense que vous avez compris où je vous emmène ?

Les remugles pestilentiels qui envahissaient l'escalier ne le disaient que trop, il ne reçut aucune réponse. Passé un long couloir étroit, Calvimont les mena jusqu'à la salle où officiait Georges et où patientaient les trois cadavres masculins du manoir Brunet.

Pâle et au bord de la nausée, le couple s'approcha des corps mutilés, écarquillant des yeux effarés à mesure qu'ils découvraient les sévices.

— Mon Dieu, oui, c'est bien lui, c'est notre oncle Jacques ! s'écria soudain la femme en reculant.

— Celui du milieu, précisa son mari d'une voix étranglée.

Ébranlés, ni l'un ni l'autre n'avaient à coup sûr jamais vu de morts dans un tel état. Calvimont se pencha sur le cadavre. C'était un homme chauve, de petite taille, qui avait dépassé la cinquantaine.

— Remontons à l'air frais et vous me parlerez plus avant de votre oncle. Comme vous le constatez, il est impliqué dans une affaire tragique.

Parvenu au rez-de-chaussée du Châtelet, le mari guida sa femme à l'écart, où elle se mit à vomir. Puis il se tourna vers Armand avec arrogance.

— Que se passe-t-il ici, monsieur ? déclara-t-il sur un ton agressif. Qui êtes-vous et qu'est-il arrivé à notre oncle ? J'exige de tout savoir !

— Dites-moi tout ce que vous savez sur lui. Après quoi vous pourrez vous précipiter sur l'héritage.

— Vous êtes ignoble, monsieur, et votre allusion une pure calomnie !

— Allons, nous savons tous deux que c'est l'unique raison qui vous a amenés à la morgue.

D'un pas mal assuré, l'épouse Maillard les rejoignit, le visage défait, la robe souillée. Armand la désigna d'un doigt accusateur.

— Votre cupidité vous a même fait sauter votre déjeuner, sans quoi votre femme aurait rendu autre chose que des filets de bile...

— Je ne vous permets pas ! Je connais des gens d'importance et, croyez-moi, votre carrière d'émigré en goguette peut s'arrêter du jour au lendemain si je vous fais remettre sur les listes de proscription...

Armand empoigna Maillard par le col et souffla son haleine embaumée de vin hongrois au visage stupéfait du bourgeois, qui ferma aussitôt son clapet.

— Je n'ai pas de temps à perdre avec votre engeance de parasites engraissés par la vente des biens nationaux. Vous allez tout me dire, porcelet, sinon les sbires de Fouché prendront le relais.

Muet de peur, le petit homme fixait le visage beaucoup trop proche du sien avec des yeux ronds comme des billes de plomb.

— Monsieur, calmez-vous, intervint sa femme sur un ton suppliant, nous ignorons tout des affaires de feu notre oncle. Si vous voulez en savoir plus, il faudra interroger ses associés.

— Je n'ai pas fait deux fois le tour de Paris pour qu'on me renvoie dans une impasse ! Donnez-moi quelque chose... ou vous risquez de ne pas sortir d'ici.

Le mari sursauta et se mit à parler à toute vitesse :

— Rue Saint-Honoré, il avait un lieu de plaisir où il recevait pour ses affaires.

— L'adresse exacte ?

— L'immeuble juste en face de l'église Saint-Roch. Dans la cour, l'aile de gauche. Au deuxième étage, mais je n'ai pas les clefs.

— Je n'en aurai pas besoin.

Armand lâcha Maillard et fila en laissant la femme questionner d'un ton acide son mari sur ce lieu de plaisir dont elle ignorait l'existence.

Armand retrouva avec plaisir les rayons chauds du soleil après cette nouvelle plongée dans les entrailles humaines et souterraines. Il s'étira à la lumière, puis caressa la crosse du pistolet dissimulé sous son veston. Ce geste le rassurait, car il ne savait pas ce qu'il allait trouver rue Saint-Honoré.

— Je vous quitte une heure et vous voilà plus raide qu'un pendu ! Vous n'avez pas besoin de moi pour perdre votre sang-froid.

Calvimont se retourna vers La Gaîté, qui venait de surgir de l'ombre des tours du Châtelet. À côté de lui, un jeune garçon, pieds nus et calleux, tendait la main dans l'espoir d'une pièce.

— Vous voilà... Nous avons une piste, une des victimes est identifiée. Un manieur d'argent, doublé d'un usurier.

— Joli poisson ! Georges m'a prévenu, pour ces nouveaux riches pris au piège du Châtelet : j'aurais bien aimé voir leurs trognes après des heures à se tordre de peur.

Armand haussa les épaules. Les Maillard, ces caricatures grotesques avec leur besoin irrépressible de paraître ce qu'ils n'étaient pas, l'avaient écœuré.

— Des êtres pitoyables, comme il y en a trop de nos jours.

— Mon cœur saigne, Calvimont, vous découvrez les bassesses du nouveau Paris ?

— Cessez vos pitreries, suivons la piste : allons rue Saint-Honoré, où le défunt avait un petit appartement, pour ses affaires, paraît-il.

La Gaîté écarta du pied le jeune mendiant.

— Allez, file, toi ! Nom de Dieu, nous aurons passé la journée à tourner en rond des deux côtés de la Seine !

— Les joies de servir de limier au Boiteux, d'ailleurs je m'attends à chaque instant à être rappelé au chenil par des cors de chasse.

— Bon courtisan, bon chien courant !

— Hâtez-vous, au lieu de médire.

L'ancien prêtre retint Armand par la manche.

— Un instant, beau sire, avant de vous précipiter ! Depuis ce matin, nous parcourons des endroits où l'on se fait vite repérer. Qui vous dit qu'entre le passage du Dragon et le Châtelet nous n'avons pas attiré l'attention ?

— Et alors ? demanda Armand, qui regardait le petit

miséreux déçu s'éloigner à la recherche d'un cœur plus compatissant.

— Alors, nous allons emprunter les bords de Seine jusqu'au jardin des Tuileries. C'est plus long, mais les quais sont peu fréquentés, et si nous sommes suivis nous nous en apercevrons facilement.

De temps en temps, La Gaîté avait de bonnes idées ; Calvimont acquiesça du menton.

Après avoir parcouru toute la longueur du jardin des Tuileries, ils tournèrent pour rejoindre le haut de la rue Saint-Honoré. Ils s'assurèrent qu'ils n'étaient pas suivis. Dans ce quartier désert, la moindre silhouette se repérait facilement. Seuls quelques maraîchers, leur charrette vide de retour des Halles, reprenaient le chemin des champs. Comme ils descendaient la rue en direction de l'église Saint-Roch, La Gaîté montra sur la gauche une longue façade grise.

— Vous voyez ce porche fermé avec des planches ? C'était la maison Duplay. C'est là que vivait Robespierre.

Fasciné, Armand s'approcha. Les deux murs qui entouraient la porte étaient couverts de taches ocre.

— Quand l'Incorruptible a été conduit à la guillotine, la foule a maculé la façade avec du sang de bœuf. Une véritable folie !

Calvimont ne parvenait pas à détacher son regard des sinistres éclaboussures. Il lui semblait qu'elles résumaient toute la Révolution : commencée dans l'enthousiasme, elle avait fini dans le sang.

— Ne restons pas là. La maison est surveillée par la police. On dit que des jacobins y viennent en pèlerinage.

Ils arrivèrent devant l'immeuble qui faisait face à l'église Saint-Roch. La porte cochère était ouverte. Ils traversèrent une vaste cour en direction de l'aile gauche, qui ne comptait que trois étages.

— C'est au deuxième, regardez, les fenêtres sont ouvertes.

La Gaîté secoua la tête.

— J'en ai assez de grimper des escaliers ! Tout ça pour un simple crime crapuleux qui a dégénéré et que Fouché et Talleyrand essayent de tourner l'un contre l'autre...

— Et la bombe dans les caves du manoir ? Le ministre de la Police qui se déplace en personne pour la récupérer ? Un pur hasard ? Votre fatalisme de curé vous dessert ! Quelque chose de mauvais se prépare, et si les choses tournent mal pour le Boiteux...

Calvimont ne termina pas sa phrase. Ils venaient d'arriver devant une porte béante ouvrant sur un appartement sens dessus dessous.

— La serrure est intacte : les malandrins ont dû récupérer une clef au cours de votre charmante soirée intime, déclara La Gaîté en sortant un couteau de sa chemise. Je passe en premier. Couvrez-moi.

Armand, pistolet en main, s'engouffra à son tour dans l'appartement, son compagnon explorant chaque pièce avec la minutie d'un chien de chasse. Les lieux avaient été fouillés et pillés dans les règles de l'art. Une pendule de cheminée avait même été couchée et examinée.

— Des gens qui connaissent leur métier, conclut l'ancien prêtre en montrant fauteuils éventrés et coussins vidés de leur contenu.

Ils passèrent dans une pièce tendue de soieries où trônait un lit à baldaquin.

— La chambre des amours, ricana La Gaîté.

Près de la fenêtre, un secrétaire était fracturé et tous les tiroirs ouverts. La Gaîté se pencha.

— On s'est servi d'une lame courbe pour faire levier.

— Comment savez-vous qu'elle est courbe ?

— Vous oubliez que j'ai été prêtre ! Comment les voleurs forcent-ils les troncs d'église ? Avec une serpe à émonder la vigne.

— Une lame courbe à bout effilé, c'est ça ? Ça ne vous rappelle rien ?

La Gaîté se frappa le front.

— Par le sang de Dieu, l'arme du crime ! Celle que Georges nous a décrite !

— Oui, et pas seulement ! Il nous faut revenir tout de suite au passage du Dragon. J'ai vu ce type de serpe à l'œuvre là-bas. Peut-être maniée par notre homme.

La Gaîté se rua vers la porte.

— Vite, avant qu'il ne nous file entre les doigts !

15

Une douce sarabande

Rive gauche, 18 juin

À mesure que Julie remontait la rue du Bac en direction de la Seine, le pavé était de plus en plus encombré. Des carrosses, débouchant de l'ancien pont Royal, filaient en nombre vers le quartier Saint-Germain. Les Parisiens étaient habitués à ces migrations internes à la capitale : sur la rive droite siégeait l'autorité centrale, sur la rive gauche les ministères. Un territoire dans lequel Bonaparte marchait sur les traces de la royauté au palais des Tuileries, où Talleyrand campait en grand seigneur rue du Bac et où tout un chacun était surveillé par Fouché depuis son bastion du quai Malaquais. À toute heure du jour, une transhumance continuelle d'estafettes, de conseillers, de diplomates et de militaires passait d'une rive de la Seine à l'autre. Le sang du pouvoir circulait sans s'arrêter entre le cœur et ses principaux organes, entre les Tuileries et les ministères de Fouché et de Talleyrand. Mais ce qui surprenait Julie, c'était le sens du mouvement. On avait l'impression que le quartier général des Tuileries se dépeuplait au profit du faubourg Saint-Germain. C'était signe de mauvaises nouvelles. Quand les oiseaux migrateurs filent plein sud, c'est que le climat se refroidit.

Un carrosse s'arrêta et un jeune conseiller d'État sauta sur le sol. Julie avait aussitôt identifié sa fonction, ils se ressemblaient tous. Ces fonctionnaires de l'entourage de Bonaparte avaient l'agaçante manie de singer leur idole. Si le Premier consul se coupait les cheveux ou portait des bottes à revers, ils avaient tous le lendemain la nuque rasée et le pied botté de frais. Le conseiller s'arrêta devant une boutique de mode d'où surgit un couple de commerçants, peut-être ses parents. Julie s'approcha, d'un air dégagé, passante attirée par la devanture.

— Quelles nouvelles ? demanda le mari.

Le conseiller jeta un coup d'œil suspicieux dans la rue. Julie, avec sa robe grise toute simple de petite modiste, ne lui parut pas une menace suffisante pour qu'il baisse le ton.

— Nous avons reçu une dépêche d'Italie. À Milan, la rumeur court qu'un grand chef est mort. Un Français.

La femme se signa.

— Tu crois que c'est…

— Je ne peux rien dire, mais si la nouvelle se confirme (il se tourna vers son père), la rente va baisser…

Le boutiquier acquiesça sans un mot. Dans moins de cinq minutes, il serait chez son courtier. Julie n'écouta pas la suite. Si le bruit de la mort probable de Bonaparte se répandait, les événements allaient s'accélérer. Elle devait agir, et vite. À présent qu'elle n'avait plus rien à vendre à Fouché, hormis un numismate terrorisé, il lui fallait satisfaire la curiosité de Talleyrand et découvrir ce que tramait la confidente de Joséphine rue du Doyenné à l'enseigne du Bateleur.

Les étrangers qui visitaient la rive droite s'étonnaient toujours de la présence grise et austère du quartier du Doyenné à deux pas des Tuileries. Tapies entre les façades du Louvre et la place du Carrousel, ses toitures mornes et ses rues étroites donnaient l'impression d'un endroit oublié par l'Histoire. Habité des siècles durant par des prêtres, ce coin de Paris avait pris de ceux-ci le caractère solitaire et une propension au silence qui surprenait quand on quittait la bruyante rue Saint-Nicaise, avec ses carrosses à toute heure. Cette absence de vie inquiétait Julie, qui savait que plus un quartier est désert, plus vite on y est repéré. Elle avait ajouté à son accoutrement de modiste en course un carton à chapeau noué d'une faveur prune et avait crotté ses souliers pour simuler une longue marche. La rue du Doyenné était vide hormis un pochard écroulé contre un mur qui hoquetait son vin. Julie traversa la rue et s'arrêta devant la boutique à l'enseigne du Bateleur. Bien que pourvue de grandes vitrines, elle ne proposait rien en devanture, comme si elle ne s'adressait qu'à des connaisseurs. À l'intérieur, on devinait de longues tables et de hautes armoires à tiroirs. En s'approchant de la vitre, Julie aperçut des employés, en bras de chemise, penchés sur des écritoires. Elle se demanda s'il ne s'agissait pas d'un office notarial. Si, comme elle le pensait, Joséphine était mêlée à des affaires spéculatives, il était possible que Mme de Kreny lui serve de prête-nom dans ses opérations financières. Ce qui expliquerait que la confidente soit venue récupérer à la hâte des documents compromettants en cette période d'incertitude politique. La femme du Premier consul ne pouvait prendre le risque que son mari soit impliqué dans une basse affaire de dessous-de-table. D'autant que, pour échapper au scandale, Bonaparte n'hésiterait pas à se séparer d'une femme qui aurait entaché sa réputation.

Ce scénario se tenait, à ceci près que Julie n'avait aucune preuve. À moins que… Elle s'approcha de nouveau de la vitre. Au bout d'un moment, un des clercs, intrigué par cette jeune femme immobile, se leva et ouvrit la porte.

— Désirez-vous quelque chose, mademoiselle ?

Julie jaugea tout de suite l'employé. Vingt-cinq ans à peine. Une chemise amidonnée avec soin, un pantalon apprêté chez un tailleur. Sans nul doute, un fils de famille qui faisait ses premières armes de tabellion en recopiant actes et contrats. Il devait s'ennuyer à mourir. Julie lui décocha un sourire confus.

— Pardonnez-moi, je revenais de livrer un chapeau quand j'ai aperçu cette enseigne. Elle m'a étonnée. Vous connaissez sa signification ?

À son tour, le jeune employé détailla Julie. Une fille de course, jeune, un brin naïve, jolie. Facile à séduire avec un peu de poudre aux yeux.

— Je l'ignore, mademoiselle, mais je m'en voudrais de vous laisser dans l'incertitude. Permettez-moi d'aller chercher le propriétaire pour qu'il vous renseigne lui-même.

Julie rougit aussitôt de gêne.

— Déranger votre patron, vous n'y pensez pas... Il doit être bien trop occupé !

L'employé sourit. Décidément, il avait de la chance d'être tombé sur pareille oie blanche.

— C'est un ami de mon père, murmura-t-il sur le ton de la confidence, il n'a rien à me refuser.

Satisfait de son effet auprès de cette jolie femme, il disparut dans la boutique pour réapparaître, quelques instants plus tard, accompagné d'un homme âgé.

Les cheveux rabattus sur le front, le visage sillonné de rides, la barbe inégale, il avait un regard fiévreux que démentait l'onctuosité surprenante de sa voix.

— Le jeune Louis me dit, mademoiselle, que l'enseigne de ma boutique vous intrigue ?

— En vérité, monsieur, hier soir, des amies et moi avons tiré les cartes... le tarot... et comme j'ai vu la même figure, je me suis arrêtée...

— Pour quelle maison travaillez-vous ?

Julie avait pris ses précautions. Ses références étaient aussi exactes que vérifiables.

— Mme Lalande, rue Saint-André. Je livre des chapeaux et je viens de...

— Cette enseigne n'a rien à voir avec une carte de tarot. C'est une représentation ancienne d'un musicien de foire. Regardez bien ce qu'il tient à la main : c'est un pipeau.

Julie était interdite et elle réprima une moue de dépit. Les suppositions échafaudées avec Mlle Lenormand étaient vaines. Toutes deux s'étaient fourvoyées dans les grandes largeurs.

— Mais alors, quelle est l'activité de votre boutique ?

Louis la prit par le bras et l'invita à entrer.

— Nous copions des partitions de musique pour des amateurs. En ce moment, on nous commande beaucoup de musiques militaires. Comme ce sont des pièces pour fanfare, nous les transcrivons pour de petits ensembles, un trio de clavecin et de violoncelles, par exemple. M. Rouget de Lisle excelle dans ce domaine.

Stupéfaite, Julie se retourna vers l'homme à la voix mélodieuse qui la suivait dans l'officine. C'était lui, le compositeur du « Chant de guerre pour l'armée du Rhin » auquel les volontaires marseillais avaient donné leur nom ?

— Je suis confuse, monsieur, de... d'avoir osé déranger un homme tel que vous. Surtout pour pareille niaiserie. Vous devez me trouver bien bête...

Le compositeur s'inclina en souriant.

— Ma femme est cliente de Mme Lalande, dont elle estime fort les créations. Ce qui me fait penser que je ne vous ai jamais vue chez nous, chose fort surprenante quand on sait la consommation frénétique que fait mon épouse de vos couvre-chefs...

— Je livre habituellement le faubourg Saint-Germain, mais exceptionnellement ma patronne m'a envoyée dans ce quartier. J'ai d'ailleurs eu bien du mal à trouver...

— Et où avez-vous déposé votre livraison ?

— À l'hôtel de Créqui.

Cet ancien hôtel particulier était, depuis le Directoire, une annexe du ministère de la Guerre où grouillaient les officiers d'état-major qui y venaient souvent avec leurs maîtresses.

— Vous aimez la musique, mademoiselle ? demanda Louis, qui n'avait pas envie de voir sa proie s'échapper trop vite.

— Oh, je l'adore, monsieur ! Tous les dimanches, à la messe, j'écoute les orgues à Saint-Sulpice.

Ce cri du cœur naïf fit sourire les deux hommes.

— Mais ça me rend triste aussi, et souvent je pleure.

Louis s'approcha comme pour la consoler.

— Avec moi, nul risque de pleurer, je suis le plus riant des hommes. Si le cœur vous en dit, venez nous rejoindre à Auteuil après la messe, mes amis et moi organisons des parties de barque, cela vous consolera.

Julie baissa pudiquement les yeux. Il était temps de lancer l'hameçon pour voir qui allait mordre.

— C'est que je n'ai pas le cœur à rire, surtout avec ce que je viens d'apprendre.

— Vous avez un gros chagrin ? s'empressa Louis.

— Pas pour moi, mais pour Bonaparte.

À ce nom, Rouget de Lisle lui saisit les mains. Ses doigts fins de claveciniste étaient d'une force étonnante.

— Que savez-vous ?

— Ce que tout le monde dit, que le Premier consul est mort. Tué en Italie.

— D'où tenez-vous cette nouvelle, et depuis quand ?

— À l'instant, à l'hôtel de Créqui. Les militaires sont au désespoir.

Comme frappé par un coup de fouet, le compositeur se rua au fond de la boutique.

— Pour lui, c'est une catastrophe, souffla Louis.

— Mais pourquoi ?

— Il mettait la touche finale à une marche dite « triomphale » pour le retour de Bonaparte. Une commande de Joséphine, qui voulait lui en faire la surprise. Une musique sublime.

Julie sentit le sol se dérober sous ses pieds.

— Une commande de Joséphine ?

— Oui, d'ailleurs Mme de Kreny, sa meilleure amie, est venue ce matin pour presser M. Rouget de Lisle de finir au plus vite.

Devant Julie, des herses venaient tout à coup de tomber en fermant toutes les pistes qu'elle croyait avoir ouvertes. Elle n'avait rien. Rien pour Fouché. Rien pour Talleyrand.

Comme la pièce d'or, la carte du Bateleur se révélait un cul-de-sac. Il n'y avait pas de conspiration à déjouer, ni de corruption à dénoncer.

— Alors, vous viendrez à Auteuil ? demanda Louis.

— Vous croyez que c'est vraiment le moment de s'amuser ? Vous avez vu la réaction de M. Rouget de Lisle ? Il est bouleversé.

Le jeune copiste eut un ricanement cynique.

— Le patron ? Pensez-vous, il est déjà en train de transformer sa « Marche triomphale » en « Marche funèbre » !

— Mademoiselle ?

D'une pièce au fond, la voix de l'auteur de « La Marseillaise » se faisait entendre.

— Vous rentrez chez Mme Lalande ?

— Oui, monsieur.

— Venez me voir. J'ai une facture à lui régler. Je vais vous donner l'argent.

Louis s'inclina et retourna à sa table de travail.

Rouget de Lisle était adossé contre la cheminée, le regard absent et les mains jointes. Julie s'approcha.

— Peut... peut-être Bonaparte n'est-il pas mort... bredouilla-t-elle pour le rassurer, c'est si loin, l'Italie !

— Ce n'est pas Bonaparte le problème.

Julie fonça les sourcils, perplexe.

— C'est vous. Vous qui êtes venue ce matin, vous qui suivez Mme de Kreny, vous qui posez trop de questions !

— Je peux vous expliquer...

— Ce ne sera pas nécessaire.

D'un geste soudain, le compositeur frappa violemment Julie au visage, l'envoyant s'écrouler sur le sol. Alerté par le bruit, Louis accourut. Son patron lui montra la jeune femme étourdie à terre.

— Débarrasse-moi de ça.

16

Une mauvaise rencontre

Quartier du Doyenné, 18 juin

En quelques instants, Julie fut bâillonnée, pieds et mains liés, avant d'être roulée dans un tapis et transportée en un lieu inconnu. Louis, le charmant Louis qui l'avait courtisée, s'était transformé en expert dans l'art du nœud. Elle ne pouvait bouger ni ses poignets, ni ses chevilles, habilement entravées. Elle avait bien essayé de crier, mais le bâillon était noué de main de maître. Décidément, on ne se contentait pas de copier de l'innocente musique dans la boutique du Doyenné. Ballottée dans son tapis, Julie n'en revenait pas de s'être fait piéger. Pour réagir de manière aussi vive et risquée, Rouget de Lisle devait avoir beaucoup à craindre. La rumeur de la disparition de Bonaparte l'avait métamorphosé : en un clin d'œil, le musicien s'était mué en ravisseur.

Julie poussa un hurlement aussitôt étouffé par son bâillon. On venait de jeter sans ménagement le tapis sur le sol après avoir gravi des marches qui n'en finissaient pas. Son épaule douloureuse n'empêchait pas Julie de réfléchir. Au sortir de la boutique de musique, ils avaient tourné à droite avant de traverser la rue, puis de monter un escalier. Des marches en pierre, car elle n'avait pas entendu le bois craquer. Ensuite, le tapis avait cogné le mur à plusieurs reprises, le passage était sans doute devenu plus étroit. Elle devait être sous les combles d'un immeuble. Peut-être une chambre de bonne. Analyser, déduire, faire fonctionner son esprit rassurait Julie, qui se savait en mauvaise posture. Elle aurait dû prévenir Talleyrand, mais elle s'était laissé emporter par la fièvre de la traque. Comme souvent, elle s'était montrée trop impulsive. Et désormais elle était seule.

Une main leste déroula le tapis et Julie découvrit Louis, qui la regardait avec un petit sourire ironique.

— Avant d'être au service de M. Rouget, j'ai servi dans l'armée du Rhin. Un coup de tête. Paris m'ennuyait, ma famille aussi. Je n'ai récolté ni blessure ni le moindre grade, mais je sais faire un prisonnier et surtout le faire parler.

Julie cligna des paupières et grogna pour qu'il la détache.

— N'attendez pas de moi que j'ôte votre bâillon pour que vous me serviez votre touchant mensonge de la petite modiste qui livre des chapeaux, je déteste perdre mon temps. En revanche, je vais délier vos chevilles.

Louis immobilisa Julie d'une poigne ferme afin qu'elle ne puisse pas le frapper du pied ou du genou et défit les liens un par un. Il connaissait son affaire.

— J'ai beaucoup appris en Allemagne. Vous n'ignorez pas qu'un paysan parle toujours quand on lui chauffe la plante des pieds avec un tison. C'est un argument irrésistible.

Il fixa Julie dans les yeux.

— Irrésistible aussi, la « sauce royale ». On incise au rasoir une plaie profonde, de préférence sur le visage, puis on y verse vinaigre, sel et poivre. Très efficace. Mais je suppose que vous ne souhaitez pas que je vous carbonise les pieds ni que je vous défigure à jamais ?

Julie secoua frénétiquement la tête.

— À la bonne heure. Je vais vous délivrer du bâillon et vous interroger. Primo, hurler est inutile, personne ne vous entendra. Secundo, ne vous jouez pas de moi. Levez-vous et regardez sur la table.

Julie s'exécuta et avisa un plat à barbe et un cuir à aiguiser.

— Vous êtes dans mon lieu de plaisir et je me rase toujours de frais quand je reçois une dame. Le rasoir est dans le tiroir. Ne m'obligez pas à le sortir.

Le bâillon enlevé de sa bouche, Julie resta silencieuse, comme muette de terreur, et roula des yeux effarés. À la vérité, elle évaluait ses chances. La pièce n'était éclairée que par une fenêtre aux volets à demi clos. Deux portes, une à chaque extrémité, étaient les seules issues, mais, avec les mains liées, elle n'irait pas loin. Mieux valait se concentrer sur l'interrogatoire qu'elle allait subir.

Louis était installé à califourchon sur une chaise.

— Qui êtes-vous ?

— Mon nom ne vous dira rien, je m'appelle Julie de Swarte. Je suis rentrée en France il y a quatre ans. Avant, je vivais en Allemagne.

— Quelle coïncidence, nous aurions pu nous croiser, ironisa Louis.

Si le nom de Swarte lui était en effet inconnu, en revanche sa position de ci-devant de retour à Paris était plausible. Cela et le fait qu'elle joue à l'espionne indiquaient clairement que cette Julie s'était mise au service d'un puissant en échange de sa protection.

— Pour qui travaillez-vous ?

Julie soutint le regard de son ravisseur.

— Pour le ministre des Relations extérieures.

— Talleyrand, rien que ça !

— C'est un patron d'un autre calibre que votre barbouilleur de notes.

Le jeune homme ne releva pas.

— Que cherchez-vous ?

— La vérité sur Joséphine.

À ce nom, Louis recula légèrement et ouvrit des yeux ronds.

— Nous n'avons rien à voir avec l'épouse du Premier consul !

— Elle a à voir avec vous, sinon pourquoi vous aurait-elle envoyé sa femme de confiance, Mme de Kreny ?

Louis ne répliqua pas et s'empara du bâillon, qu'il fourra dans la bouche de sa prisonnière. Il vérifia les liens de ses poignets, lui entrava de nouveau les chevilles et se dirigea vers la porte.

— Ne croyez pas que j'en aie fini avec vous.

Julie poussa intérieurement un long soupir de soulagement. Le nom de Joséphine avait fait son effet. Le temps que ses ravisseurs réagissent, elle avait certainement gagné quelques heures. Talleyrand s'inquiéterait de son absence...

Comme s'il devinait ses pensées, Louis se retourna avant de quitter la pièce.

— Personne ne viendra vous secourir, lâcha-t-il.

Julie haussa les épaules.

— Parce que vous ne sortirez jamais d'ici.

17

Le sang est d’or

Rue du Bac, 18 juin

Armand attendait, ce qui n’avait jamais été son fort. La Gaîté s’était engouffré quelques minutes plus tôt dans l’immeuble du ministère des Relations extérieures et tardait à réapparaître avec les renforts promis.

Depuis le matin, l’endroit avait changé de visage : la cour et le bâtiment débordaient d’un va-et-vient incessant de visiteurs qui entraient aussi vite qu’ils sortaient dans un ballet décousu, signe que la politique agitait les esprits.

Parmi cette cohue Armand reconnut plusieurs personnalités qu’il avait croisées lors de mondanités en compagnie de Charlotte. Ces hommes de pouvoir et d’influence étaient représentatifs des mutations qui s’étaient opérées au sein des élites parisiennes. Les aristocrates au port princier et à la haute taille avaient laissé la place à des bourgeois aux tenues chamarrées et à des militaires sveltes et nerveux, à l’image du Premier consul. C’était là les deux assises du nouveau régime : le commerce et l’armée, l’or et le sang.

Il avisa également quelques-uns des vétérans qui l’avaient accompagné au manoir Brunet, groupés par paires, à chaque coin de la cour. Rien ne les distinguait des visiteurs ordinaires, sinon qu’ils examinaient avec attention chaque nouveau venu. Armand frotta sa blessure au côté, qui le démangeait.

La situation était-elle à présent d'une telle précarité pour que Talleyrand redoute un coup de force jusque chez lui ? Le Boiteux devenait-il enfin prudent ? Voilà qui était surprenant, mais après tout, depuis la veille, Paris avait perdu tout sens commun. Si des nouvelles claires n'arrivaient pas rapidement d'Italie, les divagations et le chaos à l'œuvre s'intensifieraient.

Armand pesta : les choses n'allaient pas s'arranger si ce damné curé ne rappliquait pas plus vite ! Entre le détour depuis le Châtelet pour vérifier qu'ils n'étaient pas suivis et le crochet pour chercher des renforts chez Talleyrand, le temps perdu s'égrenait et la piste refroidissait. Les excès de précaution de La Gaîté risquaient de leur coûter cher s'ils continuaient à piétiner ainsi.

Alors qu'il se préparait à partir seul, son compère sortit précipitamment du ministère, accompagné de deux comparses aux allures de repris de justice. Armand les rejoignit sans un mot et ils se mirent en route d'un pas rapide en direction du passage du Dragon.

— Alors, Calvimont, prêt pour un peu d'action ? Après une journée à arpenter Paris en récriminant à tout bout de champ, votre légendaire soif de sang a dû se réveiller !

Les affidés de La Gaîté émirent des gloussements rocailleux en lançant des œillades à Armand, qui se demanda s'il pourrait massacrer ces gueux avant que l'un d'eux ne parvienne à l'occire.

— Enfin des ouailles à ta mesure, cureton ? À quand la confrérie des pilleurs de tombes ?

Les visages des trois hommes se fermèrent aussitôt et ils détournèrent les yeux pour scruter la faune présente d'un air subitement affairé, ce qui surprit Armand : sa boutade avait-elle touché juste ?

— Un forban qui se gausse de larrons, enchaîna l'ancien prêtre, voilà qui est presque aussi drôle que l'émigré qui voit des complots partout. Attention, vous allez finir comme Fouché et en inventer vous-même…

— C'est votre obsession à ne voir qu'un crime crapuleux dans cette sombre histoire que je trouve suspecte.

Calvimont vit la mâchoire de La Gaîté se serrer et entendit presque les dents crisser tandis qu'une veine saillait sur son crâne. Mais le défroqué se contenta de regarder devant lui en accélérant la cadence, suivi à la trace par ses comparses à triste mine. Armand calcula qu'entre les hommes qui surveillaient le ministère et ceux qui l'accompagnaient, Talleyrand disposait d'une garde prétorienne d'au moins une dizaine d'éléments, sans compter Balafre et La Gaîté. Ce n'était pas dans les habitudes du ministre de recruter pareille engeance. D'ailleurs, où les avait-il trouvés ?

Tout à ses réflexions, Armand avait ralenti et, en levant les yeux, il ne vit plus son escorte de brutes. Il se mit à courir et les rattrapa à l'entrée du passage du Dragon, où La Gaîté distribuait ses ordres :

— Vous deux, vous venez avec moi pour maîtriser le suspect. Quant à vous, Calvimont, tenez-vous prêt. Attention, choisissez le bon moment pour intervenir ! La populace du Dragon a tendance à s'enflammer comme de l'amadou et je n'ai pas envie de rapporter votre tête rue du Bac.

Les sbires hochèrent la tête sans mot dire avant de suivre La Gaîté dans le passage obscur tandis qu'Armand restait quelques pas en arrière. Comme à chaque fois qu'il partait en chasse, Calvimont avait les sens aux aguets. Il comprit dès leur entrée qu'ils avaient été repérés. Des regards lourds de menace pistaient l'ancien religieux et ses acolytes tandis que des receleurs planquaient leurs trésors à la va-vite en guettant anxieusement la progression des nouveaux venus.

Du coin de l'œil, Armand vit des hommes se grouper derrière eux, prêts à en découdre avec les intrus qui viendraient perturber cette cour des miracles.

La Gaîté arriva devant l'échoppe où Calvimont avait remarqué le bonhomme à la serpe, mais celui-ci n'était nulle part en vue. La Gaîté pénétra dans la boutique, d'où il extirpa manu militari le propriétaire avant de le projeter sur le pavé.

— Où est ton apprenti ?

— Je ne sais pas !

À l'intérieur, on entendait les deux hommes de main renverser les armoires, briser les tiroirs. Un vase en marbre rose, qui avait dû orner une demeure aristocratique, vola par une fenêtre.

— Vous êtes fous ! s'écria le commerçant, affolé.

Il n'eut pas le temps d'en dire plus. L'ancien prêtre lui allongea un coup de botte dans les parties intimes, ce qui déclencha un concert de hurlements.

— Si tu m'as menti, prie le diable. Lui seul pourra te sauver.

La Gaîté enchaînait les coups sur l'homme sans défense et quelques-uns des hommes qu'avait repérés Armand se détachèrent de la foule dans l'intention de s'interposer entre le bourreau et sa victime. L'aristocrate leur coupa le chemin, la main bien visible sur la crosse de son pistolet.

— Nul besoin de se mêler d'une querelle privée, messieurs, notre ami n'en a que pour quelques minutes, dit calmement Armand.

Un homme au regard chassieux, le meneur du groupe, dévisagea Calvimont de ses yeux mal alignés, détaillant sa tenue de bonne facture, et une étincelle d'avidité s'alluma au fond de ses prunelles.

— Tu te crois où, le ci-devant, avec ton joujou à la ceinture ? Tu débarques de Coblentz[1] ou quoi ? dit-il d'une voix éraillée en avisant la chevalière d'Armand.

— De bien plus loin, tu n'as pas idée. Nous cherchons seulement un individu qui joue de la serpe. Dès que nous l'aurons trouvé, nous disparaîtrons et chacun pourra retourner à ses affaires.

— Je m'en tape de ce que tu veux, bougre de jean-foutre !

1. Lieu de ralliement des émigrés en Allemagne.

Dégage ou je te refais le museau ! jeta l'homme en dégainant un couteau.

Armand entendait derrière lui les cris du marchand qui se tordait sous les coups de La Gaîté. Des groupes semblables à celui du chassieux se frayaient un chemin à travers les badauds. La situation tournait à l'aigre.

— Décide-toi, le rupin, bouge ou meurs.

— Ni l'un, ni l'autre, rétorqua Calvimont en sortant son arme.

Le chassieux hésitait quand soudain des cris retentirent : la silhouette en flammes d'un des hommes de La Gaîté jaillit de l'échoppe. Tous se tournèrent vers la boutique d'où s'échappaient des panaches de fumée et des bruits de lutte. La Gaîté leva ses poings rouges de sang de sa pitoyable victime et se rua vers l'entrée. Derrière Armand, la foule battait en retraite en beuglant comme si tout Paris brûlait déjà.

Une nouvelle silhouette se découpa dans l'encadrement de la porte et un coup de feu assourdissant retentit. Touché à l'épaule, La Gaîté fit un tour sur lui-même avant de s'écrouler.

La détonation précipita le chaos : la foule se dissipa en volée de fuyards.

Calvimont profita de la confusion pour vider son pistolet dans le visage contrefait du chassieux, éclaboussant de cervelle et d'esquilles d'os ses comparses, qui mirent aussitôt Armand en joue.

Les balles fusèrent à ses oreilles, la plupart s'enfonçant dans le corps du chassieux qu'Armand avait aussitôt attiré à lui pour s'en faire un bouclier.

La salve passée, miraculeusement indemne, Calvimont saisit à terre le coutelas du mort et chargea ses adversaires, occupés à recharger leurs armes. Il émergea de la fumée des pistolets face à un opposant qu'il éventra de la hanche au nombril puis dégagea prestement sa lame des tripes du ruffian, qui s'effondra en même temps que ses intestins se répandaient dans la poussière. Sans ralentir, il se rua sur le gredin le plus proche, qui abandonna l'idée de recharger son pistolet pour en utiliser la crosse comme casse-tête et frapper son adversaire d'un coup mal ajusté sur le front, auquel Armand répondit en lui enfonçant son poignard entre les côtes. Une seule pensée l'habitait : tuer pour ne pas être tué.

Les flammes atteignaient le dernier étage de l'échoppe quand un nouvel assaillant le chargea, une hachette à la main. Calvimont retira son coutelas du corps à ses pieds et esquiva sans trop de difficulté les coups désordonnés de son agresseur, qui compensait son manque de talent par la furie et une allonge supérieure à celle d'Armand. Si l'un avait la puissance, l'autre avait l'agilité. Soudain, le ruffian lança son arme sur Calvimont, surpris, et se jeta sur lui en lui plantant ses dents dans le cou. Ses réflexes sauvèrent Armand qui, son couteau lui ayant échappé, écrasa ses poings sur les oreilles de l'homme. Sonné, celui-ci roula à terre. Calvimont s'empara d'un pavé qu'il abattit de toutes ses forces sur le visage de l'enragé, une fois, deux fois, transformant sa face en une pulpe informe.

Il se releva péniblement et contempla les vestiges du combat. Autour de lui, tout n'était que désolation : le passage du Dragon baignait dans un nuage de poudre et était parsemé de cadavres, occis ou piétinés, et de blessés qui gémissaient.

Armand s'approcha de l'échoppe dévorée par les flammes, jetant son pavé ensanglanté pour ramasser un coutelas. À deux pas du brasier, La Gaîté pansait sa plaie à l'épaule avec les lambeaux de sa chemise.

— Le héros du jour ! Quatre hommes tués en un tournemain ! Vous ne faites pas mentir votre mauvaise réputation, Calvimont. Dès que le Boiteux aura claironné vos combats épiques, vous allez crouler sous les admiratrices.

— Seriez-vous devenu fou ? Vous avez transformé cette arrestation en bain de sang !

Au côté de l'ancien prêtre gisait un homme sans connaissance, des traces de brûlure sur le corps et un bras manifestement brisé. Il avait dû sauter des étages, piégé par les flammes.

— C'est notre suspect. C'est lui qui m'a tiré dessus.

Écœuré, Armand désigna le corps sans vie du propriétaire.

— Et lui, que vous a-t-il fait ?

— Pas de leçon de morale avec moi, l'aristo, je vous ai vu massacrer ces pauvres types. Vous n'avez aucune pitié, nous sommes les mêmes !

— Non, vous êtes un assassin et vous avez failli tous nous faire tuer.

— Tout le monde n'a pas la chance de faire de sa sauvagerie une chevalerie, le ci-devant. Vous m'aidez à me relever ou nous causons jusqu'à la fin des temps ?

Armand tendit sa main à La Gaîté, qui se dressa en grinçant des dents.

— Bon, emparons-nous du suspect et disparaissons avant que les autorités ne débarquent.

Calvimont se pencha sur leur prise toujours inconsciente. Il reconnut l'homme à la serpe sous les ecchymoses et les traînées de sang. La Gaîté observait ses deux compagnons. L'un n'avait pas survécu à ses brûlures. L'autre, éventré, tentait d'arrêter le flot de sang qui coulait entre ses doigts.

— Passez-moi votre lame, dit l'ancien prêtre en tendant la main.

— Le sang versé ne vous suffit pas ?

— Vous préférez qu'il nous dénonce à la police ?

Armand lui tendit son arme.

Dans un silence de tombe, Calvimont et La Gaîté quittèrent le passage, soutenant leur prise qui geignait à chaque pas. Ils passèrent sous la sculpture du dragon. Éclairée par la lueur des flammes, elle paraissait étrangement satisfaite, comme si les humains lui avaient donné sa ration de sang et de douleur. Armand frissonna. Depuis la veille, il côtoyait plus de cadavres que de vivants. Combien de temps cette descente aux enfers allait-elle durer ? En lui tendant la main, Talleyrand l'avait précipité dans une ronde macabre.

— Il est lourd, ce maudit, grogna La Gaîté.

Tout à coup, la vision du corps martyrisé de Charlotte surgit dans l'esprit d'Armand alors que tanguait sur son épaule la tête de celui qui l'avait probablement tuée.

Il s'arrêta net.

Le temps de la justice était venu.

De sa justice.

Sa main glissa sur le manche de son couteau.

— Non, l'aristo, pas ça, il appartient au Boiteux !

Armand n'eut pas le temps de répondre. Devant eux venait de surgir une nuée de redingotes noires. Une main s'empara de son arme et d'autres s'abattirent pour le maîtriser.

On pouvait parfois échapper à son destin, pas à Fouché.

II

18

La danse du pouvoir

Rive gauche, 19 juin

Encore couvert de sang et de poudre, Armand remontait la rue de Tournon, au bout de laquelle se dressait le vieux palais du Luxembourg. Sous les rayons du soleil levant, le superbe édifice brillait de mille feux. Comme à chaque fois qu'il le voyait, Calvimont s'amusa à repérer les traces d'architecture italienne, ici une colonnade, ailleurs un clocheton, autant d'empreintes laissées par Marie de Médicis, la reine florentine qui avait fait bâtir ce palais.

Lorsqu'il avait quitté le royaume de France, c'était l'une des demeures d'un frère du roi, il ne se souvenait plus duquel. Mais comme tant de chefs-d'œuvre aristocratiques, la demeure princière avait subi les affres de la Révolution, qui en avait fait l'une de ses prisons, comme tant d'autres hauts lieux transformés en cachots lorsque la Terreur sévissait.

Pour sa part, Bonaparte y avait installé le siège du Sénat, une chambre législative fantoche utilisée comme gratification – ou mise à l'écart – pour les soutiens du Général par trop liés à sa prise du pouvoir. Ses membres étaient nommés à vie, avec une substantielle pension à la clef, en échange de quoi ils ratifiaient, les yeux aussi clos que la conscience, tout ce que le Premier consul proposait.

Escorté de deux gendarmes qui l'avaient tiré des geôles de la police une heure plus tôt, Armand s'approcha du dôme d'entrée, devant lequel une ribambelle de porte-serviettes et de domestiques fourmillait en tous sens.

Ses deux cerbères ignorèrent le porche monumental par lequel tous s'engouffraient et ils le menèrent devant une porte beaucoup plus discrète mais lourdement gardée par des fantassins en tenue de campagne dont la peau tannée et les cicatrices signalaient des vétérans endurcis.

Un gendarme alla à la rencontre des militaires tandis que l'autre ne lâchait pas Armand d'une semelle. Après un bref dialogue et la présentation d'un document hachuré de signatures, les soldats prirent le relais et menèrent Armand dans une salle de garde remplie de soldats jusqu'à la gueule. Le Sénat se transforme en forteresse, songea Calvimont, qui se doutait que ceux qui avaient propulsé Bonaparte au pouvoir n'avaient pas l'intention de perdre le leur. Les survivants des révolutionnaires qui avaient fait tomber la Bastille et la tête de Louis XVI, à présent qu'ils étaient gorgés d'or et d'honneurs, comptaient bien garder les rênes en main.

Après avoir subi une fouille d'un peu trop près à son goût sous le regard suspicieux des soldats, Armand fut escorté par une succession de pièces froides et grises jusqu'à une petite cour où l'attendait un jeune homme guindé aux épaisses lunettes.

— Je suis le conseiller Durtal.

Après un rapide coup d'œil à l'aspect désastreux de Calvimont, le fonctionnaire lui fit signe de le suivre. Il le mena dans une salle voûtée où, à son grand soulagement, Armand découvrit brocs d'eau, serviettes et brosses avec lesquels il s'empressa de retrouver au mieux forme humaine.

Il en profita pour vérifier l'état des blessures qu'il accumulait depuis deux jours. À ce train, il ne serait sous peu qu'une immense plaie. La morsure au cou lui sembla bénigne mais, après en avoir retiré une dent pourrie, il se promit de la nettoyer et de la panser au plus tôt.

Quelque vingt minutes plus tard, les habits toujours souillés, mais le visage et les cheveux à nouveau présentables, Calvimont fut conduit dans une salle où se trouvait quelqu'un qu'il ne s'attendait que trop à croiser : Charles-Maurice de Talleyrand, qui, canne en main, était lancé dans un récit devant un auditoire aux redingotes resplendissantes.

— Armand ! Quelle surprise... Je parlais justement de vous à ces messieurs. Tout Paris bruisse déjà de vos exploits contre la bande du Dragon.

— La... la bande du quoi ?

— Allons, ne soyez pas si modeste, mon ami, vous avez triomphé de criminels endurcis et mâché le travail de la police. Avec de preux chevaliers tels que vous, on se demande à quoi peut servir la valetaille de Fouché.

Sourire aux lèvres, Talleyrand plaça son bras sous celui de Calvimont en brandissant sa canne comme une épée de duel.

— Regardez-le, messieurs : encore couvert du sang des ennemis de la France, il vient rendre hommage au puissant Sénat. Notre ami a l'étoffe d'un personnage de légende.

Manifestement habitués aux discours grandiloquents du ministre, les sénateurs acquiescèrent à l'unisson, non sans des regards perçants sur cet Armand de Calvimont dont on entendait beaucoup parler depuis peu.

— Mes amis, je vais m'entretenir avec le héros du jour, je vous retrouverai dans l'hémicycle.

Talleyrand entraîna Armand dans les couloirs du palais du Luxembourg que celui-ci découvrait avec curiosité.

— Je vous lâche la bride une journée et vous me revenez en un état aussi pitoyable que celui dans lequel je vous ai trouvé ce matin. Vous avez un don pour attirer les problèmes.

— La situation s'est révélée plus complexe que prévu.

— Oui, oui, comme toujours, sinon je ne vous aurais pas envoyé y voir plus clair, mais nous en reparlerons. Maintenant, observez et apprenez.

Calvimont et Talleyrand, toujours bras dessus, bras dessous, arrivèrent au pied de l'escalier monumental qui conduisait à la chambre du Sénat. Orné de sphinx de marbre toutes les quatre marches, il était parsemé de groupes d'hommes discutant entre eux dans une effervescence sensible.

Charles-Maurice se pencha à l'oreille d'Armand tandis que leur arrivée faisait converger vers eux nombre de regards, aussi bien curieux que résolument hostiles.

— Regardez ces rats qui, plutôt que de quitter le navire, rêvent de s'en emparer pour leur propre compte.

— Je remets quelques visages parmi eux.

— Heureux de constater que depuis votre retour vous avez fait autre chose que fréquenter de jeunes libertines.

— Quelle différence entre une libertine et un politicien, monseigneur ? Tout juste l'une procure-t-elle plus de plaisir que l'autre.

Talleyrand éclata d'un rire étudié qui ne fit qu'attirer davantage l'attention sur eux.

— Toujours aussi rafraîchissant, Armand, même éreinté ! Néanmoins il va vous falloir apprendre à connaître tous ces personnages, car eux vous connaissent à présent.

— Vous savez que j'aime la discrétion.

— Vous avez beaucoup de qualités, mon ami, mais celle-ci n'en fait pas partie, votre journée agitée l'atteste. À ce sujet, regardez l'homme à la tenue flamboyante sur notre gauche, entouré d'autres paons tout aussi emplumés. C'est notre vénérable Sieyès, le fossoyeur de la Révolution, l'homme qui rêvait tellement d'un coup d'État qu'il en a oublié que les militaires ne partagent pas le pouvoir.

— Voilà donc celui qui a servi la France sur un plateau d'argent à Bonaparte…

— C'est cela, doublé d'un fat et d'un lâche, maintenant à la tête du Sénat par la grâce de notre cher Premier consul. Bien sûr, avec les nouvelles incertaines d'Italie, il s'agite comme un dindon dans une basse-cour.

— Vous ne le craignez pas ?

Le ministre des Relations extérieures haussa ses frêles épaules.

— Sieyès a un don : celui de faire partie de tous les complots sans jamais en profiter pour son propre compte.

Ils se frayèrent un chemin dans la foule des sénateurs et de leur clientèle, et Armand s'arrêta en avisant la tête poudrée d'argent d'un homme au nez proéminent.

— Pardieu, mais c'est Bougainville !

— Ah oui, le Grand Navigateur ! Bonaparte l'a nommé sénateur pour se concilier l'aristocratie libérale, celle qui croit encore qu'il va rendre son trône à un Bourbon devenu roi constitutionnel. Plus naïf que cet imbécile, ça n'existe pas.

— Voyons, c'est un grand explorateur ! se récria Calvimont. Son voyage autour du monde et ses exploits en Amérique, qu'en faites-vous ?

— Tiens donc, Armand de Calvimont montrant de l'admiration pour autre chose qu'une femme ou une belle lame, j'aurai tout vu... Pressons, et sortons de cette nasse de poissons d'eau douce qui se prennent pour des requins.

Le duo s'extirpa de la file des sénateurs pénétrant dans la Chambre et emprunta une suite de couloirs secondaires aux murs dorés à l'or fin et ponctués de statues de style classique rejouant les mythes antiques. Au détour d'un corridor, Talleyrand faillit heurter un quinquagénaire maigrelet, qui le salua rapidement avant de s'éloigner d'un pas nerveux.

— Armand, vous venez de croiser l'un des plus brillants esprits de notre temps : Gaspard Monge, mathématicien et créateur de cette École polytechnique qui fait tant parler d'elle. Bien qu'il ait quelques peccadilles à se reprocher du temps de Robespierre, il suit notre général préféré depuis la première campagne d'Italie. Il en a d'ailleurs profité pour piller tous les trésors culturels de la péninsule. Nous lui devons près de la moitié de ces statues. Un homme efficace.

— Scientifique, révolutionnaire, rallié à Bonaparte, pilleur d'œuvres d'art... Un modèle ! Quand je vois ces retournements de fortune et ces destins incroyables que la Révolution a créés dans la fureur et le sang, je me dis que les intrigues de Versailles, du temps de feu le roi, n'étaient que broutilles...

— Point de nostalgie royaliste, mon ami. Sous les Bourbons, ni vous ni moi n'aurions pu nous élever bien haut, aussi nobles soyons-nous.

— Je crois tout le contraire en ce qui vous concerne : quels que soient les coups de balai de l'Histoire, vous êtes toujours du côté du manche.

Impassible, Talleyrand ouvrit une porte dissimulée derrière un buste de Vénus et en franchit le seuil, suivi de Calvimont. Armand découvrit un petit salon luxueux dans lequel plusieurs confortables fauteuils de cuir se dressaient devant une fenêtre qui, à sa grande surprise, donnait sur la chambre du Sénat, où les débats commençaient.

— Pratique, n'est-ce pas ? On se croirait au théâtre, voir sans être vu, écouter en restant hors d'atteinte. Fouché adorerait… à moins qu'il n'ait sa propre loge.

Talleyrand s'assit dans le plus grand des fauteuils en désignant de sa canne un petit meuble en acajou qui occupait un coin de la pièce.

— Servez-nous deux armagnacs, prenez vos aises et contez-moi vos exploits.

Tandis qu'il dénichait verres et boisson, l'aventurier exténué entama son récit des péripéties de la journée, narrant comment le vol des bijoux au manoir Brunet l'avait orienté vers le passage du Dragon, comment l'interrogatoire des héritiers d'une victime l'avait conduit dans un lieu de plaisir ravagé à la serpe, outil qu'il avait repéré plus tôt, comment l'arrestation du suspect avait dégénéré…

Talleyrand l'écoutait sans détacher les yeux du placement des sénateurs dans la Chambre, révélateur de l'incessant ballet des allégeances et des alliances de ces séniles en redingotes.

— Et la suite appartient à l'Histoire… conclut le ministre d'un ton sec. Joli carnage que vous me laissez sur les bras, jeune Calvimont, mais vous en êtes coutumier.

— Monsieur…

— L'excuse ne vous sied pas. Regardez plutôt.

Talleyrand lui tendit une liasse de papiers froissés. La *Gazette de France* faisait ses gros titres des cruels assassinats au manoir Brunet par une « bande du Dragon » démantelée dans la journée par l'intervention exemplaire de la police.

— Depuis ce matin, tout Paris est abreuvé du succès retentissant de Fouché et de sa police. Ce diable d'homme se joue de vous depuis le début de l'enquête, avec toujours une longueur d'avance et en se payant le luxe de récolter tous les lauriers.

— Je comprends mieux comment cette araignée a survécu à tout.

— Vous ne croyez pas si bien dire, la partie est finie et il nous faut passer à la suite. D'autant que vous êtes maintenant fourré jusqu'au cou dans les intrigues de notre avenir politique incertain.

— Nous ne pouvons pas abandonner aussi rapidement ! Comme je vous l'ai dit, cette affaire est plus complexe qu'elle n'y paraît. La présence de Fouché à chaque tournant le prouve. Qu'il se soit déplacé en personne pour récupérer cette machine infernale montre l'intérêt qu'il porte à cette sombre histoire...

Talleyrand posa son verre, dont il contempla un instant la couleur d'ambre.

— Seuls les jacobins sont capables d'un attentat de cette ampleur, dit-il. Et ce sont pour la plupart d'anciens amis de Fouché. En faisant disparaître cette bombe, il évite que son nom soit cité. J'aurais fait de même.

— À ceci près que Bonaparte est absent de Paris. Qui voulait-on éliminer ? À votre avis, quel est le seul homme capable aujourd'hui de s'opposer à un nouveau coup d'État ?

— Vous me faites trop d'honneur, Armand, et vous fabulez. Nul besoin d'une bombe pour m'éliminer. Un coup de pistolet suffirait.

— Vous ne me croyez pas ?

— Ce que je crois, c'est ce que le public va croire : la serpe associe le suspect appréhendé aux meurtres et le butin a été trouvé dans ses affaires, si j'en crois la *Gazette*. Pour tout le monde, l'affaire est réglée et le rescapé de la bande sera guillotiné sous peu.

— C'est un leurre, j'en suis certain. Ils n'ont pas tué Charlotte simplement pour de l'argent.

— Armand ! Je sais bien que vous teniez à cette jeune coquette, mais ne perdez pas la raison pour autant. Votre enquête aboutit dans un cul-de-sac et vous le savez mieux que personne.

Armand préparait une réplique cinglante à ces remontrances quand trois coups sourds furent frappés à la porte dérobée. Surpris, ils se retournèrent sur un ivrogne repoussant qui se précipitait dans la pièce. Aussitôt, Calvimont se leva pour s'interposer.

— Laissez, Armand, vous ne reconnaissez donc pas notre ami ?

L'épave ôta en un tournemain ses frusques et Balafre apparut. Armand ne l'avait pas revu depuis leur expédition au manoir.

— Votre Excellence, je reviens du Doyenné. Je l'ai cherchée toute la nuit. Elle a disparu.

— Grand Dieu, vous deviez ne jamais la perdre de vue ! Vous savez combien je...

Talleyrand n'acheva pas sa phrase. Il porta la main à sa jambe morte qu'il serra frénétiquement comme si elle l'attirait vers les entrailles de la terre. Un rictus de colère déformait ses traits. Il tourna son visage convulsé vers Calvimont et prononça d'une voix rauque :

— Retenez ce nom, Armand : Julie de Swarte.

Armand n'avait jamais vu Talleyrand aussi bouleversé.

— Retrouvez-la-moi ! À n'importe quel prix.

19

L'homme qui savait tout

Quai Malaquais, 19 juin

La journée promettait d'être chaude. Des brumes bleutées flottaient sur les eaux plombées de la Seine où de rares bateaux de marchandises accostaient sur des quais quasi déserts. De son bureau du quai Malaquais, Joseph Fouché observait un groupe de marins qui échangeaient des nouvelles. Il se demanda s'il y avait un mouchard parmi eux. Si sa police secrète surveillait efficacement les ports, elle avait peu de relais le long du fleuve. Il fallait y remédier. Il nota de demander à Villiers d'organiser un réseau d'informateurs parmi les bateliers.

Dans sa redingote bleue défraîchie, à peine agrémentée d'un jabot en dentelle démodé, l'homme le plus craint de Paris détonnait dans la splendeur de son bureau de style néoclassique, tout en pilastres et chapiteaux qui évoquaient un temple grec ayant abusé du stuc. Mais Fouché n'avait cure ni du décor, ni de son apparence : il n'avait pas besoin de luxe pour qu'on le reconnaisse, et la simplicité de sa tenue renforçait le magnétisme de son visage blafard aux yeux demi-clos.

Derrière lui patientaient les trois piliers de son ministère.

L'opportuniste Turot, son secrétaire général, un ancien proche de Danton, avait réussi à conserver sa tête lors des grandes purges robespierristes. Devenu l'influent rédacteur de la *Gazette*, il avait transformé le journal en officine de propagande. Sensible à la moindre variation de l'air du temps, il était l'oreille de Fouché. Grâce à lui, le ministre connaissait à l'avance les tendances de l'opinion pour mieux les contrôler.

Le deuxième, Villiers du Terrage, étonnait par sa jeunesse, car il occupait le poste stratégique de secrétaire particulier du ministre. Issu d'une longue lignée de serviteurs de l'État, il savait mettre les mains dans les affaires les plus sombres sans jamais se salir. Toujours impeccable, même quand il venait d'ordonner l'interrogatoire poussé d'un prisonnier politique, il était l'une des rares personnes que Fouché admettait dans son intimité familiale. Il était son œil, qui voyait tout et n'oubliait rien.

Le dernier, et non des moindres, était Desmarets, un affairiste notoire, coutumier des scandales de corruption, mais dont la carrière révolutionnaire s'était illustrée par un goût prononcé pour la répression musclée contre les ennemis de la République. Passant, comme son maître, de clerc tonsuré à jacobin zélé, ses sanglants exploits l'avaient naturellement propulsé à la tête de la redoutable division de la haute police, la police secrète du ministère. Il était la main de Fouché, capable des pires turpitudes.

Sur un signe du ministre, qui contemplait toujours la Seine, Turot s'avança.

— Monsieur le ministre, les articles de la *Gazette* ont une fois de plus rempli leur objectif. Nos informateurs sont catégoriques : l'opinion publique a très bien accueilli l'annonce du démantèlement de la bande du Dragon. La rapidité de réaction de la police a été particulièrement appréciée dans la bourgeoisie, qui a été rassurée par notre efficacité. Votre nom est cité avec admiration, en particulier dans le quartier de Saint-Germain.

— Le quartier des nobles de retour d'émigration... Une signature de ma main et ils repassent le Rhin dans la journée. Ils ne m'admirent pas, ils me craignent. Non, ce qui m'intéresse, ce sont les faubourgs populaires : Saint-Antoine, Saint-Marcel... ce sont ceux-là dont il faut se méfier en ce moment.

Turot eut un sourire en coin. Deux heures plus tôt, il avait fait distribuer des ballots entiers de sa *Gazette* dans tous les marchés de l'Est parisien, puis il avait envoyé ses mouchards faire le tour des cabarets et autres estaminets.

— Le peuple ne s'intéresse qu'aux rumeurs qui courent sur le Premier consul, et ce qu'il craint, c'est une flambée du prix du pain si des troubles venaient à se produire.

Fouché ne quittait pas la Seine du regard. Comme le cours du fleuve, l'Histoire obéissait à des lois immuables. Et l'une d'elles ne changerait jamais : depuis 1789, toutes les émeutes de Paris étaient nées dans les faubourgs. Là où les ventres affamés n'écoutaient que leur colère.

— Dès demain, insistez dans votre journal sur l'horreur sans nom du massacre et révélez les éléments les plus scabreux de l'enquête... Nourrissez les esprits de détails macabres. Provoquez la peur, elle empêche de réfléchir.

Sur un hochement de tête, Turot recula d'un pas et fut remplacé par le jeune Villiers, qui prit à son tour la parole :

— Monsieur le ministre, plusieurs dépêches d'Italie annoncent la mort d'un général français. Tous les rapports confirment que Paris est en train de se convaincre que le Premier consul est tombé au champ d'honneur.

— Comme hier, donc. Parlez-moi plutôt de Talleyrand.

Villiers écarquilla les yeux devant le manque d'intérêt de son employeur pour le destin de leur maître à tous. Le diable du quai Malaquais en savait-il plus qu'il n'en laissait paraître ?

Le regard glacé que lui coula Fouché, en attente d'une réponse, le ramena à la réalité.

— Hum, oui... Nous venons d'apprendre que le ministre de l'Intérieur a rencontré hier matin le ministre des Relations extérieures dans une salle de jeu du Palais-Royal. Juste avant son départ précipité pour le château du Plessis.

— Nommez-les et épargnez-nous leurs titres à rallonges. Pourquoi la nouvelle de cette rencontre a mis autant de temps à me parvenir ?

— Le massacre du manoir Brunet a effrayé les prostituées qui nous renseignent. La plupart ont pris peur et ont refusé de travailler tout hier. Heureusement, l'annonce de notre succès contre la bande du Dragon a très vite circulé, sinon Paris aurait dû vivre sans filles de joie.

— Ce qui serait tout sauf une bonne chose en cette période de tensions. Lucien est arrivé dans son château ?

— Oui, monsieur, son empressement à quitter Paris a d'ailleurs fait grand bruit, en particulier au Sénat, où les soutiens du Premier consul semblent de plus en plus isolés. Certains, comme Sieyès, envisagent de changer de camp.

Le ministre haussa les épaules.

— Sauf que ces imbéciles ne savent pas où aller. Difficile d'être une girouette quand il n'y a pas de vent.

Villiers sourit, il était lui-même un pur produit de l'aristocratie de robe, qui s'était ralliée sans états d'âme au nouveau pouvoir.

— Après avoir discuté avec Lucien, Talleyrand a été vu longuement en compagnie d'une ancienne émigrée du nom de Julie de Swarte. J'ai demandé aux différents services du ministère qu'ils rassemblent nos informations sur cette personne afin d'avoir un dossier complet.

Fouché plissa les yeux, qui devinrent aussi opaques que les eaux sombres de la Seine.

— Oui, je me souviens d'elle, elle est venue me voir pour que j'accélère sa radiation de la liste des émigrés. Elle est devenue l'une des compagnes de jeu du Boiteux ? Aurait-il retrouvé force et vigueur ?

— Nous pensons plutôt qu'elle travaille pour lui.

— Alors elle va travailler pour moi.

Il fit un geste vers Desmarets, qui était resté silencieux.

— Retrouvez-la. Je la veux demain dans mon bureau.

Desmarets hocha la tête et sortit un carnet dans lequel il

se mit à griffonner tandis que le ministre prêtait à nouveau attention à Villiers.

— Autre chose, mon jeune ami ?

— On parle de plus en plus de jacobins qui se regroupent dans une association clandestine. On dit même que des membres du gouvernement en font partie.

Fouché n'y croyait qu'à moitié. En France, ces sociétés n'avaient de secrètes que le nom. Il y avait toujours un membre qui, par intérêt ou par vanité, finissait par se trahir. Il suffisait d'attendre.

— Tenez-moi au courant. D'autres informations ?

— Des troubles à la Malmaison, rien de grave, nos agents nous ont confirmé que Madame Bonaparte allait bien, mais sa cour est en plein chaos et la garnison qui la protège s'agite. Des rumeurs de fuite de la femme du Premier consul se sont répandues dans les environs.

— On ne peut se permettre de perdre de vue Joséphine en ce moment. Renforcez la surveillance intérieure.

Toujours de dos, Fouché se découpait telle une silhouette spectrale dans la réverbération du fleuve. Il poussa un soupir de lassitude et se retourna pour s'asseoir à son bureau.

— Vous pouvez vous retirer, messieurs. Sauf vous, Desmarets.

Turgot et Villiers saluèrent d'un hochement de tête, laissant un Desmarets au sourire torve au milieu de la pièce.

— Dites-moi tout, lâcha Fouché en posant un regard inquisiteur sur son collaborateur.

— La machine infernale a été démantelée et dûment inspectée. Nous n'avons pas encore déterminé l'origine de la poudre et de la mitraille.

— Prévisible.

— Assurément. En revanche, grâce à un poinçon, nous avons pu remonter la piste du tonneau. Il vient de la région de Cahors, dans le département du Lot. Or il est très rare de trouver ce vin dans la capitale. Quasiment aucun cabaretier n'en propose.

Un souvenir surgit du passé religieux de Fouché, de l'époque où il étudiait chez les Oratoriens.

— Vous l'ignorez, mais le cahors a servi de vin de messe avant la Révolution. Le tonneau pourrait provenir d'une cave ecclésiastique. Même si l'Église feint de soutenir le Premier consul, nombre de prêtres ne rêvent que de restaurer l'Ancien Régime.

— Vous pensez aux royalistes ?

— Aucune piste n'est à négliger. D'autant qu'avec la destruction des derniers foyers de chouans dans l'Ouest, nombreux sont ceux qui se sont réfugiés clandestinement à Paris. S'ils ont perdu la guerre en Vendée, ils pourraient être tentés de la continuer ici par d'autres moyens.

Tandis que Desmarets prenait note d'orienter les recherches sur une possible conspiration royaliste, Fouché songeait à cet Armand de Calvimont qu'il ne cessait de croiser et dont il avait étudié avec attention le dossier. Un aventurier de haut vol, certes, mais d'abord un aristocrate originaire du Périgord, une région proche du terroir viticole de Cahors. Intéressant.

— Où est cet agité de Calvimont ?

— Après ses « exploits » dans le passage du Dragon, il a passé la nuit en cellule, mais des gendarmes nous ont pris de court et l'ont libéré pour le conduire au Sénat. Sans doute pour le mettre sous la protection du ministre des Relations extérieures.

— Il finira bien par sortir de sa tanière. Désormais, ne le perdez plus de vue. Poursuivez.

— Un émigré, M. d'Aynac, souhaite être rayé des listes d'exil et demande une audience. Il vient de la part de Mme de Vaudémont.

Fouché sourit intérieurement. Encore une de ces aristocrates du faubourg Saint-Germain qui faisaient appel à sa bienveillance. Il allait lui rendre ce service. Plus tard, il saurait présenter la note.

— Fixez un rendez-vous et apportez-moi son dossier.

— Il est sur votre bureau.

— Continuez.

— Le responsable de la salle de jeu de la rue de Provence vient rendre ses hommages et… verser sa contribution.

— Parfait. Nous avons un pressant besoin de financement compte tenu de la situation.

— Nos dépenses ne cessent de croître, en effet.

Fouché eut un rictus méprisant.

— Étrangement, elles augmentent toujours lorsque l'or vous passe entre les mains, Desmarets.

Le conseiller se hâta de changer de sujet :

— Il y a aussi une visiteuse qui s'obstine. Elle fait les cent pas dans l'antichambre depuis des heures.

— Renvoyez-la. Nous avons à travailler.

— Très bien, monsieur. Je précise néanmoins qu'il s'agit de Mlle Lenormand.

Les yeux morts de Fouché semblèrent s'animer d'une étincelle de vie et il se redressa.

— La pythie du faubourg Saint-Germain ?

— Précisément. Nous avons un dossier très fourni sur elle.

— Mais elle n'a jamais travaillé pour nous ?

— Non.

— Je vais la recevoir.

20

Une femme dans la ville

Palais du Luxembourg, 19 juin

Calvimont observa le visage subitement blême de son compagnon d'exil. Il ne l'avait jamais vu ainsi : les traits aristocratiques du grand Talleyrand se fissuraient et laissaient entrevoir un vieil homme inquiet et en colère.

— Julie de Swarte, vous dites ? Vous vous inquiétez pour vos maîtresses, à présent ?

— Épargnez-moi vos sarcasmes ! Qu'importe ce que vous me demanderez, mais retrouvez-la.

Armand rengaina son persiflage. Une opportunité se présentait dont il entendait bien profiter.

— Voilà mon prix : vous m'aidez à poursuivre l'enquête sur les meurtres du manoir, et je retrouve qui vous voulez dans cette damnée ville…

Talleyrand lui lança un regard exaspéré, mais, devant la détermination de Calvimont, il reprit son sang-froid et considéra Armand avec respect. Avant que se dessine l'esquisse d'un sourire au coin de ses lèvres poudrées.

— Je vois que vous avez rapidement pris le pli parisien : savoir monnayer ses faveurs au plus haut prix.

— J'ai été à bonne école en votre compagnie, monsieur le ministre. Qui est cette Julie ?

Talleyrand se tourna vers Balafre, qui faisait le pied de grue.

— Allez chercher votre comparse, vous ne serez pas trop de deux pour aider notre ami à la retrouver.

— Gardez vos hommes pour votre protection personnelle, déclara Armand en levant la main. Je n'ai pas besoin d'eux.

Le renard à la tête des affaires extérieures de la France lança un regard soupçonneux sur Armand en faisant tourner l'armagnac dans son verre.

— Vous ne chercheriez pas à vous débarrasser de moi, par hasard ?

— Ils sont déjà tant à vouloir votre perte… m'y essayer serait de trop.

Talleyrand émit un gloussement. Sa manière personnelle de goûter un bon mot qu'il n'avait pas eu.

— Dans ce cas… (Il se tourna vers Balafre.) Vous m'accompagnerez ce soir chez Lucien au château du Plessis. Laissons les coudées franches à notre forban. Allez plutôt l'attendre dehors et vous lui communiquerez ce que vous savez sur la disparition de Mlle de Swarte.

Balafre salua d'un hochement de tête et s'éclipsa.

— Ainsi, vous rendez visite à Brutus ? persifla Armand.

— Laissez la politique à ceux qui savent la faire et concentrez-vous sur Julie. Sa disparition vous concerne aussi ; elle travaillait pour moi afin de démêler le sac de nœuds dans lequel nous sommes plongés.

— Dites-moi qui elle est et ce qu'elle fait pour vous. Dans le détail.

— J'espère que je m'adresse au traqueur de Louisiane et non au pirate trafiquant de chair, grommela Talleyrand.

— Monsieur, s'écria Armand sur un ton agacé, souhaitez-vous m'aider à retrouver cette fille ou me pousser dans les bras de vos ennemis ? L'heure tourne…

— En effet. Julie est une femme de vingt-cinq ans, blonde, élancée et d'une intelligence vive…

— Elle me plaît déjà, lâcha Calvimont, un demi-sourire sur les lèvres.

— Gardez ce genre de réflexions pour vos fréquentations des faubourgs. Je connais cette jeune fille depuis sa naissance. Ses parents, qui n'ont pas survécu à la Révolution, étaient des amis chers au temps des Louis. Des aristocrates de bonne lignée ayant leurs entrées à la cour.

— Pourtant le nom de Swarte ne m'évoque rien...

— C'est un nom d'emprunt. Julie a été présentée à Versailles quelques semaines avant la Révolution. Je n'ai pas les détails, mais elle a assisté de près à la chute de la maison royale et a dû changer de nom pour en réchapper.

— Et moi qui me croyais malchanceux ! J'imagine que vous l'avez perdue de vue à votre départ pour Londres en 92 ?

— C'est cela, et je l'ai retrouvée à mon retour des États-Unis, à Hambourg, en août 96. C'est Mme de Staël qui nous a remis en relation, et je l'ai ramenée à Paris avec moi.

— Et entre 1792 et 1796, qu'a-t-elle fait ?

— Je sais seulement qu'elle a été un temps emprisonnée à la Force durant la Terreur.

La voix du Boiteux était égale. Mensonge ou vérité, Calvimont n'en saurait pas plus.

— Quatre ans d'absence, si jeune, alors qu'on est une orpheline de bonne famille, ce n'est pas commun.

— Probablement plus que vous ne le croyez. En tout cas, elle a obtenu d'être rayée des listes d'émigrés.

— Qu'en est-il de ses occupations ? Son mode de vie pourrait nous en dire beaucoup sur sa disparition.

— Je ne le pense pas, c'est une jeune aristocrate tout ce qu'il y a de plus classique, très jolie, très courtisée, fréquentant comme vous des financiers. À l'occasion, elle me rend quelques menus services.

— Quelqu'un connaissant votre... lien aurait-il pu tenter de vous atteindre à travers elle ?

— Inutile de prendre des pincettes, Armand, elle n'est pas ma maîtresse, plutôt une sorte de pupille qui m'est très chère, en souvenir de ses parents.

— Et en raison de sa vivacité d'esprit, sans nul doute. J'imagine qu'elle espionnait pour vous lorsqu'elle s'est volatilisée. Raison pour laquelle votre âme damnée la suivait comme son ombre.

— Ne le méprisez pas. C'est un vétéran du système carcéral révolutionnaire, il aurait bien des choses à vous apprendre.

— Quelque chose me dit qu'il a été plus gardien que prisonnier... Mais vous évitez mes questions. Cette Julie récoltait-elle des informations pour vous quand elle a disparu ?

— Julie travaille seule. Elle traquait la seule piste qui vaille : celle de l'or. Le reste n'est pas de votre ressort.

— Vous ne me facilitez pas la tâche, Excellence.

— Depuis quand cela vous arrête-t-il ? Trouvez-la, j'insiste. Et si par malheur on lui a fait du tort, mettez vos talents de spadassin à contribution et châtiez les coupables comme vous savez le faire. Nul ne touche aux personnes que je tiens sous ma protection.

— Voilà qui est rassurant ; je mourrai donc les intestins à l'air avec la certitude d'être vengé par vos bons soins.

Talleyrand se leva et s'approcha de la vitre qui donnait sur l'hémicycle en pleine session avant de vider le fond de son verre.

— Il y a beaucoup plus à la clef pour vous que la perspective d'être vengé. Bonaparte a de grands projets pour la France, et moi aussi.

— Monsieur, le Général est probablement mort et il semblerait qu'on veuille vous éliminer de la partie : reconnaissez que ce serait là miser sur un avenir des plus incertains...

— Et vous n'avez jamais eu la passion du jeu, c'est vrai. Néanmoins, si le Corse revient, il saura se montrer reconnaissant envers tous ceux qui lui sont restés fidèles.

Armand rejoignit Talleyrand et posa un regard méprisant sur les sénateurs veules et repus qui s'égosillaient dans la Chambre en se lançant des noms d'oiseaux.

— Si c'est une place au Sénat avec ces idiots-là, je préfère encore retourner dans les steppes russes…

— Ne vous faites pas plus bête que vous ne l'êtes, ces crétins ne sont rien. Non, le Premier consul est en quête de légitimité et pour ça il a besoin de nous, l'aristocratie.

— Pour ce qu'il en reste…

— Qu'importe ! Pensez à vous. Pour se rallier l'ancienne noblesse, le Premier consul est prêt à rendre certains de leurs biens aux émigrés. Ramenez Julie et vous pourrez rentrer couvert d'or et de gloire dans votre Périgord natal.

Calvimont se rembrunit. Ce qui n'était pour Talleyrand qu'une origine familiale lointaine était tout autre chose pour Armand. Il avait grandi dans ces vallées bénies entre Guyenne et Quercy, où la vie est belle et douce mais où il avait encore tant de souvenirs douloureux.

— Si le Premier consul revient sain et sauf, je saurai vous rappeler à votre promesse, monsieur le ministre.

— Je n'ai pas de doute là-dessus. Quoi de plus normal pour un homme à l'âme aussi mercenaire que la vôtre… Je ne commettrai pas l'erreur de vous priver de ce qui vous revient, votre réputation ne m'en laisse pas le choix. Filez, le temps presse.

Calvimont éclusa à son tour son verre et s'éclipsa. La brûlure de l'alcool lui donna un coup de fouet salutaire, les geôles puantes de Fouché n'avaient pas permis le moindre repos et la journée promettait d'être longue.

Tout en parcourant d'un bon pas les couloirs du Sénat, il s'interrogea sur les réactions vives et disproportionnées de Talleyrand. Pour qu'un homme comme lui se laisse aller à montrer ses émotions, il fallait que cette jeune femme lui tînt particulièrement à cœur.

À Boston, Talleyrand s'était fait remarquer pour ses nombreuses maîtresses, ce qui avait eu le mérite d'offusquer ces satanés puritains américains, mais jamais il n'avait considéré ses conquêtes autrement que comme des aventures de passage. Qu'avait cette Julie pour que sa disparition obsède l'un des hommes les plus puissants de France ?

Talleyrand s'était peut-être ramolli avec l'âge… En tous les cas, son attachement pour cette tête blonde était intrigant. Armand n'en était que plus curieux de rencontrer cette fameuse Julie de Swarte… Quel nom ridicule, tout de même, digne d'un croquant des Flandres !

À la sortie du Sénat l'attendait Balafre, qui l'accueillit avec son sourire torve.

— Alors, le ci-devant, le collègue m'en a dit de belles ! Sacré boulot que ce coup de force au Dragon !

— Il n'était pas nécessaire, votre ami le curé a perdu son sang-froid.

— Ah ! Il a les nerfs à vif, ce corniaud, mais il est efficace, un diable de limier comme on n'en fait plus.

— Vraiment ? Il a passé plus de temps à ralentir l'enquête qu'à la mener. Mais n'en perdons pas davantage, dites-moi tout sur cette donzelle.

— Pfou ! Celle-là, c'est un sacré numéro, du monde au balcon et une croupe de…

— Je dois la retrouver, pas la lutiner.

— Dommage pour vous, même si au vu de la réaction du patron, on peut se demander si…

— Méfiez-vous, il n'est pas du genre à tolérer qu'on brode sur un moment de faiblesse.

Troublé, Balafre gratta son crâne chauve tandis que le duo longeait les jardins du Luxembourg en direction du Panthéon.

— Vous avez raison, nous n'avons rien vu, ça vaut mieux pour tout le monde.

— Cette Julie, où s'est-elle évanouie ?

— Dans le quartier du Doyenné.

— Nom de Dieu, comment disparaît-on dans un endroit aussi désert ?

— Mystère ! Je la suivais de loin en pensant qu'elle ne

pouvait m'échapper, mais il faut croire qu'elle est douée... ou très malchanceuse.

— Je parierais sur la seconde hypothèse. Autre chose ?

— J'ai passé la nuit à quadriller le secteur et à interroger les mendiants du coin. Personne ne l'a vue sortir du quartier. Elle y est forcément.

— Espérons-le pour vous.

Abandonnant un Balafre contrit de son échec, Armand obliqua vers la Seine pour rentrer chez lui. Après sa nuit à profiter de l'hospitalité de la police, il lui fallait panser ses plaies avant de partir en quête de cette inconnue qui l'empêchait de goûter un repos mérité.

21

La toile du Minotaure

Quai Malaquais, 19 juin

Fouché pianotait sur l'accoudoir de son fauteuil en réfléchissant sous le regard patient de Desmarets. Puis il dégrafa son col et tira un fin collier au bout duquel pendait une clef crantée qu'il tendit à son lieutenant.

— Apportez-moi son dossier, puis faites-la patienter quelques minutes avant de l'introduire.

Desmarets prit la clef avec précaution avant de s'approcher d'un mur dont il fit pivoter une partie pour révéler une solide porte de chêne. Après quelques secondes à peiner sur la lourde serrure, il déverrouilla l'imposant battant.

Fouché vit Desmarets disparaître dans le Labyrinthe, la vaste salle d'archives où ses dossiers de surveillance étaient entreposés. Au dernier décompte, plus de trente mille fichiers, rien que pour Paris, y sommeillaient en attendant de devenir le cauchemar de certains. Beaucoup, dans la capitale, comparaient cet endroit à une antichambre de l'enfer, mais personne – à part Fouché et Desmarets – n'y était jamais entré.

L'âme damnée du ministre réapparut, un dossier relativement épais à la main, qu'il posa sur le bureau de son maître, un sourire gouailleur aux lèvres.

— Les notes les plus anciennes remontent à 1782, date

à laquelle ladite Lenormand a été expulsée du couvent où elle était pensionnaire…

— Merci, Desmarets, coupa Fouché, qui voulait se faire une opinion par lui-même. Vous pouvez disposer.

Le fidèle d'entre les fidèles alla fermer le Labyrinthe, rendit sa clef à son chef et s'éclipsa. Fouché était déjà plongé dans le dossier de la pythie du faubourg Saint-Germain.

Un carnet gondolé à la main, le ministre de la Police parcourait l'intéressant dossier de Mlle Lenormand, griffonnant au passage des détails importants, comme le nom de Robespierre, qu'il souligna deux fois.

Quelques minutes plus tard, alors qu'il parcourait les derniers rapports, il entendit des talons claquer dans le couloir menant à son bureau.

Fouché finit calmement sa lecture avant de refermer le dossier tandis qu'on toquait avec si peu de conviction qu'on eût dit un grattement de souris. L'épreuve de la porte était l'une des facéties du ministre, il pouvait en dire beaucoup d'une personne, et de sa frayeur, à la manière qu'elle avait de s'annoncer.

Il attendit un second grattement avant d'ordonner d'entrer.

Mlle Lenormand, habituellement toute en faste et tenues extravagantes, apparut dans une mise discrète et sombre qui aurait convenu à une nonne ou à une veuve plus qu'à l'une des femmes les plus en vue de Paris.

Fouché s'imprégna de l'aspect qu'elle offrait : le regard fuyant et le tremblement de ses mains trahissaient son appréhension. L'homme le plus redouté de France la détaillait en silence de ses yeux morts sans prendre la peine de l'inviter à s'asseoir.

Lorsque la tension fut à son comble, il désigna une chaise dans un coin que la pythie traîna devant son bureau.

— Que me vaut le plaisir de votre visite, mademoiselle ? Mon avenir s'assombrirait-il à l'aune de vos augures ?

Prenant le temps de prendre place dignement et de se recomposer un minimum de maintien, l'autoproclamée oracle releva les yeux pour contempler ceux, éteints, de son interlocuteur.

— Aucunement, monsieur le ministre. Comme tous les grands hommes, votre destin n'appartient qu'à vous.

— Vous m'en voyez soulagé, certaines prédictions peuvent se révéler dangereuses.

La Lenormand devint encore plus pâle qu'elle ne l'était déjà et cacha ses mains tremblantes dans le creux de sa robe.

— Monsieur, j'ai le plus grand respect pour vous et le travail essentiel que vous menez pour nous protéger. Notamment cette affaire de la bande du Dragon que vous avez si brillamment...

Fouché leva une main et son interlocutrice fut coupée dans son élan, bouche ouverte, les yeux égarés.

— Je suis heureux que la police vous donne satisfaction, mademoiselle. Que puis-je pour vous ? Comme vous venez si justement de le souligner, mon temps est précieux.

Rassurée, la pythie prit une grande inspiration en préparation de sa confession.

— J'ai l'audace de venir vous voir afin de vous entretenir d'une triste affaire. Je crains en effet de m'être laissé entraîner dans une mauvaise histoire, mais maintenant je ne sais trop... Ce ne sont peut-être que des broutilles de femme apeurée.

Fouché sourit ; l'augure était de pacotille, ce dont il n'avait jamais douté. Le ministre de la Police méprisait ouvertement toutes les superstitions et encore plus les imbéciles qui y succombaient. Dans une de ses missions en province, durant la Terreur, il était allé jusqu'à faire inscrire à l'entrée des cimetières cette maxime définitive : *La mort est un silence éternel.* Pour autant, il décida d'attendre avant d'employer la manière forte.

— Madame, votre brillante carrière parle pour vous, dit

Fouché en tapotant l'épais dossier marqué *Lenormand* sur le bureau, vous n'êtes pas du genre à vous en laisser conter… Que s'est-il donc passé pour qu'une personnalité telle que vous finisse dans ce bureau où défilent les ennemis de la France ?

La pythie déglutit et un léger voile de sueur commença à poindre à travers son teint poudré. Elle n'était vraiment pas de taille pour jouer au chat et à la souris avec un homme de cette trempe.

Devant le sourire diabolique de Fouché, Mlle Lenormand abandonna toute résistance.

— Hier, une vieille connaissance revenue d'émigration, Julie de Swarte, m'a proprement enlevée pour me traîner, à l'orée du jour, à la Malmaison…

— D'où connaissez-vous cette Julie ?

— Eh bien… Euh… Nous nous sommes rencontrées voilà quelques années. Une jeune femme de bonne naissance, je lui faisais naturellement confiance, mais là…

Fouché l'étudiait tandis qu'elle parlait : elle mentait éhontément mais il n'en avait cure, car la Malmaison était sans doute au cœur de cette pitoyable confession.

— Continuez, je vous prie.

— Nous nous sommes rendues chez Joséphine, entourées de soldats lubriques et de courtisans en fuite. Je connais personnellement Madame Bonaparte et je crois que cette damnée Julie tentait d'accéder aux faveurs de l'épouse de notre bien-aimé consul par mon entremise.

— Probablement. Comment va Madame Bonaparte ?

— Ah… Comme vous pouvez l'imaginer, les ignobles rumeurs qui circulent dans Paris et la désertion de sa cour l'ont mise dans tous ses états… En vérité, elle se préparait à quitter son château, Dieu sait pour où.

— Voilà qui est fâcheux, en effet, le Premier consul sera très peiné d'apprendre l'existence de ce capharnaüm dans sa résidence.

— Oui, oui… bien sûr…

des âmes en quête de réponse, que je m'efforce d'aider avec les dons qui sont les miens.

— Bien entendu. Comment a-t-elle réagi ?

— Elle a retrouvé l'espoir, pour de bon cette fois. Mais c'est la réaction de Mlle de Swarte qui m'a beaucoup surprise et m'a amenée chez vous. Elle a sauté sur l'occasion pour convaincre Joséphine de rentrer aux Tuileries... À croire que c'était son objectif depuis le début.

Fouché resta un moment pensif. Joséphine revenant à Paris, c'était avant tout la présence d'une figure de proue susceptible de réunir autour d'elle les partisans du Premier consul, et surtout les militaires.

— Et l'a-t-elle convaincue ?

— Je le crois, oui, car devant nous Joséphine a envoyé Mme de Kreny aux Tuileries, pour organiser son retour, j'imagine.

— Un revirement intéressant ! Et donc, après avoir rendu l'espoir à cette chère Joséphine, vous avez disparu dans la nature tel un ange salvateur.

Mlle Lenormand se tortilla sur sa chaise avec embarras. Elle en avait trop dit pour reculer maintenant, mais il lui fallait passer sous silence sa récompense en monnaie sonnante et trébuchante, et surtout la pièce d'or qui avait tant intéressé Julie.

— À vrai dire, non, nous étions venues à la Malmaison dans le coche de Mlle de Swarte et je me suis vue dans l'obligation de revenir par le même moyen, sous peine de rester bloquée loin de Paris.

— Mme de Kreny allait dans la même direction que vous, pourquoi n'avez-vous pas profité de sa voiture ?

— Je ne voulais pas attirer plus encore l'attention, l'affaire était assez gênante pour moi d'avoir été attirée dans pareil guet-apens.

Fouché touchait enfin au nœud du problème : cette Julie devait avoir un moyen de pression sur la pythie pour la mener ainsi par le bout du nez. Cette jeune femme fomentait un chantage à haut risque sur une personnalité publique. Elle n'en était que plus intéressante.

— Et ensuite... ?

— Le retour s'est transformé en poursuite, Mlle de Swarte a ordonné à son cocher de suivre Mme de Kreny.

— Et votre chevauchée vous a conduites... ?

— Au Doyenné, le coche a ignoré les Tuileries et s'est engagé dans ce quartier austère où Julie a continué sa filature à pied, seule.

Mlle Lenormand se tut, guettant les réactions du ministre. Lequel trouvait que cette femme parlait trop pour ne pas dire grand-chose, mais elle lui avait néanmoins livré des informations importantes qui méritaient récompense.

— Votre témoignage m'est très utile, mademoiselle, sachez que vous comptez maintenant un ami au quai Malaquais. N'hésitez *surtout pas* à me tenir au courant de la suite des choses.

Un grand sourire de soulagement illuminant son visage, la Lenormand remercia Fouché tant et plus avant qu'il parvienne à se débarrasser d'elle.

De retour à son bureau, il consulta ses notes. Il n'aimait pas le tour que prenait cette affaire. Calvimont, la pythie, et maintenant cette Swarte qui surgissait auprès de Talleyrand et de Joséphine dans la même journée, trop de nouveaux pions entraient en jeu.

Il se leva.

Il lui fallait des réponses, et son Labyrinthe les abritait toutes.

22

Le fantôme de la peur

Quartier du Doyenné, 19 juin

Avant de partir, Louis avait pris la précaution de glisser autour du cou de Julie un nœud coulant dont la corde, liée à ses poignets, réagissait à la moindre sollicitation. Très vite, la jeune femme s'aperçut que le moindre mouvement un peu vif activait le nœud qui l'étranglait. Bâillonnée et les chevilles entravées, elle n'avait aucune chance de s'échapper. Ni les portes ni la fenêtre ne lui étaient accessibles. Elle gisait au sol comme une statue déboulonnée de son piédestal. Pour la première fois depuis la Révolution et ses affres, la peur la gagnait. Une peur insidieuse qui s'infiltrait de toutes parts : les menaces de tortures de Louis qu'elle imaginait, et pire, le souvenir de ce qu'elle avait vécu. Un à un, ses barrages intérieurs cédaient sous les à-coups de cette marée inexorable de panique. Elle avait beau se raisonner, se réfréner, sa respiration se faisait plus courte, son front se couvrait de sueur, un fer rouge montait de son ventre à sa gorge. La terreur l'envahissait tout entière. Elle avait connu une expérience aussi terrible et s'était juré de ne jamais la revivre. D'un coup de reins, elle roula vers le mur, qu'elle heurta brutalement de la tête.

Elle s'évanouit sous le choc.

Quand elle reprit conscience, elle avait le visage en feu contre le parquet râpeux, les bras et les jambes secoués de crampes. Elle était épuisée, comme si, au cours de la nuit, elle n'avait cessé de courir pour échapper à un adversaire invisible. Elle voulut crier, mais aucun son ne sortit de sa gorge asséchée. Le soleil était levé et frappait la lucarne poussiéreuse.

Ses ravisseurs avaient eu toute la nuit pour réfléchir à ses révélations sur Joséphine. L'effet de surprise était passé. Ils n'allaient pas tarder à exiger plus d'informations. Et tous les moyens seraient bons. Ce qui lui avait permis de gagner quelques heures allait se retourner contre elle. Et personne n'était venu la secourir.

Elle devait fuir. Seule. Julie tenta de ramper sur le sol pour atteindre la table placée à l'aplomb de la lucarne. Si elle parvenait à se redresser, elle pourrait peut-être se hisser jusqu'à la fenêtre et briser la vitre d'un coup de tête. Les débris, en tombant dans la rue, pouvaient alerter un passant ou lui fournir un outil tranchant. C'était sa seule chance. Mais elle comprit vite qu'elle n'y arriverait pas. Au moindre mouvement brusque, le nœud coulant l'étranglait. Elle renonça.

La peur la reprit comme une bête sauvage qui s'acharne sur sa proie. Elle croyait que ses cauchemars l'avaient dévorée tout entière, mais non, il restait encore en elle un espace libre où la panique pouvait s'engouffrer. Elle se mit à trembler.

Non, pas ça, pas maintenant.

La peur allait changer de visage.

Ou plutôt, elle allait prendre un visage.

Après avoir enduré les terreurs que crée l'imagination, il lui restait à affronter une dernière épreuve.

Celle qu'elle avait fuie toutes ces années : son propre remords.

Elle revit la porte.

Paris, mai 1794

À chaque pas dans le couloir de la prison, les détenues dans la cellule se mettaient à trembler. Si les pas s'arrêtaient, elles s'écroulaient à genoux, et quand la clef tournait dans la serrure les gémissements commençaient. Julie ne savait plus depuis combien de temps elle était prisonnière. Au début, elle avait voulu tracer des barres dans l'enduit du mur, mais il n'y avait plus une place de libre. D'autres avant elle avaient compté les jours. Tout ce qu'elle se rappelait avec précision, c'était son arrestation.

L'hôtel particulier familial, rue de la Chaise. Les agents du Comité de sûreté générale qui brisent les portes, fouillent les chambres, et ses parents que l'on emmène, à peine vêtus. Et puis cet homme, une écharpe tricolore qui lui éclabousse le buste, sourire aux lèvres :

« On ne va quand même pas arrêter les parents sans leurs enfants, ce ne serait pas charitable... »

Un éclat de rire général, et sa sœur et elle aussitôt embarquées pour la prison de la Force. Elles y connurent le désespoir, la violence et l'humiliation, mais Julie fit tout ce qui était en son pouvoir pour protéger sa cadette, Mathilde. Même quand elle apprit la mort tragique de leurs parents, dont les têtes avaient fini côte à côte dans le panier de son.

Elle s'était juré de ne laisser personne faire de mal à Mathilde.

Y compris le jour où un homme entra, une liste à la main, pour prélever son tribut de victimes. Julie se précipita pour prendre la place de sa sœur, mais une grêle de coups la jeta au sol, inanimée.

Quand elle reprit connaissance, Mathilde avait disparu.

Quartier du Doyenné, 19 juin 1800

Julie émergea brusquement de ses souvenirs insoutenables. Un pas rapide se faisait entendre dans l'escalier. La porte s'ouvrit sur Louis, le souffle court et un paquet entre les mains. Il se pencha sur Julie, qui se recroquevilla, effrayée.

— J'espère que tu as repris des forces. Tu vas en avoir besoin.

Il déchira l'emballage. Un manche de bois apparut, puis des lanières de cuir.

— Un très bel objet ; il vient de Russie. Là-bas, on l'utilise sur les paysans. Ça s'appelle un knout. D'abord on croit que c'est un fouet comme celui avec lequel on frappe les soldats indisciplinés, mais quand on regarde bien…

Au bout de chaque lanière, on voyait comme un noyau de la forme et de la taille d'une balle de pistolet.

— Ce sont des billes de plomb. Elles commencent par ouvrir des plaies de plus en plus profondes, ensuite elles brisent les os un par un. Avec de la chance, on meurt d'hémorragie.

Il coupa la corde autour du cou de Julie et arracha son corsage.

— Mais toi, tu ne vas pas mourir…

Il déchira sa robe. Julie gémit à travers son bâillon.

— … tu vas souffrir.

23

Le repos du guerrier

Rue de Beaune, 19 juin

Calvimont gravissait les escaliers de son immeuble, les jambes lourdes, peinant à se hisser jusqu'à son étage. La nuit en prison avait été épuisante et il lui fallait du repos. Malheureusement, le service du Boiteux n'attendait pas. D'autant plus que si les promesses du ministre se vérifiaient, les perspectives d'Armand s'élargissaient : si Dieu il y avait, peut-être lui permettrait-il de retrouver enfin les terres de ses ancêtres.

Il ouvrit la porte à la volée et alla illico s'écrouler de tout son long sur le sofa, manquant d'écraser le chat endormi qui détala dans un feulement. Le sommeil réparateur se refusa à lui, car les blessures qu'il avait négligées le lançaient ; mieux valait endurer la fatigue que la gangrène.

Il se redressait difficilement en position assise quand la porte s'ouvrit sur le visage d'Antoine Tustal, sourire de conspirateur aux lèvres.

— Nom de nom, Armand, vous nous revenez chaque jour en plus misérable état ! Quelles nouvelles folies vous ont fait découcher ?

— Trouvez-moi de l'alcool et de quoi recoudre une plaie et je vous conterai tout ce qui vous chante, curieux voisin.

Le rondouillard Antoine se rembrunit et la bonhomie fit place à l'inquiétude.

— Vous êtes blessé ? Ne bougez pas, je reviens.

Le cuisinier s'éclipsa et Armand examina son appartement, qu'il jugea négligé. À tant découcher, d'abord auprès de Charlotte, puis du fait de l'enquête, il y avait passé peu de temps et cela se voyait : le chat en avait fait son royaume, marquant de ses griffes et de son odeur tout le logis. Tustal, le souffle court d'avoir couru, revint dans la pièce.

— Eau-de-vie de prune, fil à rôti et aiguille à coudre... déclara-t-il. Vous avez une bien méchante plaie au cou. Que diable vous est-il arrivé ?

— Longue histoire, Antoine. Ouvrez les fenêtres, je vous prie. Entre les remugles de Balthazar et la chaleur d'été, un peu d'air frais nous fera du bien.

Tandis que Tustal s'exécutait, Calvimont ouvrit la bouteille d'eau-de-vie dont il avala une longue rasade, un bon coup de fouet qui lui éclaircit l'esprit. Son truculent voisin réapparut avec des linges et Armand entama son récit qui commençait lorsqu'il avait délaissé le foie gras pour courir au Châtelet interroger l'affreux couple que Georges avait enfermé. Son témoignage l'avait envoyé dans un lieu de plaisir saccagé qui l'avait mis sur une piste passage du Dragon...

Tustal, qui trempa une aiguille dans l'eau-de-vie, interrompit son geste.

— Parbleu ! Vous étiez au Dragon hier ? s'écria-t-il. On ne parle que de ça !

— Vraiment ? Les mensonges de Fouché ont déjà fait le tour de Paris ?

— Mensonges ? Mesurez vos paroles, mon ami, même chez soi on ne sait jamais qui écoute. Décidément, ajouta le cuisinier en souriant, Paris est bien plus intéressant depuis votre retour.

— La peste soit de Paris ! J'aimerais passer une journée sans nager dans le sang. Aidez-moi à recoudre ma plaie au flanc, elle s'est rouverte.

Ils s'affairèrent tous les deux sur la blessure, Tustal le

front plissé de concentration, Armand les mâchoires serrées, retenant un gémissement de douleur. Puis Calvimont inspira longuement avant de reprendre le cours de son récit, ou comment une simple arrestation avait dégénéré en carnage.

— Contrairement à ce qu'affirment les journaux, les policiers sont arrivés après la bataille, pour mettre la main sur notre suspect et jeter en prison toute la racaille, moi compris.

— « Notre » ? Vous n'étiez pas seul dans cette turbulente affaire ?

— Comme vous vous en doutez, j'avais quelques… *amis* pour m'assister.

— Sacrés amis… Qu'avez-vous prévu comme réjouissances, aujourd'hui ? Lancer une mutinerie de prisonniers ? Provoquer une émeute dans les faubourgs ? Ne riez pas, j'ai presque fini… Voilà, ne reste plus qu'à poser un bandage.

Les points de suture parfaitement alignés du cuisinier laissèrent Armand pantois d'admiration. Tustal n'en était probablement pas à sa première plaie recousue avec les moyens du bord. Il sacrifia un drap dont il déchira des bandes qu'il serra autour du corps d'Armand. Puis il examina la blessure au cou.

— À l'heure du triomphe de la poudre, vous vous faites mordre comme un vulgaire sauvage… N'eût été cette affaire au Dragon, j'aurais fait l'hypothèse d'une courtisane en colère. Mais poursuivez.

— On m'a libéré ce matin, deux gendarmes m'ont emmené au Sénat…

— Jusqu'à celui que j'ai dessiné avec mes truffes, je présume ?

Du coin de l'œil, Armand jaugea Tustal, qui s'affairait à nettoyer sa blessure au cou à l'eau-de-vie.

— Vous touchez juste, Antoine, Talleyrand m'a sauvé la mise, mais en contrepartie il m'a confié une nouvelle mission. Trouver une femme.

Tustal s'esclaffa.

— Le ministre connaît bien votre talent de limier du beau sexe !

Calvimont ricana.

— Si mon talent est à ce point reconnu, je vais tenter ma chance auprès de Joséphine, afin d'assurer mon avenir !

— Fou que vous êtes, vous en seriez capable. Mais, s'il ne contrôle pas son épouse, notre Premier consul n'hésite pas à frapper de son courroux tous ceux qui s'approchent trop de sa dame.

— Si grand que l'on soit dans le monde, on ne l'est jamais assez pour sa femme.

— Vous parlez d'or, c'est pourquoi j'ai négligé d'en trouver une, trop de sueur et d'angoisse.

— Trêve de badinage, cher voisin, le temps presse. Connaissez-vous le quartier du Doyenné ?

— Parbleu, oui, le domaine de ces corbeaux de religieux ! On fait difficilement quartier plus calme, austère, même. Pourquoi cela ?

— C'est là qu'a disparu la femme que je recherche.

Le cuisinier scruta la plaie à la gorge d'Armand.

— Nul besoin de recoudre celle-là, mais il faudra la surveiller, trop nombreux sont ceux qui succombent à une infection négligée. Pour en revenir à votre affaire, je ne sais pas grand-chose sur le Doyenné, mais je possède de quoi vous aider…

Tustal disparut un instant chez lui et revint avec un guide de Paris illustré.

— Que fait un Parisien tel que vous avec un ouvrage destiné aux provinciaux perdus dans la capitale ?

— Vous n'avez pas idée de la somme d'informations contenue dans ce petit guide, regardez donc.

D'abord circonspect, Calvimont s'étonna de la richesse de la brochure, qui fourmillait d'indications sur les commerces et les lieux d'intérêt de chaque quartier parisien. Armand, qui pourtant pensait avoir apprivoisé la ville, découvrit en le feuilletant combien il ignorait tout des rues qu'il empruntait.

— Nous y voilà, le Doyenné, rempli jusqu'à la gueule d'institutions religieuses ! lança Tustal.

— N'eût été votre haine des curés, on en oublierait presque vos sympathies jacobines d'antan.

— Bah, l'Église est morte, même si elle ne le sait pas encore.

— L'avenir nous le dira... Regardez, Rouget de Lisle tient boutique au Doyenné. Quand il aura fini de réécrire « La Marseillaise » pour la dixième fois, vous pourrez lui commander une ode à votre idole Robespierre, persifla Armand avec un sourire ironique.

— Votre humour finira par vous jouer des tours, mon cher, et votre ami du quai Malaquais...

— Quoi ? Encore Fouché ? Pourquoi tout le monde craint-il autant cet homme ? Ce n'est qu'un boucher de la Révolution assez malin pour avoir gardé sa tête.

— Il est bien plus que cela, malheureusement. Vous avez mentionné Joséphine tout à l'heure et voilà que nous tombons sur Rouget de Lisle. Troublant hasard.

— Pourquoi ? Il compte lui aussi au nombre des amants de la Vieille ?

— Je ne sais, mais diverses rumeurs circulent sur le compte de ces deux-là. Déjà avant le coup d'État de Bonaparte, on évoquait des affaires de corruption.

— Voilà qui est intéressant, la jeune femme disparue suivait justement une piste financière, d'après le peu qu'on m'en a dit.

— Troublant, vous dis-je. Joséphine et Rouget se seraient acoquinés pour détourner d'importantes sommes d'argent via l'octroi des marchés de fournitures des armées.

— Une vieille habitude, paraît-il.

— Certes, dès le début de la guerre contre les tyrans d'Europe, la Révolution a souffert d'une corruption généralisée de l'intendance, une des raisons pour lesquelles nos armées étaient si mal équipées.

— Joséphine, Rouget, la menace d'une affaire d'État, la piste de l'argent… Cela fait beaucoup de coïncidences.

— Oui, je dirais que votre amie a frappé à la mauvaise porte…

— Et elle a disparu. Tout cela se tient. La crainte d'un scandale au sommet du pouvoir… par les temps qui courent, on tue pour moins que ça.

Tandis que Calvimont se perdait dans l'étude du plan du Doyenné, Tustal ramassait aiguille, fil et eau-de-vie afin de prendre congé.

— Cher Armand, ce fut un plaisir de vous aider. Votre fréquentation apporte à ma vie une fantaisie que la cuisine ne permettrait jamais.

— Et aussi du danger. Faites attention à vous, les jours qui viennent s'annoncent chaotiques.

— Tant que personne n'est empoisonné, personne ne blâme les cuisiniers, mon ami. Gardez le guide, vous en aurez plus besoin que moi.

— Merci, Antoine, je vous revaudrai ça.

Sitôt Tustal parti, Calvimont se débarbouilla afin de chasser l'odeur de sang, de poudre et de geôle qui imprégnait son épiderme.

Changé et rasé de frais, Armand se rendit dans sa chambre, déplaça le lit et souleva une latte du plancher. Apparut un coutelas de chasse. Il en aurait besoin pour reprendre sa traque, direction le Doyenné.

24

Le paradis du diable

Quai Malaquais, 19 juin

La clef actionna le mécanisme et le battant s'ouvrit dans un bruit sourd. Fouché quitta le décor feutré de son bureau pour l'atmosphère pesante du Labyrinthe. L'endroit dégageait une lourde odeur de papier, d'encre et de poussière tandis que de minces traits de lumière suintant de fenêtres étroites peinaient à percer les ombres de cet antre des secrets.

Mais le ministre n'avait pas besoin de beaucoup de clarté pour se repérer. Il connaissait son repaire par cœur et y passait plus de temps qu'il ne voulait se l'avouer. Cette salle forte était son refuge, le sanctuaire de son savoir, et donc le centre de son pouvoir sur ce monde qu'il méprisait tant.

Tel un fantôme, il erra dans les travées où s'entassaient des monceaux de documents qu'il passait ses nuits à archiver selon un système de classement dont même Desmarets ne comprenait qu'une infime partie.

Parcourant son royaume d'ombres, il ouvrait parfois de profonds tiroirs où fiches et dossiers de royalistes et de jacobins étaient rangés dans la même défiance. Il lui aurait suffi d'un geste pour dénicher les fiches des bourgeois de Lyon qu'il avait fait déchiqueter au canon comme ceux des révolutionnaires parisiens qu'il avait déportés outre-mer, mais il en connaissait chaque ligne.

Il arriva à la section qui l'intéressait et ne tarda pas à trouver le dossier de Julie de Swarte, qui dorénavant rejoindrait celui de Calvimont dans le tiroir des émigrés à surveiller en priorité.

À la lumière d'une fenêtre losangée à vitrail, il entreprit de compulser les notes concernant cette femme qu'il avait rayée des listes d'émigrés quelques mois plus tôt. Quelque chose avait dû lui échapper pour qu'elle ressurgisse à présent, d'abord aux côtés de Talleyrand puis auprès de la Lenormand et de Joséphine. Fouché détestait les surprises et il voulait comprendre pourquoi cette inconnue venait gripper les fins rouages de ses plans.

Il repéra rapidement le détail qu'il avait négligé : Swarte ne pouvait être qu'une identité d'emprunt, car elle ne semblait avoir aucun lien avéré avec les familles de ce nom. À se demander même si cette Julie était une authentique aristocrate ou une aventurière qui se dissimulait derrière une particule. C'était en tout cas un moyen de pression à faire jouer rapidement. Fouché plissa les lèvres de plaisir. Cette jeune femme avait beaucoup plus de savoir-faire qu'il ne l'avait cru. Sans doute la raison qui avait conduit Talleyrand à l'utiliser pour espionner Joséphine. À moins que le ministre des Relations extérieures ne s'y intéressât pour de plus obscurs motifs. Ce pseudonyme pouvait viser à la protéger. Certains enfants de la noblesse avaient mystérieusement disparu pendant la Révolution, et ce nom de guerre de Swarte pouvait en cacher un autre, plus prestigieux. Une subtile manière pour Talleyrand de se prémunir de l'avenir si d'aventure un Bourbon revenait sur le trône de France : il aurait à ses côtés une grande aristocrate dont il aurait sauvé la vie et le destin.

Décidément, le vieux renard avait plus de tours dans son sac qu'on ne l'escomptait. Mais ce qui intriguait Fouché, c'était l'apparition conjointe de Julie et de Calvimont en ces jours de tension politique. Il sentait là un parfum de coup monté qu'il n'aimait pas, un complot qui se préparait et s'organisait sous ses yeux. Il en venait à se demander si l'implication d'Armand, ce forban gentilhomme, dans le massacre du manoir Brunet était vraiment le fruit du hasard…

De son écriture hachée, Fouché nota ces considérations sur son carnet avant de s'enquérir d'un autre dossier, celui de Mme de Kreny. Qu'il ne sache quasiment rien de la favorite de Joséphine le troublait.

Au moment où la situation était des plus incertaines, il avait l'enrageante sensation qu'un filet, disposé depuis longtemps sous ses pieds, risquait de l'emporter et de le faire disparaître de la scène.

Il finit par dénicher, au dos d'un rapport sur Joséphine, une maigre note sur cette Kreny. Descendante d'une famille irlandaise de petite noblesse exilée en France pour échapper au sanglant régime de Cromwell, cette jeune femme sans réputation ni ressources avait tout à coup intégré le cercle restreint de Joséphine, juste après le retour de Bonaparte d'Égypte.

Son arrivée récente parmi les familiers de la Malmaison expliquait sans doute ce manque d'informations, mais la coïncidence, là aussi, était troublante. À la différence d'autres ministres, Fouché avait vite compris que Bonaparte était d'un naturel méfiant. L'homme du coup d'État du 18 Brumaire avait-il placé une espionne dans l'entourage de sa femme réputée volage ?

Fouché griffonna de nouveau dans son carnet, notant l'urgence d'approcher Mme de Kreny, dont il rangea la fiche en tête du dossier de Joséphine.

Après un instant de réflexion, il décida qu'il en avait terminé de ses recherches préliminaires. À la vitesse où les événements s'enchaînaient dans Paris, il ne pouvait se permettre de lambiner dans sa bibliothèque des âmes.

Toutefois, il prit le temps de consulter les récents rapports de police sur le quartier du Doyenné. Tous s'accordaient à reconnaître le calme exceptionnel du quartier ecclésiastique, mais il repéra néanmoins un nom qui allait lui servir.

Quelques minutes plus tard, Fouché fermait la solide porte de son sanctuaire avant de clore le faux battant et de replacer la clef autour de son cou. Il pointa la tête hors de son bureau, faisant sursauter le secrétaire en faction au bout du couloir. Le ministre lui ordonna d'aller chercher Desmarets.

Le fidèle se présenta dans l'instant alors que Fouché compulsait ses notes. Le diable aux yeux morts leva son regard sur le chef de la haute police, qui ne put s'empêcher de frissonner.

— Activez une surveillance du quartier du Doyenné, rien ne doit nous échapper.

— Ce sera fait, monsieur… Faut-il chercher quelqu'un en particulier ou engager une action ?

Le ministre arracha une page de son carnet qu'il tendit à son homme de main.

— Non, mais nous avons une source là-bas, un ancien militaire, allez le voir, dit-il en grimaçant un sourire carnassier.

25

Une dernière demeure

Quartier du Doyenné, 19 juin

Louis contemplait son œuvre. Après avoir dénudé Julie, il lui avait attaché les poignets à une solive du plafond. Comme elle ne touchait le sol que par la pointe des pieds, la jeune femme était totalement étirée, exposant son corps au regard enfiévré de son bourreau. Assis dans un fauteuil à tête de sphinx, Louis contemplait sa proie. Il n'avait jamais vu une telle beauté. Lui qui se contentait d'amours aussi rapides que faciles était subjugué par ce spectacle. La blancheur de la peau sous laquelle palpitaient des veines d'un bleu tendre le fascinait. Comme s'il avait été ébloui, il détourna le regard sur le fouet qu'il tenait entre ses genoux. Il caressa une lanière de cuir jusqu'à la bille de plomb.

Il l'avait acheté à la tenancière d'un bordel à deux pas du Palais-Royal qui souhaitait s'en débarrasser rapidement, car les dégâts sur les filles étaient trop souvent irréversibles. Louis considérait le knout comme un instrument d'intimidation, il n'avait pas l'intention de s'en servir. Rouget lui avait donné l'ordre de régler discrètement le problème, ce qui excluait qu'on retrouve dans Paris le cadavre massacré d'une jeune femme. Surtout si elle disait vrai lorsqu'elle affirmait fréquenter Talleyrand.

Louis commençait à se demander s'il ne s'était pas fourré dans une sale affaire qui menaçait de le dépasser.

Rouget l'avait engagé pour qu'il s'occupe de « points de détail » exigeant un certain savoir-faire. Peu à peu, Louis avait compris le système Rouget. Le compositeur de « La Marseillaise » utilisait son renom pour fréquenter les salons d'une bourgeoisie avide d'un vernis de patriotisme. Réputé proche du Premier consul et de sa famille, il faisait comprendre à des entrepreneurs triés sur le volet qu'il lui serait aisé de leur favoriser l'entrée sur les marchés publics – contre un modeste pourcentage, bien sûr. Et en un rien de temps il leur obtenait des commandes de fournitures pour l'armée aussi juteuses que des melons mûris sous le soleil de Provence. Car Rouget avait un atout dans sa manche : Joséphine. En échange d'espèces sonnantes et trébuchantes, elle harcelait ministres et hauts fonctionnaires, qui n'osaient rien refuser à l'épouse adorée de Bonaparte. En quelques mois, les deux associés en corruption avaient créé un véritable monopole : aucun marché de fournitures ne leur échappait. Et cette situation de privilège les avait rendus de plus en plus gourmands : ils ne se contentaient plus d'un modeste dix pour cent, ils exigeaient au moins la moitié des bénéfices.

Et c'est là que Louis intervenait.

En effet, maints fournisseurs mettaient une certaine retenue à payer, quand ce n'était pas de la mauvaise volonté. Après le passage remarqué de Louis, ils acquittaient la « taxe Joséphine », comme l'appelait Rouget, en un temps record. Mais là, il ne s'agissait plus de menacer des bourgeois apeurés, mais de tuer une femme de sang-froid, qui plus est de noble naissance et avec des relations.

Louis regarda encore le corps parfait de Julie dont la nudité attisait son désir. Il ne pourrait pas la tuer de ses mains, il le savait déjà.

Cependant, si elle avait compris les relations d'argent entre Rouget et Joséphine, elle ne pouvait rester en vie. Et si l'étendue de la corruption de sa femme venait à être éventée, Bonaparte étoufferait aussitôt l'affaire en éliminant tous les complices de Joséphine.

Et Louis n'avait pas envie de finir lesté d'une pierre au fond de la Seine.

Pour cela, il fallait que Julie meure, mais surtout qu'elle parle avant de mourir.

Et Louis avait son idée.

Il détacha Julie et l'entraîna à sa suite dans une pièce voisine plongée dans la pénombre. L'odeur amère qui l'accueillit était lourde comme une écharpe de brume. Julie s'avança avant de s'immobiliser. Devant elle, deux yeux étincelants la contemplaient. Louis entrouvrit un volet ; la protégée de Talleyrand faisait face à une statue de chien noir aux pupilles d'or.

— Je te présente Anubis. Il vient d'Égypte.

Tout autour, posées sur des étagères ou à même le sol, s'amoncelaient des antiquités arrachées au sable du désert.

— Un mauvais payeur, expliqua Louis, un membre de l'expédition d'Égypte avec Bonaparte. Alors nous nous sommes remboursés avec sa collection, que l'on vend pièce par pièce aux amateurs.

Julie désigna l'étrange animal.

— Et lui ?

— C'est le dieu des morts. Il n'a pas encore trouvé preneur. Pas plus que ça, d'ailleurs.

Louis montra une silhouette entourée de bandelettes jaunâtres qui semblaient prêtes à tomber en poussière.

— C'est une momie. Dessous, il y a un cadavre.

— Pourquoi m'amenez-vous ici ?

— Parce que c'est le royaume des morts.

Louis fit siffler les lanières de son knout.

— Avance.

Julie buta sur un rebord de pierre qui lui entailla le genou : elle avait heurté ce qui ressemblait à une cuve que fermait à moitié une dalle massive.

— Voilà où était conservée la momie. Dans cette baignoire de pierre. Ça s'appelle un sarcophage.

Un coup de manche de knout dans les reins fit s'effondrer Julie sur le sol. Elle se mit péniblement à genoux, mais Louis la saisit par les épaules et la fit basculer dans le sarcophage. L'arcade sourcilière de la jeune femme frappa le rebord de pierre et le sang l'aveugla. Elle entendit le bruit râpeux de la dalle que Louis poussait.

— Je ne sais rien ! supplia Julie. Rien de plus que ce que je vous ai dit !

Louis se pencha sur son visage.

— Tu ne sais rien ? Vraiment ?

— Je le jure !

Son bourreau acheva de mettre en place le couvercle de pierre.

— Alors tu vas mourir enterrée vivante.

26

Le prix du sang

Quartier du Doyenné, 19 juin

Le Doyenné correspondait parfaitement à sa réputation : un quartier quasi désert aux portes des Tuileries, et plus encore à cette heure où le soleil au zénith frappait les pavés d'une lumière presque aveuglante. En se servant du guide de Tustal, Armand avait atteint cette ancienne enclave ecclésiastique en plein Paris : un lieu à ce point hors du temps que l'on s'attendait à voir surgir de longues processions de prêtres prêts à rechristianiser un pays qui ne savait plus en qui croire.

Sanglé dans une redingote d'un noir de jais sur une chemise aussi bouffante que ses cheveux étaient lisses, Calvimont avait travaillé son personnage de riche parvenu. La chaîne en or rutilante de sa montre de gousset ajoutait la note de vulgarité dont il comptait bien jouer toute la gamme. Tout en faisant tournoyer sa canne, il examinait l'étrange enseigne qui surplombait l'entrée de la boutique de Rouget de Lisle. La figure en métal ressemblait étrangement au Bateleur, une carte de tarot qu'Armand ne connaissait que trop bien : les prédictions enfiévrées de sa mère, passionnée par ces cartes supposément divinatoires, avaient hanté son enfance.

Après avoir vérifié que son arme était correctement dissimulée sous sa veste, Armand entra d'un pas décidé dans la boutique et balaya les lieux du regard de celui à qui le monde appartient. L'officine était peuplée de jeunes gens qui recopiaient des partitions à une vitesse effrénée et qui ne levèrent pas la tête sur le nouveau venu. Les nombreux lutrins vides laissaient penser que ne restaient là que des retardataires pressés d'en finir avant de rejoindre leurs camarades pour le déjeuner.

Un garçon bien apprêté à l'air hautain émergea d'une pièce attenante et fronça les sourcils en voyant ce grand trentenaire au physique de soldat mais à la mise bourgeoise ostentatoire.

— Bonjour, monsieur, je suis François, assistant du maître, que puis-je pour vous ?

— Il était temps ! Rouget est là ?

Nouveau froncement de sourcils du jeune homme méfiant.

— Non, le maître est parti déjeuner, que lui voulez-vous ?

— Damné ! J'essaye d'aider cette vieille fripouille et il préfère aller se goinfrer à la taverne... Faites-moi visiter, que je ne sois pas venu pour rien dans ce taudis.

— Monsieur, je vais vous demander de...

— Pas de ça avec moi, jeune blanc-bec, je compte investir dans cette entreprise. Autant dire que je ne vais pas m'en laisser conter, allez, au trot !

— Mais... qui êtes-vous ?

— Armand de Loc-Dieu, financier, l'homme qui va transformer ce lieu en un sanctuaire de la musique parisienne... Maintenant, montrez-moi tout : cette foutue bicoque ne va pas se réaménager toute seule.

Une fois de plus, particule et promesse d'argent firent merveille. Le François aux sourcils froncés se métamorphosa en guide diablement bavard et durant dix longues minutes Calvimont n'apprit rien de plus intéressant que ses références familiales, archétype de la bourgeoisie de l'Ouest parisien.

En revanche, la boutique comme ses annexes ne révélaient aucune trace de cette mystérieuse Julie. Armand écourta d'un geste méprisant les exploits familiaux du freluquet avant que le propriétaire des lieux n'ait la mauvaise idée de revenir.

— Cessez, jeune homme, j'en ai assez vu et bien assez entendu. Dites à votre maître qu'il me trouvera à l'hôtel de Suède, rue Jacob, qu'il m'y rejoigne quand il aura fini de courir les estaminets.

Le gamin, le rouge aux joues et des éclairs dans les yeux, ne savait pas s'il devait sauter à la gorge de l'impudent ou le saluer servilement. Calvimont ne lui laissa pas le temps de choisir et lui tourna le dos avec morgue avant de s'éclipser.

Dix pas plus loin dans la rue, Armand partit d'un grand rire : en bon nobliau de province, il n'avait fait que singer l'arrogance des nobles de cour, mais cela suffisait pour impressionner le quidam moyen. C'était l'un des rares avantages de cette haine révolutionnaire des aristocrates : même en se caricaturant, on paraissait crédible.

Cependant il avait fait chou blanc, rien n'indiquait que Julie fût passée par cette boutique. Calvimont consulta le guide de Tustal pour repérer la prochaine étape de son enquête : une petite taverne ne payant pas de mine mais bien remplie, à en juger par le brouhaha qui s'en échappait.

Après s'être décoiffé et avoir retiré cravate et montre, Armand entra dans le cabaret bondé, à croire que tous les habitants du quartier s'étaient donné rendez-vous dans cette salle enfumée où flottait l'agréable odeur des plats que l'on y servait.

Il trouva une place libre à une petite table, près de l'escalier, d'où il pouvait surveiller l'établissement. Une cinquantaine de personnes se restauraient dans une ambiance bon enfant. Après qu'une serveuse gironde eut pris sa commande, il put enfin tendre l'oreille.

Comme il s'y attendait, la plupart des habitués discutaient de la situation politique incertaine, non sans inquiétude, nul ne sachant qui dirigeait à présent le pays.

Les débats enflammés sur la mort supposée de Bonaparte

le surprirent : le Boiteux, obsédé par la disparition de Julie, ne lui en avait pas reparlé, mais voilà qui expliquait l'intensité des débats au Sénat le matin même. De nouvelles informations avaient peut-être filtré des dépêches venant d'Italie et la rumeur avait fait le reste. Armand songea que, si le décès du Premier consul se confirmait, les promesses de Talleyrand risquaient fort de finir lettre morte…

Armand examina tour à tour chaque client de la taverne. Les soiffards accoudés au comptoir présentaient peu d'intérêt, plus intéressants étaient les clercs et les boutiquiers attablés. Ils connaissaient le quartier, mais ils ne parleraient pas à un inconnu. Son regard s'arrêta sur un individu assis à l'écart dans un coin. Il ne mangeait pas ni ne buvait, et, après plus d'une demi-heure d'observation, Armand avait noté qu'il recevait à sa table à intervalles réguliers des gens avec lesquels il s'entretenait à voix basse avant de se voir remettre une poignée de pièces.

Cet homme vendait quelque chose et le faisait discrètement. Pourtant, ses clients repartaient les mains vides. Calvimont en déduisit qu'il proposait une denrée immatérielle, peut-être des informations.

Armand termina son repas et son gobelet de rouge, régla sa note au comptoir et fondit sur le mystérieux négociant, qui leva un regard stupéfait sur l'importun en portant la main à sa poche tandis que Calvimont s'asseyait sans un mot en face de lui. Le bonhomme au cou massif et au visage empâté avait les yeux injectés de sang et la barbe gluante, signalant un mode de vie à base d'alcool et de basse débauche.

— T'es qui, toi ?

L'haleine de son vis-à-vis fit reculer Armand, qui se fit la réflexion qu'un honnête homme ne pouvait puer autant du bec.

Armand posa une bourse rebondie sur la table.

— J'ai de l'argent, et toi, tu as quoi ?

— Si t'es joueur, je t'offre la chance d'en gagner plus. En

ce moment, tout le monde mise sur la mort du Bonaparte. Je sais pas si cette charogne est crevée, mais les gens du quartier y croient mordicus.

Calvimont comprit qu'il avait devant lui un preneur de paris sur des événements en cours. Ce type de personnage s'était répandu comme une traînée de poudre depuis le procès de Louis XVI.

— Et si je voulais parier sur quelqu'un d'autre ?

Armand dénoua la bourse et sortit une pièce d'argent.

— Sur Rouget de Lisle, par exemple.

— Par ma foi, t'es bien le premier à allonger une blanche sur cette crevure.

— Son avenir m'intéresse.

— Je serais toi, je parierais sur une autre tête. Le Rouget, il sent pas bon en ce moment.

Calvimont exhiba une seconde pièce.

— Et si tu m'en disais plus ? Par exemple, Rouget de Lisle possède-t-il un autre lieu que sa boutique dans le quartier ?

— Il se pourrait bien… Tu cherches quoi, exactement ? Parce que le Rouget, il aime pas trop qu'on se mêle de ses affaires.

— Quelqu'un a disparu et j'ai certaines raisons de penser que notre ami commun y est pour quelque chose.

— Et c'est qui cette… personne ? Une femme, je suppose. Parce que le compositeur, il reçoit du beau linge. Les robes à dessous de soie, ça se presse chez lui…

Les remarques de Pue-du-bec commençaient à échauffer Armand, qui n'avait pas de temps à perdre avec un parasite de taverne. Il prit sur lui pour garder son calme. Peut-être pas assez, car l'autre le regardait de travers et avait de nouveau porté la main à sa poche, troublé par l'expression inquiétante de son vis-à-vis.

— Arrête de dégoiser. Si tu veux les deux pièces qui sont sur la table, tu vas me dire ce que tu sais.

— Deux blanches, c'est pas assez.

Calvimont entendait presque l'esprit lourd de Pue-du-bec se mettre en branle. Celui-ci allait essayer de le plumer. Comme tous les imbéciles, il se croyait plus intelligent que tout le monde.

— Je veux de l'or. Du jaune. Je suis sûr que t'as ça sur toi, t'as beau essayer de parler comme nous autres, t'as l'accent d'un ci-devant.

Armand feignit la surprise d'avoir été démasqué et lança des regards méfiants à la ronde.

— D'accord, je vois que tu es un malin. Allons dans un endroit plus discret. Celui qui m'emploie m'a donné ce qu'il faut.

L'étincelle de la convoitise s'alluma dans les yeux de Pue-du-bec. Il afficha un sourire torve sur une dentition trouée avant de lever sa masse, où la graisse avait remplacé tout souvenir des muscles.

— Suis-moi, l'aristo, je connais l'endroit idéal.

Calvimont sur les talons, il ouvrit une porte camouflée derrière une tenture élimée qui donnait dans une réserve manifestement dédiée à la contrebande au vu des marchandises exotiques qui y étaient entassées. Il traversa la pièce et conduisit Armand dans une courette inondée par le soleil de midi. Aussitôt la porte fermée, Pue-du-bec se retourna avec une vivacité que sa corpulence ne laissait pas soupçonner en pointant la gueule noire d'un pistolet.

— Tu vas me dire pourquoi tu t'intéresses au Rouget. Mais avant, je vais te soulager de ta bourse…

Trop sûr de lui, Pue-du-bec s'approcha d'Armand en négligeant sa canne. Tendant la main pour fouiller la poche de la redingote de sa victime, il leva instinctivement le canon de son arme. Avant même de comprendre comment, il encaissa un coup de pommeau en pleine face qui l'envoya valser sur le sol. La rage trop longtemps contenue d'Armand se libéra et il s'acharna sur ce ruffian qui voulait le dépouiller, à grands coups de canne, de poing et de pied. Malgré les tentatives de Pue-du-bec pour se protéger, les horions pleuvaient sur son corps obèse, qui fut bientôt couvert de sang.

Le voile rouge de la colère se dissipa, laissant Armand essoufflé, les poings meurtris et une canne brisée dans une main. Il contempla son œuvre. Une horde de bêtes sauvages n'aurait pas fait plus de dégâts : les dents restantes de l'homme avaient sauté, les arcades sourcilières et les pommettes étaient enfoncées, et le bras gauche était si tordu qu'il devait être fracturé en plusieurs endroits.

Armand jeta par-dessus un toit les débris de sa canne dans un geste de dépit. Il s'était emporté et avait perdu une source d'information. Il arracha les manches de sa chemise afin de bander ses mains ensanglantées, puis il se pencha pour vérifier si ce qui restait de son adversaire était encore en vie.

Comme le pouls battait, Armand entreprit de ressusciter Pue-du-bec en lui cassant deux doigts ; au point où il en était, ça ne changeait plus grand-chose. La brute émergea des brumes de l'inconscience dans un hurlement de douleur, posant des yeux terrifiés sur son bourreau, qui ne lui laissa pas un instant de répit.

— Ou tu me dis ce que je veux savoir, ou je te renvoie définitivement aux enfers, d'où tu n'aurais jamais dû sortir.

— Meurs ! éructa Pue-du-bec en crachant des débris de gencive.

— Mauvaise réponse.

Armand sortit son coutelas de chasse et, d'un geste vif et précis, trancha l'oreille gauche du truand.

— Si tu me déçois encore, c'est ta seconde oreille qui part, ensuite je passe aux doigts.

Pue-du-bec le regardait, effaré, comme s'il avait affaire à un démon tout droit sorti des abîmes de Lucifer.

— Tu… tu veux quoi ? bredouilla-t-il alors que la lame s'approchait de sa tempe.

— Rouget de Lisle, tout ce que tu as sur lui. Vite.

— Il a un galetas par ici, c'est là qu'il se fait livrer ses bonnes fortunes.

— Quelles bonnes fortunes ?

— Tu aurais tort de chercher à le savoir. Le Rouget a des amis puissants, qui vont te dévorer tout cru.

— Nous verrons cela…

Armand montra le plan du quartier à Pue-du-bec, qui semblait sur le point de tourner de l'œil.

— Le galetas ! Où est-il exactement ?

— Impasse du Four, là…

Le blessé désigna une partie excentrée du quartier, tachant la carte de son sang avant de s'évanouir. Armand hésitait à l'achever pour qu'il ne parle pas, mais sa mission était de retrouver la protégée de Talleyrand, pas de mettre au jour les trafics du père de « La Marseillaise ». Et puis s'il pouvait passer une demi-journée sans tuer quelqu'un… Il rangea son plan avant de jeter un dernier coup d'œil sur le truand. Il ne respirait plus. Voilà qui lui épargnait toute décision. Cependant on avait dû les voir ensemble, une petite mise en scène s'imposait. De deux coups de coutelas, il creva les yeux de Pue-du-bec et il enfonça une pièce d'argent dans chaque orbite, le paiement de ses informations. Ce rituel monstrueux lui sembla de nature à brouiller les pistes.

Armand essuya son couteau et récupéra le pistolet du mort avant d'escalader un mur de la cour pour gagner la rue sans passer par la taverne.

Plus que jamais, le sort de Julie était entre ses mains.

27

Les tourments de l'ambition

Route de Compiègne, 19 juin

M. de Talleyrand n'aimait pas voyager seul. Il avait besoin d'un auditoire pour faire vibrer sa pensée. Livré à lui-même, il avait une tendance à la mélancolie, un sentiment qu'il fuyait comme la peste. Son pied bot qu'il ne pouvait tendre lui faisait mal. Il résista à la tentation de le masser, ça ne servait à rien. Et puis, même seul, il refusait de se préoccuper de ce membre difforme que ses ancêtres lui avaient légué. Un héritage qu'il avait maudit dans sa jeunesse, mais qui paradoxalement l'avait servi au-delà de toute espérance. Sans ce handicap, il aurait dû embrasser la carrière des armes et non celle de la prêtrise. Qui sait, peut-être aurait-il tourné comme son ami Calvimont, spadassin d'infortune ? Au lieu de quoi, il avait intégré les rangs de l'Église pour mieux s'en servir, jusqu'à devenir évêque. Et au-delà, car après avoir jeté sa soutane aux orties il était devenu ministre de la République. Un parcours inédit, peut-être parce que, mieux que personne, il savait écrire l'Histoire à son profit. Là où beaucoup n'apercevaient que la main improbable du hasard, lui savait repérer les opportunités en mouvement.

Il leva le rideau qui lui masquait le paysage. Ils venaient de passer Senlis. La route traversait une forêt ravagée par des coupes hâtives. Résultat sans doute de la rapacité de Lucien, dont les besoins d'argent étaient sans fond. Comme d'ailleurs toute la fratrie Bonaparte. Des chiens courant à la curée et dévorant tout ce que leur frère leur abandonnait dans son ascension fulgurante. Sans lui, ils ne seraient que des astres froids. Et si le cadavre du Premier consul nourrissait les corbeaux en Italie, ils disparaîtraient comme de la boue balayée par l'orage. Voilà pourquoi Lucien cherchait des alliances : pour se maintenir au sommet et éviter la chute.

Charles-Maurice ouvrit sa tabatière et aspira une prise. Très jeune, il avait appris à discipliner sa pensée pour mieux la dissimuler. Au point que même un routier de la politique comme Lucien était convaincu que le ministre des Relations extérieures n'était qu'un funambule dont la carrière ne tenait qu'à un fil. C'est un défaut commun aux anciens jacobins tombés dans l'argent, songea Talleyrand, de penser que leur idéal de jeunesse les préserve de la bêtise. Lucien n'échappait pas à la règle, à ceci près qu'à sa vanité gargantuesque s'ajoutait une jalousie dévorante envers son frère. Je suis certain qu'il vise à s'emparer de la République pour son propre compte, songea le ministre. Et royalement, il va me proposer de conserver mon poste en échange du vote favorable de mes amis au Sénat. Je vais le laisser s'avancer à découvert comme à la chasse et puis, quand il sera en confiance, je le tirerai à vue.

Talleyrand sourit, ses lèvres fines et blanches réduites à un fil d'épée.

— Monsieur, dit le cocher en tapant à la vitre, nous arrivons devant la grille du château.

Talleyrand se pencha à la fenêtre. À gauche, derrière un bois, se devinaient les toitures d'ardoises, étincelantes sous le soleil. Lucien avait dépensé une fortune pour mettre au goût du jour ce château dont les propriétaires avaient eu le bon goût de fuir en exil pendant la Révolution. Lucien le fastueux y avait même fait construire un théâtre digne de Marie-Antoinette.

Le bruit des roues crissant sur le gravier fit sortir Charles-

Maurice de ses réflexions. La portière s'ouvrit, on déplia les marches et Talleyrand fut accueilli par un domestique qui courba l'échine jusqu'au sol.

— Relevez-vous, mon ami, et dites-moi plutôt où est votre maître.

— Son Excellence est dans ses jardins. Il se recueille sur le tombeau de Madame. Je vais l'envoyer chercher.

— N'en faites rien. Je vais le rejoindre.

Talleyrand saisit sa canne à pommeau d'or, dont sa main gantée couvrait les armoiries. Même ministre d'une République, il conservait des marques de sa noblesse de sang. Une provocation calculée dont il savait qu'elle le faisait respecter.

— Il vous suffit de prendre l'allée centrale et de tourner à droite. Vous ne pouvez pas le manquer, c'est un...

Le ministre le coupa d'un battement de cils. Il n'avait pas besoin qu'on lui décrive le mausolée à la gloire de l'épouse défunte de Lucien. Tout Paris en faisait des gorges chaudes. Le monument, tout de marbre rose, ressemblait à un gâteau à la crème avarié confectionné par un pâtissier extravagant. La femme de Lucien était une simple fille d'aubergiste qui, après lui avoir donné quatre enfants, dont deux mort-nés, avait trépassé, épuisée par l'ardeur inlassable de son époux. Charles-Maurice marchait à pas comptés. Passé l'allée, il aperçut, dans un bosquet de sycomores, de hautes grilles noires derrière lesquelles se tenait la silhouette trapue de Lucien.

— Je viens présenter mes hommages à votre chère Christine, déclara Talleyrand, qui n'avait les joues humides lors d'obsèques que s'il pleuvait.

La face rouge de Lucien émergea d'un amas de roses fraîchement coupées.

— Je ne parviens pas à l'oublier. Seule la perte de mon frère bien-aimé, si elle est malheureusement confirmée, pourrait m'être un chagrin plus vif.

Talleyrand se redressa comme s'il était personnellement offensé.

— Allons, mon ami, ce ne sont que des rumeurs jetées au vent !

Lucien secoua la tête.

— C'est quand la rumeur se confirme qu'il est trop tard pour réagir. Et vous savez combien les ennemis de la République sont nombreux et acharnés à sa perte. Je ne puis le tolérer.

— Un sentiment qui vous honore.

Le frère de Napoléon bomba le torse et posa sa large main sur l'épaule de son invité.

— J'ai plusieurs fois œuvré pour sauver la République, parfois même contre les ambitions de mon frère…

Charles-Maurice, que le contact de la patte familière de Lucien incommodait, s'écarta d'un pas.

— Ce que vos anciens amis jacobins n'ont sûrement pas oublié, j'en suis certain ! dit-il. Même si j'ai l'impression que ces ingrats ont tendance à pencher du côté de Fouché…

— Cet homme sans morale ni conscience ? Il n'a jamais été révolutionnaire que pour satisfaire ses ambitions !

— Sauf que lui a su verser le sang. Souvenez-vous de Lyon. Aux yeux des jacobins nostalgiques de la Terreur, c'est la garantie qu'il sera impitoyable au besoin.

Lucien haussa les épaules. Depuis des mois, le ministre de la Police se livrait à une guerre sans merci pour l'éliminer. En vain.

— Fouché n'est qu'un tigre de cour. Il passe son temps à tendre la main pour que mon frère la garnisse d'or.

— Alors sa main droite ignore ce que fait sa main gauche. Avez-vous suivi l'affaire des meurtres du manoir Brunet ?

Le frère de Napoléon eut un geste évasif.

— Saviez-vous qu'on a trouvé dans la cave un tonneau rempli de poudre et de ferraille ? poursuivit Talleyrand. Et des mèches enduites d'alcool ? Une bombe prête à servir, que les hommes de Fouché se sont empressés de récupérer.

— J'en étais certain ! Cet homme est prêt à tout pour assouvir sa soif insatiable de pouvoir !

Talleyrand ne releva pas que, moins d'une minute auparavant, Fouché n'était qu'un « tigre de cour ». Lucien était coutumier de ces contradictions.

— Je ne pense pas que ce soit lui qui ait fait préparer cette bombe, déclara Charles-Maurice. Je crois au contraire qu'on a cherché à lui tendre un piège.

— Mais, son empressement à la récupérer... ?

— Il plaide en sa faveur. En ce moment, ses limiers doivent l'examiner sous toutes les coutures. Ils vont vite découvrir une piste à suivre.

Charles-Maurice observait Lucien, mais son visage coloré par les excès resta de marbre.

Ils arrivèrent au château. Un valet les conduisit dans le salon qui ouvrait sur le parc par deux grandes baies. Sur le dessus d'une cheminée en marbre trônait un portrait de femme voilé de noir. Lucien s'écroula sur un sofa.

— Je vous trouve bien prompt à défendre ce serpent de Fouché... Vous aurait-il attiré dans ses filets ?

Talleyrand s'assit et allongea sa mauvaise jambe sur un tabouret.

— Parmi ceux qui comptent à Paris, vous êtes le premier et le seul que je verrai. Vous savez qu'entre Fouché et moi il y a un cadavre de trop.

Lucien eut un sourire finaud. Talleyrand avait beau être un prévaricateur corrompu jusqu'à la moelle, il avait des pudeurs d'aristocrate effarouché parce que Fouché avait voté la mort de ce lourdaud de Louis XVI.

— Si la nouvelle de la mort de mon frère se confirme, je compte me présenter au Sénat comme le garant de l'ordre et de la paix. Et dès que le consulat me sera confié, je chasserai Fouché du quai Malaquais.

Charles-Maurice ne répondit pas.

— Est-il besoin de préciser que vous conserverez votre ministère ?

Talleyrand restait silencieux.

— À moins que vous ne souhaitiez devenir consul à mes côtés ? Je compte me défaire au plus vite de Lebrun et Cambacérès, ces deux larbins de mon frère.

— Ce que vous envisagez est un coup d'État. Cependant…

Lucien se raidit.

— … sans le soutien de l'armée, vous ne parviendrez à rien.

L'homme se rembrunit. L'armée était acquise à son frère et il n'avait aucune prise sur elle.

— Les militaires sont en position de force, poursuivit Talleyrand. Sans leur implication, rien n'est possible. Et ils pourraient être tentés de remplacer un général mort… par un général vivant. En se débarrassant des gêneurs au passage.

Lucien contemplait le portrait de feu son épouse. S'il n'agissait pas rapidement, il risquait de la rejoindre plus vite que prévu.

— Que me conseillez-vous ? demanda-t-il.

Talleyrand prit le temps de réfléchir alors que sa réponse était prête depuis longtemps.

— Il y a dans l'armée des généraux qui préfèrent la gloire des armes au pouvoir, des officiers qui préfèrent les lauriers à la direction des affaires publiques…

— Je suis tout ouïe.

— Par exemple, un général ambitieux auquel vous donneriez le commandement de l'armée d'Italie en échange de son soutien dans votre entreprise.

— Et vous pensez à… ?

Charles-Maurice leva la main.

— Je n'ai pas terminé… L'envoyer en Italie permettrait aussi de l'éloigner après usage. Vous pourriez ensuite nommer d'autres militaires à la tête des régiments de Paris… et qui vous devront leur avancement.

Lucien hocha la tête. Décidément, il avait encore à apprendre de ces aristocrates de cour.

— Vous êtes un homme habile, mon ami. Mais où trouver cette perle rare ?

— C'est justement cette rareté qui va vous aider. Il vous faut un militaire frustré par la gloire de votre frère et ancien jacobin, avec qui vous pourrez discuter *en famille.* Et il y en a peu.

L'impatience gagnait Lucien.

— Vous avez bien un nom ?

— Augereau. Votre frère ne le porte pas dans son cœur. Trop « rouge ». Pas étonnant pour qui a commencé sa carrière de soldat en massacrant allègrement les Vendéens au nom de la République.

— Mais n'a-t-il pas un commandement en Allemagne ?

— Il vient de rentrer à Paris.

La nouvelle laissa Lucien interdit. Talleyrand semblait avoir tout prévu. En voilà un qui ne voulait pas perdre son ministère.

— Vous allez vous rapprocher de lui et...

— Non, Lucien, c'est vous qui allez le rencontrer, car c'est vous qui allez prendre en main la destinée de la France.

Lucien rayonna d'un grand sourire. Son heure était venue.

— Vous avez raison. Je rentre sur l'heure à Paris.

Talleyrand se leva.

— Permettez-moi de prendre congé...

— Attendez.

Lucien connaissait l'attrait du Boiteux pour les espèces sonnantes et trébuchantes pour prix de ses services, mais il savait aussi que ce serait une faute de tenter de le corrompre sans y mettre les formes.

— Acceptez-vous de me consacrer encore un peu de votre temps ?

Toujours d'une courtoisie parfaite, Talleyrand acquiesça d'un signe de tête.

— Passons dans le salon de musique.

Ils entrèrent dans une pièce où un clavecin achevait de

périr d'ennui. Lucien montra les rainures d'une porte dissimulée dans la boiserie.

— Le seigneur qui a fait construire ce château l'a pourvu de grandes caves à vin.

Le frère de Napoléon savait qu'il venait de toucher à une des passions les plus secrètes de Talleyrand. Son goût pour les grands crus. Alors même qu'il ne buvait qu'avec une extrême modération, il aimait posséder des vins d'exception en collectionneur fervent.

Au bout de quelques marches, les deux hommes débouchèrent dans une grande cave voûtée au sol sablonneux lissé au râteau. Des lanternes, disposées le long des murs, éclairaient de longues rangées de tonneaux superposés.

— Je suis grand amateur de vin, que j'achète à des amis sûrs.

Talleyrand traduisit : à des receleurs qui ont pillé les plus belles caves de France.

— Regardez, je viens de faire rentrer une réserve de bourgogne. Des vins de Beaune qui proviennent de l'abbaye de Cluny.

Charles-Maurice observa les tonneaux dodus et blonds qui luisaient sous la lumière tremblotante des lanternes.

— Je vous avoue que je préfère le goût plus profond du bordeaux.

— Dans ce cas, vous connaissez certainement le domaine de Haut-Brion ?

Le cœur réputé insensible de Talleyrand frémit. Haut-Brion était un des crus les plus mythiques du Bordelais. Sa réputation était devenue mondiale lorsque Thomas Jefferson, futur président des États-Unis, l'avait nommé meilleur vin au monde. Depuis, on traversait l'Atlantique pour goûter à ce nectar des dieux. Lucien s'arrêta devant trois futailles de bois sombre.

— Vous me permettrez de vous en offrir une ?

Charles-Maurice se pencha vers une des barriques, étonné par le nom qu'il venait d'y lire.

— Vous êtes surpris ? s'amusa Lucien. La route de Bordeaux à Paris n'est pas sûre. J'ai donc fait transvaser le haut-brion dans des tonneaux de vin de Cahors. Qui voudrait de cette piquette tout juste bonne à servir de vin de messe ?

Pour la première fois depuis son arrivée, Talleyrand sourit à pleines dents. Ce Lucien avait des ruses de boutiquier.

— Faites-moi livrer de ce cahors à mon domicile, rue du Bac. Je verrai si je suis capable de m'habituer à ce vin de dévot.

Le frère de Napoléon lui frappa dans le dos comme s'il venait de passer un marché sur le champ de foire.

— À la bonne heure !

Quand Talleyrand remonta dans sa berline, il avait deux certitudes. D'abord que Lucien, en allant voir Augereau, un jacobin aux mains couvertes de sang, allait se perdre définitivement auprès de l'opinion. Ensuite qu'il lui fallait un porte-voix pour répandre dans Paris la nouvelle mortifère de cette rencontre avec un général honni. Comme il tapait sur la vitre pour demander au cocher de lancer la voiture, il eut une pensée qui le ravit :

Il est grand temps de rendre visite à Fouché...

28

La remontée des enfers

Quartier du Doyenné, 19 juin

Rouget de Lisle avait bien choisi son galetas, discret et reculé, à deux bâtiments de l'entrée de l'impasse du Four. Sans en avoir l'air, Armand inspectait les lieux, en massant ses poings écorchés. L'impasse était une ruelle miteuse, coincée entre deux hôtels particuliers qui menaçaient ruine. On se trouvait là dans la partie la plus vétuste du quartier du Doyenné. Au vu du délabrement des façades, on pouvait d'ailleurs croire que les lieux étaient à l'abandon depuis la Révolution. Pourtant, il régnait une activité discrète dans ce passage obscurci par des toits qui se touchaient presque. Armand avisa un homme qui faisait beaucoup d'efforts pour se cacher, mais le rougeoiement de sa pipe et la fumée qui s'en échappait trahissaient sa présence.

Armand secoua la tête : outre l'haleine épouvantable, c'était une des raisons qui lui avaient fait refuser le tabac aux Amériques, où il avait vu trop d'hommes tués bêtement pour avoir cédé à leur vice au mauvais moment. Et puis l'odeur était trop facilement repérable. Le fumeur était manifestement une sentinelle, son immobilité à quelques mètres de l'ouverture de l'impasse indiquait même une longue habitude de cette tâche qui exigeait une patience dont Calvimont n'avait jamais été capable.

Après un instant d'observation, Armand se décida. Il n'avait plus de temps à perdre.

Je suis destiné à moissonner des vies, se dit-il en vérifiant l'amorce de son pistolet. L'arme dans la main droite et le coutelas dans l'autre, il s'élança. La surprise était son atout. Armand avait parcouru la moitié de l'impasse lorsque le fumeur réagit au bruit de sa course. Surpris dans sa routine, il découvrit avec stupeur Calvimont qui fondait sur lui dans une charge que n'auraient pas reniée les ancêtres de l'aristocrate. Mais l'homme se révéla plus réactif que prévu et dégaina son pistolet. Tout se joua en un instant. Armand dressa le bras en premier et fit feu avant que l'autre eût achevé son geste.

La balle arracha la mâchoire dans un jaillissement de chair et de fragments d'os. Emporté par son élan, Armand bouscula sa victime, qu'il entraîna avec lui dans la boue de la ruelle. Sonné par le tonnerre du coup de feu et le choc, il mit quelques secondes à reprendre ses esprits. L'homme près de lui agonisait dans son sang. Un de plus à ajouter au tableau de chasse du jour.

Des éclats de voix et des bruits de pas se firent entendre dans l'entrée de l'immeuble. Armand jeta son pistolet qu'il n'avait pas le temps de recharger pour s'emparer de celui de la sentinelle, un modèle rustique mais qui ferait l'affaire. Les cris s'approchaient. Il se plaqua contre le mur en pointant son arme à hauteur de la tête de quiconque serait assez stupide pour sortir de l'immeuble. On ne peut pas penser à tout, et l'homme qui surgit faisait vingt centimètres de moins que la normale.

Le gnome se jeta sur Armand avec une sauvagerie insoupçonnable dans un si petit corps.

Déséquilibré, le jeune homme tira au jugé, ratant largement son assaillant, qui répliqua en plantant son couteau dans sa redingote. La lame du petit homme ripa sur la montre de gousset, écorchant le flanc d'Armand plutôt que de le transpercer.

À l'intérieur de la maison, un hurlement de douleur retentit, suivi d'une cavalcade dans l'escalier.

Armand abattit son coutelas à trois reprises. L'agile nabot esquiva les deux premiers coups, mais pas le troisième, qui lui entailla le visage de la tempe gauche à la pommette droite.

Aveuglé par une rivière de sang, le nain agita son couteau frénétiquement avant de s'écrouler à terre en braillant comme un damné. Il se tut quand Calvimont lui enfonça sa lame dans la gorge jusqu'à la garde.

Le silence revenu, Armand retira son arme de sa victime, et le monde autour de lui revint à la vie alors que la fièvre du combat se dissipait. Deux hommes morts de plus, dont les sécrétions se répandaient déjà sur le pavé.

Malgré le calme du quartier, ou peut-être à cause de celui-ci, les deux coups de feu n'allaient pas tarder à rameuter les curieux et la police suivrait immanquablement. Il lui fallait en finir rapidement.

Coutelas en main, il s'engouffra dans l'immeuble en haut duquel devait se trouver le galetas de Rouget. L'escalier sombre et branlant ouvrait sur des corridors qui se perdaient dans l'obscurité. Il gravit les marches avec prudence, les sens en éveil.

Il fit bien, car il remarqua une piste de sang qui courait sur l'escalier de pierre : des gouttelettes dont la couleur ne trompait pas et qui suivaient le même chemin que lui vers le dernier étage. La trace était fraîche, sa balle perdue aurait-elle fait mouche ?

Il gagna le dernier palier sous les toits sans croiser âme qui vive et fit face à une porte de chêne.

La piste de sang s'arrêtait là.

Armand avait beau savoir que la prudence s'imposait, le temps pressait et il n'avait nulle envie de se retrouver à nouveau entre les mains de Fouché. Il se jeta de toutes ses forces contre le battant de bois, qui céda dans un grand craquement, et il jaillit dans l'appartement. Emporté par son élan, il alla s'effondrer violemment au milieu de la pièce, le souffle coupé et le corps meurtri. Un coup de feu assourdissant retentit, suivi d'un autre, qui firent siffler ses tympans. Stupéfait d'être encore entier, il se releva prestement, coutelas à la main.

Cela se révéla inutile : devant lui un jeune homme élégant, vingt-cinq ans à peine, était allongé sur le sol, l'étoile rouge d'un impact de balle sur la poitrine et un bras qui saignait un peu. La lumière chiche qui filtrait entre les volets entrouverts éclairait le teint déjà cireux de ce grand enfant qui s'étouffait en cherchant de l'air et regardait le nouveau venu de ses yeux exorbités.

Il allait mourir. Armand arracha le pistolet déchargé que sa victime serrait dans une de ses mains. Il fouilla l'homme, qui respirait faiblement, et sortit de ses poches une bourse rondelette qu'il empocha avec le sourire.

La blessure au bras provenait certainement de son coup de feu hasardeux à l'entrée de l'immeuble quand il affrontait le nabot, mais quelqu'un d'autre avait tiré la balle qui avait percé le poumon du jeune homme, ce qui expliquait l'un des deux autres coups de feu. D'un bond, il se plaqua contre le mur et scruta l'ouverture défoncée par laquelle il avait fait son entrée fracassante. Des volutes de fumée planaient encore dans l'ombre du palier. Son regard s'habitua à l'obscurité et il aperçut le tireur : une silhouette effondrée dans le noir qui remuait faiblement. L'homme, visage contre le sol, tenait encore un pistolet à la main.

Alors qu'il s'apprêtait à secourir son sauveur, qui avait dû le suivre jusqu'au galetas, un bruit sourd l'arrêta net.

Calvimont n'y voyait goutte dans cet appartement, où flottait l'odeur de la poudre. Il ouvrit la fenêtre et poussa les volets. Le même bruit se fit de nouveau entendre.

Il se retourna.

Dans la pièce du fond, une sorte de cuve de pierre venait d'apparaître à la lumière du jour. Il fronça les sourcils : un sarcophage ? Probablement, car des antiquités égyptiennes jonchaient le sol dans le plus grand désordre. Armand s'approcha de la tombe d'où le bruit provenait.

D'un coup d'épaule, il poussa le couvercle de pierre qui chuta dans un fracas d'apocalypse.

À la place d'une momie, il découvrit une jeune femme entièrement nue et étroitement ficelée qui le foudroya d'un œil bleu venimeux tandis qu'il attardait son regard sur son corps parfait, un sourire naissant sur les lèvres.

Les gesticulations et les cris étouffés de la présumée Julie le rappelèrent au réel. Il la souleva par les épaules avant de la prendre à bras-le-corps pour la sortir du sarcophage et la poser sur le sol.

Calvimont enleva sa chemise aux manches arrachées afin de couvrir la pudeur de la jeune femme puis, torse nu, il se pencha sur elle pour défaire ses liens et son bâillon.

Une fois libérée, Julie se massa les poignets en dévisageant avec méfiance son probable sauveur, qui ne s'était pas encore écarté d'elle. L'homme ne manquait pas d'une certaine beauté virile, mais il avait quelque chose d'un peu trop sauvage à son goût, ses yeux hantés semblaient en avoir trop vu, et il avait le corps couturé de cicatrices, en plus de sentir le sang chaud, la poudre et la sueur.

— Vous puez, monsieur.

Armand partit d'un rire franc qui évacua la tension du combat.

— Tuer des hommes n'éveille pas les fragrances les plus subtiles, mademoiselle.

— Cela vous fait rire ? Faut-il que mon sauveur soit aussi un goujat ?

— Méprisante, jusque dans les remerciements... Décidément, vous vous accordez bien avec Charles-Maurice.

Une voix rocailleuse venue du palier les interrompit dans leur joute :

— Vous faites une jolie paire, les ci-devant...

Armand se dressa d'un coup tandis que Julie enfilait en un tournemain sa chemise dix fois trop grande.

— Par le sang de Dieu, dit Calvimont avec stupéfaction, c'est toi, le défroqué ?

— Toujours là pour te sauver les miches, maudit aristo.

— Mais tu devais être chez Lucien, avec Talleyrand !

— Le chef ne voulait pas que tu sois seul et il a eu raison…

Armand alla s'accroupir devant La Gaîté et examina sa blessure. Ce roc fait homme était mal en point, une balle lui avait percé le ventre. La plaie saignait abondamment. L'ancien prêtre n'en avait plus pour longtemps et il le savait.

— Pas beau à voir, hein ? Fallait bien que ça arrive un jour.

— Maudit cureton ! Pourquoi ne pas m'avoir prévenu ? Nous aurions pu mener l'assaut ensemble…

Après avoir craché au visage agonisant du jeune Louis qui s'étouffait dans son sang, Julie, la chemise d'Armand lui tombant à mi-cuisse, s'aventura sur le palier.

— Ne perds pas ton temps, nobliau. Va la mettre à l'abri.

— J'y compte bien… Désires-tu que je transmette un message au Boiteux… ou à quelqu'un d'autre ?

La Gaîté eut un rictus amer. Il y avait longtemps qu'il était seul.

— Personne… Mais j'ai une dernière confession à faire, l'aristo, parce que tu as beau être un assassin de première, tu mérites de savoir ce qui se passe vraiment.

29

L'absolution

Quartier du Doyenné, 19 juin

Julie était accoudée à la fenêtre et surveillait la ruelle. Elle était toujours vide, en dépit des coups de feu. À croire que dans ce coin du Doyenné personne ne voulait se mêler de quoi que ce soit.

Sur le palier, l'homme qui venait de la sauver se mit à jurer. Julie remarqua dans son français parfait une pointe d'accent, comme s'il avait vécu longtemps à l'étranger.

— Tu délires, curé ? Qu'est-ce que cette histoire de confession ?

— Tais-toi, et écoute les dernières paroles d'un moribond. Depuis le début, tu t'es fait rouler, le provincial ! Tu croyais travailler pour le Boiteux ? Tu te trompes. Ton vrai maître est d'une autre trempe. Il nous tient tous deux dans sa main, et toi… il n'est pas près de te lâcher.

Au regard sans expression que posa sur lui l'aristocrate, La Gaîté comprit qu'il le prenait pour un fou que sa fin prochaine rendait incohérent.

— Ah, tu ne me crois pas ? Bien sûr… Je vais te dire qui te possède corps et âme… Ton maître, c'est le diable !

Calvimont recula d'un pas, comme si le nom même du Malin était dangereux. Julie se signa. Si en France la foi en Dieu vacillait, en revanche on ne plaisantait pas avec le prince des ténèbres.

— Un peu de dignité, l'ami, garde ta théologie pour saint Pierre, tu en auras besoin.

— Tu ne comprends pas... Tu appartiens au diable fait homme. Et c'est moi qui t'ai livré à lui.

Armand fronça les sourcils.

— Ne te moque pas, curé. Si tu t'es joué de moi...

— Laisse-moi finir, tu pourras te venger en dépeçant mon cadavre lorsque je serai passé.

À cette idée, le visage de Calvimont se tordit de dégoût. Il fit signe au moribond de continuer.

— C'est moi qui ai larronné les bijoux des cadavres de ta soirée sanglante et tu ne t'es aperçu de rien, tu avais l'esprit occupé par le sort de ta maîtresse...

— Tu as dépouillé des morts ?

— Pas comme tu le crois. C'était un ordre.

— Mais de qui, bon sang ?

— De Fouché.

Armand accusa le coup. Il s'était fait avoir comme un enfant. Il comprenait pourquoi le ministre de la Police avait débarqué en personne dans les souterrains du manoir. Depuis le début, il était informé par La Gaîté.

— C'est toi qui as prévenu Fouché du massacre ?

— Oui, quand tu en as parlé au Boiteux.

Plutôt que de céder à la colère, Calvimont réfléchit froidement. Si c'était La Gaîté qui avait appris à Fouché la nouvelle des meurtres, alors celui-ci n'en était pas le commanditaire. Ce qui l'éliminait de la liste des suspects.

— Pourquoi s'est-il précipité au manoir avec ses hommes ?

— Pour détourner les soupçons. Un massacre de parvenus corrompus, alors qu'on est sans nouvelles de Bonaparte et que les jacobins aiguisent déjà le couperet de la guillotine, à ton avis, qui risquait d'être le principal suspect pour l'opinion ?

Armand donna un coup de botte dans la porte sortie de ses gonds. Il venait de perdre son principal coupable, celui qui arrangeait tout le monde.

— Si bien que Fouché n'est pour rien dans l'affaire du manoir…

La Gaîté partit d'un éclat de rire qui s'étrangla dans un hoquet de sang.

— Sauf que lui se demande si ce n'est pas toi…

— Moi ? C'est de la folie !

— Et si, depuis le début, tu travaillais pour le compte du Boiteux ? Après tout, tu es capable de fabriquer une machine infernale, non ? Quant à tes talents d'assassin… je t'ai vu à l'œuvre.

— Puteraille ! s'écria Calvimont avec colère. Si tout le monde se soupçonne mutuellement, les vrais coupables ont de beaux jours devant eux !

— À quoi t'attendais-tu ? Cette ville est un panier de serpents et le charmeur s'est absenté depuis longtemps. Et si la rumeur de la mort de Bonaparte se confirme, ça ne va pas s'arranger.

— Je n'aurais jamais dû revenir à Paris…

— Tu te mens ! Les tueurs dans ton genre précèdent toujours l'odeur du sang : tu as fait ton apprentissage chez les sauvages et tu reviens à temps pour le grand embrasement.

Armand fusilla La Gaîté du regard avant de le porter sur Julie qui, sourcils froncés, tentait de comprendre le dialogue des deux hommes.

— Mais alors… les détours pour ne pas être suivis, l'appartement pillé de l'usurier, l'arrestation bâclée, tout ça c'était toi ?

— Oui, tu te rappelles le petit mendiant à la sortie du Châtelet ? Dès qu'il a entendu l'adresse de la rue Saint-Honoré, il a filé au ministère.

— Par le sang de Dieu !

— Et pendant que je te faisais tourner dans Paris, les sbires de Fouché mettaient le lieu de plaisir à feu et à sang, fracturaient un tiroir à la serpe, la suite, tu la connais…

Calvimont serra les poings de rage. Jamais il n'avait connu pareille humiliation.

— Et le massacre du Dragon, ne me dis pas que tu avais consigne de tout détruire ?

— Non, mais il fallait que l'arrestation soit spectaculaire pour que tu sois convaincu de la culpabilité du suspect.

— Si Dieu existe, le cureton, tu vas devoir te justifier devant Lui.

Malgré la douleur qui l'affaiblissait, La Gaîté ricana en montrant Julie.

— Tu me parles du salut de mon âme ? Dis-moi, combien tu as tué d'hommes pour libérer cette belle ?

Armand n'avait pas envie de croiser le fer avec un mourant, d'autant que seul le ministre de la Police méritait sa colère.

— La seule preuve que je tenais, s'écria-t-il, c'était cette machine infernale qu'il s'est empressé de récupérer !

— S'il y a bien une chose à savoir avec Fouché, c'est qu'il a toujours le dernier mot. Robespierre pourrait en témoigner.

Du coin de l'œil, Armand vit Julie se raidir et pâlir à la mention de l'Incorruptible.

— Allez-vous bien ?

— Oui... encore un peu faible.

Julie évitait le regard inquisiteur de son sauveur. Armand n'insista pas et retourna à La Gaîté, qui affichait un sourire sardonique malgré la flaque de sang qui grandissait sous lui.

— Difficile de retenir ton attention face à une telle pouliche, n'est-ce pas ?

— Le temps n'est plus aux boutades, curé.

— Jamais de mauvais moment pour une bonne...

La Gaîté eut un spasme qui le tordit de douleur. Il agrippa le bras d'Armand.

— Va trouver Fouché. Si tu arrives à le convaincre que tu n'es pour rien dans cette affaire, il t'aidera.

— Comment puis-je lui faire confiance ?

— Tu ne peux pas, c'est son privilège d'homme le plus dangereux de France. Maintenant, ne me laisse pas plus souffrir...

Un nouveau spasme lui déchira le corps. Calvimont dégaina son coutelas et échangea un dernier regard avec La Gaîté, qui hocha la tête.

La pointe d'acier trouva le cœur du soudard, entre la deuxième et la troisième côte, et tout fut fini.

Armand dégagea sa lame, puis il trempa un doigt dans le sang et traça une croix sur le front grisâtre de La Gaîté.

— *Ego te absolvo*, vieux pécheur.

Il récitait une vague prière muette quand, tout à coup, son ouïe exercée par ses années aventureuses capta le son lointain d'une agitation que Julie lui confirma dans l'instant :

— Des hommes armés dans la ruelle !

Armand ne prit pas le temps de la réflexion. Il entraîna Julie à la fenêtre et, sans hésiter, se glissa par la lucarne. Il prit pied sur un avant-toit et se tourna vers la jeune femme, qui le dévisageait avec des yeux effarés.

— Vous plaisantez ?

— C'est ça ou le retour au tombeau !

— Vous voyez bien que je suis pieds nus et en chemise. La vôtre, en plus, et puante…

Sans mot dire, Calvimont l'attrapa comme un sac de farine et la fit passer de force par la lucarne malgré ses gesticulations. Puis, manquant à chaque pas de se rompre le cou, il la hissa sur le toit jusqu'à une cheminée derrière laquelle il la déposa.

Aussitôt qu'elle eut trouvé l'équilibre, Julie gifla Armand avec une violence qui le surprit.

— Osez encore me toucher et je tresse vos attributs en collier !

— La proposition est tentante, mais mettez-la en sourdine.

Il désigna la lucarne d'où s'échappaient à présent des appels et le bruit d'objets brisés.

— Qui nous cherche avec un tel acharnement ? murmura Julie à l'oreille d'Armand.

— Ça ne peut être que la police qui aura été alertée.

Je doute que vos ravisseurs aient encore sous la main des volontaires après la saignée que j'ai faite dans leurs rangs.

Julie examina son libérateur. Il ne fanfaronnait pas, et malgré son attirail de soudard de la pire extraction il s'exprimait avec une certaine distinction. Le mourant ne l'avait-il pas appelé « l'aristo » ?

— Qui êtes-vous ?

Calvimont fut surpris et amusé par cette question qui survenait au moment le plus inopportun. Mais après tout ils allaient devoir se cacher un bon bout de temps derrière cette cheminée couverte de suie, autant faire les présentations.

— Armand de Calvimont, pour vous servir. Et vous êtes Julie de Swarte, je gage ?

— C'est cela. Vous avez mentionné Charles-Maurice, est-ce lui qui vous envoie ?

— Oui-da, le Boiteux était quelque peu... pressé de vous savoir saine et sauve.

— Pourtant, lui comme vous avez pris votre temps !

— Les obstacles se sont accumulés, Paris est en pleine ébullition, et il y a des événements que vous avez manqués.

— Bonaparte est mort ?

— On ne sait, mais la tuerie du manoir Brunet et le massacre du passage du Dragon provoquent des remous. Et les cadavres que j'ai semés pour vous libérer ne vont rien arranger.

— Pourquoi me parlez-vous de... Redites-moi votre nom ?

— Armand de Calvimont, dois-je vous l'écrire ou vous le chanter ?

Julie écarquilla les yeux et considéra son sauveur sous un jour nouveau.

— Comment... c'est vous ?

— Nous connaissons-nous ? s'étonna-t-il, non sans une pointe d'agacement.

— Vous êtes l'aventurier dont Charles-Maurice n'arrête pas de parler ! À vrai dire, j'étais persuadée que vous étiez une invention destinée à pimenter les récits de ses exploits américains...

— Notre ami est volontiers disert sur la vie d'autrui. Un défaut dont il sait profiter.

— Selon lui, vous avez fait le tour du monde…

— Et la Terre est ronde, puisque me voilà à mon point de départ.

Pour la première fois depuis leur rencontre, Armand aperçut un sourire affleurer sur les lèvres de Julie – un beau sourire, qu'il aurait plaisir à revoir, mais l'heure n'était pas à ce genre de considération. Il jeta un coup d'œil vers la lucarne. Le silence régnait à nouveau dans l'appartement.

— C'est le moment de disparaître. Nous allons circuler de toit en toit le plus loin possible avant de descendre.

— Pour aller où ? Nous sommes tous deux à demi nus et la police nous recherche.

— Je n'habite pas loin. Il suffit de traverser la Seine. Servez-vous de la suie de la cheminée, barbouillez-vous le visage et maculez la chemise. Nous allons nous transformer en gueux.

— Et une fois dans votre repaire, nous nous terrons en attendant que l'orage passe ?

— Ce n'est pas l'envie qui m'en manque, mais Talleyrand va avoir besoin de nous et Fouché me doit une explication.

— Une petite partie de plaisir, en somme, railla Julie.

Armand se leva et contempla Paris, des tours de Notre-Dame au clocher de Saint-Germain. Un sentiment d'ivresse l'envahit.

— Et le spectacle ne fait que commencer !

30

Entracte

Rue d'Anjou, 19 juin

Seul dans ses appartements, Talleyrand réfléchissait. Les dernières heures avaient été particulièrement mouvementées, les événements s'accéléraient et il n'aimait pas ça. Il était homme de stabilité et d'intrigue, non de fureur et de sang comme ce fou d'Armand. La tension qui animait Paris lui rappelait de bien mauvais souvenirs, lorsqu'il avait échappé de peu à la Révolution ivre de sang en arrachant à Danton une mission à Londres.

Ici, dans le calme de l'hôtel particulier de la rue d'Anjou, au centre de Paris et des rouages du pouvoir, il craignait que son pays si agité ne renoue avec ses vieux démons et ne s'épuise de nouveau à se déchirer.

D'une fenêtre surplombant la cour d'entrée, il observait la cohue qui entrait et sortait de sa maisonnée, devenue par la force des choses le centre de la diplomatie française et d'où il s'évertuait à aplanir le chaos provoqué dans toute l'Europe par la Révolution et les succès militaires du Premier consul.

Des diplomates étrangers sortaient de chez lui. Il avait pu constater que les appétits européens s'aiguisaient déjà à l'annonce de la mort probable de Bonaparte. Nombreux étaient les ennemis de la France qui voyaient là l'opportunité de laver les humiliations de leurs trop nombreuses défaites.

Et comment les en blâmer, alors que Paris menaçait de sombrer dans la folie, tiraillé entre les allégeances aux puissants du régime consulaire et les ambitions politiques des uns et des autres, royalistes comme jacobins, rêvant de retours glorieux à leurs idées périmées.

Dans cette perspective, Talleyrand avait doublé le nombre d'anciens militaires de sa garde rapprochée. Le brave André, que Calvimont avait cruellement surnommé Balafre, les recrutait à la chaîne afin d'anticiper les menaces qui planaient sur le ministre.

Il savait que sa tête était en jeu dans la partie d'échecs qu'ils livraient tous pour le contrôle du pouvoir. Même s'il lui semblait avoir réussi à manipuler Lucien au cours de sa visite au château du Plessis, il ne pouvait s'ôter de la tête l'idée que ce balourd aux réflexes de boutiquier était plus roublard qu'il n'en avait l'air. Ses montages financiers pour détourner l'argent de l'État, à l'instar de Joséphine, démontraient une ruse certaine. Après tout, il était le frère d'un des hommes les plus brillants que Talleyrand ait connus. Le sous-estimer sur sa seule apparence de fatuité serait une grave erreur.

Oui, il devenait urgent pour lui de rencontrer Fouché. Il verrait dans les yeux morts de cette araignée venimeuse s'il était impliqué dans cette affaire, et si oui, alors ce serait la guerre pour Paris et Dieu sait qui en sortirait vainqueur, et dans quel état. Mais s'il n'avait rien à voir avec la machine infernale, Fouché ferait pour Talleyrand un allié parfait en se salissant les mains à sa place tandis que celui-ci assurerait sa position auprès des personnes qui comptent et ainsi conserverait le contrôle de la capitale.

Une agitation se fit entendre dans les couloirs. Un domestique apparut.

— Monseigneur, un couple de gueux dépenaillés et à moitié nus insiste pour vous voir. Nous avons tenté de les chasser mais l'homme se fait menaçant et crie à tue-tête qu'il est de vos amis...

— Un grand diable brun au physique de soldat ?

— C'est cela, et accompagné d'une jeune femme blonde. Je n'ai pas saisi leurs noms, mais je peux...

— Faites-les monter tout de suite, coupa Talleyrand d'une voix altérée, à la grande surprise du valet qui ne l'avait jamais vu perdre son flegme.

Celui-ci s'éclipsa, laissant le ministre très loin des considérations sur son avenir et celui de ce pays amoureux du désordre. Ce fieffé Calvimont avait retrouvé Julie ! Il avait beau quelque peu se méfier de cet aventurier, il n'en éprouvait pas moins pour lui une immense gratitude. L'adorable Julie était saine et sauve !

Le couple entra dans les appartements de Talleyrand, qui s'était enfoncé dans un fauteuil débordant de coussins, un fin sourire aux lèvres.

— Mes amis, mais dans quelle triste mise je vous retrouve !

— Monsieur, nous avons connu bien des tribulations, commença Armand, et...

— Les explications viendront, laissez-moi embrasser ma pupille.

Talleyrand se leva avec une énergie dont Armand ne l'aurait pas cru capable et prit Julie dans ses bras, un sourire radieux éclairant son visage.

— Ma chère, dans quels embarras êtes-vous encore allée vous fourrer ?

— Oh, rien qu'un complot, quelques meurtres et surtout un sarcophage, répondit sur un ton désinvolte Julie, échevelée et couverte de suie.

— Vous oubliez un traître, ajouta Calvimont.

— Vous dites, Armand ? s'écria Charles-Maurice.

— Que le curé défroqué que vous avez missionné pour m'espionner travaillait pour Fouché. Il s'en est confessé avant de mourir.

— Vous l'avez tué ?

— Eh bien… pas exactement. Mais j'en ai tué beaucoup pour sauver votre protégée.

Le Boiteux se rassit, troublé.

— Vous avez toujours eu la main lourde, Armand, mais je ne peux vous en tenir rigueur. Au contraire, je saurai me montrer généreux.

Armand faillit éclater de rire. Le ministre lui parlait comme un suzerain à un vassal, mais sa promesse n'était pas tombée dans l'oreille d'un sourd.

— Ma chère Julie, reprit Talleyrand, je vous ai quittée hier aux aurores et vous me revenez attifée comme un épouvantail. Où sont passés vos vêtements ?

Amusée, Julie jeta un coup d'œil furtif à Calvimont, que Talleyrand épiait avec défiance.

— Nous avons dû nous faire discrets pour fuir. Votre ami m'a donc déguisée en me faisant endosser sa chemise.

Charles-Maurice ironisa :

— Décidément, Armand, votre propension à égarer vos vêtements en présence de la gent féminine se confirme. Julie, j'attends votre récit.

Après un regard à son reflet dans le miroir, la jeune femme s'assit près de Charles-Maurice et entreprit le récit par le menu de ses aventures, de sa visite à la Malmaison avec son « amie » Mlle Lenormand, pour enquêter sur Joséphine, jusqu'à l'irruption d'Armand la délivrant d'un sarcophage.

Calvimont, silencieux, écoutait avec attention. Ainsi, c'était pour espionner la femme du Premier consul que Talleyrand avait utilisé Julie. Mais pourquoi le Boiteux s'intéressait-il à Joséphine ?

Il tressaillit au nom de Mme de Kreny, qu'il avait croisée au cours d'une soirée à l'opéra. Une brune lascive dont il avait accroché le regard de jais.

— J'ai convaincu Joséphine d'attendre son époux aux Tuileries, disait Julie, elle doit y être à présent. Si j'étais vous, je m'en ferais une alliée, vous avez tout à y gagner en cas de résurrection de Bonaparte et rien à y perdre.

Talleyrand, pendu à ses lèvres, pianotait sur le clavier d'un clavecin invisible.

Le franc-parler de la jeune femme étonnait Armand. Le ministre ne laissait pas grand monde débattre avec lui avec cette franchise qu'il assimilait à de l'insolence. À vrai dire, il pensait être le seul à se permettre ce genre d'attitude.

L'épisode Rouget de Lisle et son rôle dans ce qu'il fallait bien appeler une tentative d'assassinat sur sa pupille mirent Talleyrand en fureur.

— L'infâme ! J'aurai sa tête !

— Calmez-vous, mon ami, dit Julie en posant une main rassurante sur l'épaule du ministre. J'en ai réchappé.

Charles-Maurice leva le regard sur Calvimont, qui n'avait pas dit un mot.

— Si Armand n'était pas intervenu, vous ne seriez pas ici. On tolère la rouerie de ce fils de rien depuis trop longtemps.

Talleyrand bouillait en se tortillant dans son fauteuil. Outre l'assaut contre sa pupille, nul doute que le ministre avait des griefs personnels envers le compositeur. Calvimont l'avait rarement vu aussi vindicatif.

Julie se tourna vers son sauveur.

— Sans Armand, je serais morte, à l'heure qu'il est.

Talleyrand esquissa une grimace. Que sa pupille ait une dette envers ce mercenaire ne lui plaisait guère. Il fallait éviter que ces deux-là ne nouent des liens trop étroits et n'en viennent à oublier qui était leur maître.

— Alors je me félicite de l'avoir envoyé à votre recherche, lâcha-t-il sans conviction. Cependant...

Le ministre toisa Calvimont en secouant la tête.

— Combien avez-vous semé de cadavres sur votre chemin ? Cinq ? Dix ? s'enquit-il d'une voix fielleuse. Vous n'êtes plus chez les sauvages, vous êtes en France, à Paris, la ville la plus civilisée du monde. Vous ne pouvez plus régler vos problèmes par la lame et la poudre. Je ne pourrai pas vous éviter indéfiniment la guillotine si vous transformez la capitale en abattoir. Je vous prierai donc de cesser de tuer à tout bout de champ.

— Voilà qui vous obligerait à vous passer de mes services, monsieur le ministre, répliqua Armand sur un ton acide, et nous savons l'un comme l'autre que ce n'est pas envisageable.

Talleyrand haussa imperceptiblement les épaules et afficha une mine plus conciliante.

— Et si vous me disiez plutôt ce que vous avez appris de ce maudit défroqué qui m'aurait trahi pour Fouché ? Je connais le bonhomme depuis l'adolescence, nous avons fait le séminaire de Saint-Sulpice côte à côte...

— Et pourtant il nous a manipulés. Les pistes qui m'ont conduit au passage du Dragon, c'est lui qui les a tracées. Quant au suspect des meurtres du manoir Brunet qui va être guillotiné, c'est un leurre.

À la surprise d'Armand, Charles-Maurice ne montra aucune réaction à cette révélation. Perdait-il la main, ou savait-il quelque chose que Calvimont ignorait ?

— Eh bien, dit le ministre avec un geste désinvolte, je suis heureux que vos talents vous aient permis de réussir.

— Restent la question du massacre au manoir Brunet, reprit Armand, et celle de la présence de cet engin du diable dans ses caves.

— Nous y reviendrons plus tard, notre chère Julie n'étant pas concernée par vos lubies.

— Allez-vous considérer cette affaire avec autant de légèreté, alors que Fouché semble y accorder de l'importance ?

— Il y a que je ne partage pas vos obsessions.

Talleyrand se leva avec grâce et serra l'épaule de sa pupille, avec qui il échangea un long regard.

— Les devoirs de ma charge m'appellent, les domestiques vont s'occuper de vous pour que vous retrouviez figure humaine.

— Vous êtes trop bon, monseigneur, railla Julie en mimant une révérence.

— Allez vous reposer, je m'occupe de tout. Quant à vous, mon ami, dit-il à Armand, rentrez chez vous. Je vous ferai chercher dès que j'aurai du nouveau.

À voix basse, il ajouta :

— Je vais tâcher d'arranger nos affaires.

Calvimont s'inclina. Talleyrand n'avait pas jugé opportun de prévenir son ami d'exil de ses suspicions concernant Lucien dans le massacre du manoir Brunet. Qui sait comment l'impétueux aventurier aurait réagi.

Charles-Maurice devait à présent se jeter dans la gueule du loup : sa rencontre avec Fouché avait trop attendu.

III

31

Du sang dans les ténèbres

Palais du Luxembourg, 19 juin

Les portes de la chambre du Sénat s'ouvrirent à la volée pour laisser passer l'illustre Lucien Bonaparte, frère du Premier consul, ministre de l'Intérieur et grand habitué des chambres parlementaires.

Tout de soie rouge vêtu et cerné d'un aréopage de courtisans, Lucien se pavanait dans les couloirs dorés de l'auguste assemblée, s'arrêtant pour saluer, serrer une main ou donner une accolade à ceux, et ils étaient nombreux, avec lesquels il avait fait carrière, des feux du jacobinisme aux dorures des palais.

Il était là pour se montrer et assurer la position qui lui était due parmi les figures politiques de ce pays dont il serait bientôt le maître. Mais derrière ses rêves de grandeur et de pouvoir, c'était un homme bouffi, autant de chair que d'orgueil, que voyaient les gens qui le croisaient.

Néanmoins, sa présence apportait une stabilité bienvenue au Sénat, où les parlementaires frileux hésitaient sur la conduite à tenir devant les rumeurs persistantes de la mort du Premier consul.

C'est pourquoi il attirait à lui une bonne partie de la faune grenouillant dans les ors du palais du Luxembourg, et nombre voyaient en Lucien Bonaparte l'un d'entre eux, un vétéran de la politique révolutionnaire qui ne pourrait que les favoriser s'ils l'aidaient à remplir les trop grandes bottes de son frère.

Tandis qu'il pérorait au milieu d'un parterre de sénateurs qui gloussaient à ses saillies, un jeune homme maigre au regard fuyant s'approcha de son oreille et y murmura quelques mots. Lucien se troubla et s'excusa auprès de son auditoire :

— Les affaires de l'État m'appellent, messieurs, je vous laisse à vos discussions, et n'oubliez pas de passer le mot : Lucien est de retour !

Ledit Lucien suivit le fonctionnaire dans un couloir désert, loin des dorures des allées principales. Le jeune homme sortit une clef de sa redingote et ouvrit une petite porte en bois qui laissa échapper un courant d'air frais.

— Je continue seul. Donnez-moi la clef et faites-vous discret jusqu'à mon retour.

Sur ces mots, Lucien s'engouffra dans l'ouverture et ferma la porte derrière lui.

Malgré la présence de quelques lumignons, l'escalier s'enfonçait dans les ténèbres. Lucien avançait lentement, de peur de se rompre le cou autant que de salir son habit de soie. Il eut le temps de se composer un masque d'humilité et d'oublier les orgueilleuses prétentions qu'il affichait usuellement. Il atteignit la dernière marche et foula le sable des sous-sols de Paris.

Il se trouvait dans d'anciennes carrières sous le jardin du Luxembourg, un réseau de cavités abandonnées depuis des décennies s'étendant sous les pieds des sénateurs, qui en ignoraient l'existence. Ce secret, il ne le partageait qu'avec ceux qu'il appelait ses « frères ».

Ceux-ci l'attendaient dans une cave reculée entièrement tendue de noir et vaguement éclairée par les lueurs vacillantes d'une poignée de bougies. Sept silhouettes en longues capes rouges, visages dissimulés sous des masques d'un blanc éclatant, se tenaient autour d'un autel de pierre.

Arrivé devant le cercle, Lucien ploya un genou et baissa la tête. Une voix forte s'éleva :

— Lucien Bonaparte, frère de César, tu veux prendre ta place parmi les Fils d'Acéphale, les enfants de Celui qui perdit sa tête pour la liberté de tous, mais en es-tu encore digne ?

Lucien jeta un coup d'œil sur le buste de Robespierre drapé d'un voile noir qui trônait sur l'autel. À l'époque de la toute-puissance de l'Incorruptible, il avait noué avec ses disciples des liens qu'il n'avait jamais rompus. Il avait su protéger les uns et se servir des autres, se ménageant des complicités qui pourraient lui être utiles. C'est ce même raisonnement dicté par l'intérêt qui l'amenait à présent devant le cercle des Fils d'Acéphale.

— Maître, mes frères ! Plus que jamais j'honore Celui qui s'est sacrifié pour nous, mais Acéphale sera vengé, car notre heure approche !

— Notre heure approche ! rugirent les sept d'une même voix.

Un silence sépulcral suivit l'écho des incantations exaltées se répercutant dans les galeries.

— Tu peux te relever, frère Lucien, dit le Maître après un instant de silence.

Lucien se mit debout, non sans difficulté, ses genoux n'étant pas habitués à de tels traitements.

— Maître, j'apporte de grandes nouvelles pour notre cause.

Le Maître hocha lentement la tête en fixant la face empourprée de Lucien.

— Confie ce que tu sais à tes frères.

— J'ai pris langue avec Talleyrand. Je voulais être au fait de ce qu'il savait de notre affaire, qui a fait grand bruit.

Un murmure houleux parcourut le cercle. Le Boiteux était honni des jacobins. S'il n'avait fui précipitamment à Londres en 1792, Robespierre et les siens l'auraient à coup sûr raccourci.

— Lors de notre première rencontre au Palais-Royal, poursuivit Lucien, le défroqué semblait tout ignorer. Mais ce matin, quand il est venu me voir, il en a été tout autrement. Il ne tarissait pas de questions sur l'affaire du manoir Brunet.

— En sait-il plus que ce que l'on peut lire dans la presse aux ordres de Fouché ? fit une voix inquiète.

— Non, et il est à cent lieues de soupçonner notre implication dans cette opération.

— En es-tu sûr ? demanda le Maître. L'émigré qui a échappé à nos hommes ce soir-là s'est justement réfugié chez Talleyrand.

— Quel émigré ? s'enquit Lucien en ouvrant des yeux ronds.

— Un certain Calvimont, un aventurier que le ministre emploie à ses basses besognes. Il l'envoie renifler dans tout Paris depuis l'attaque.

— S'il le considérait comme un témoin d'importance, le Boiteux ne l'utiliserait pas comme chien de chasse.

— Ne sous-estime ni Talleyrand, ni son limier, l'un comme l'autre sont de dangereux reliquats du temps des rois, qui ne reculeraient devant rien pour nous arrêter s'ils connaissaient nos projets.

Lucien bomba le torse.

— Voilà pourquoi j'ai décidé de faire alliance avec le défroqué, dit-il avec conviction. Je peux ainsi contrôler les pistes qui risqueraient de mener à nous et je m'assure un soutien essentiel lorsque la nouvelle de la mort de mon frère sera rendue publique.

De nouveau, un murmure parcourut le cercle. Le Maître leva sa main gantée et le silence se fit.

— Frère Lucien, ton initiative audacieuse peut se révéler mortelle, pour toi comme pour nous.

— Si nous voulons prendre le pouvoir, il nous faut des alliés. Faites-moi confiance, je saurai empêcher ce renard de nous poignarder dans le dos.

— Ce renégat te vendra dès qu'il le pourra ! fit une voix suspicieuse.

— Et nous avec ! renchérit une autre.

— C'est pourquoi je vais m'appuyer sur les militaires, répliqua Lucien sur un ton rassurant. L'armée ne manque pas d'hommes partageant nos idées. En particulier le général Augereau. Je dois le rencontrer aujourd'hui même.

Le Maître hocha la tête, visiblement impressionné.

— Augereau est un pur. S'il marche avec toi…

— Considérez que c'est fait, déclara Lucien avec aplomb. Dans quelques heures, je contrôlerai l'armée et le Sénat.

— Acéphale te soutiendra, répondit le Maître. Maintenant, retire-toi sous la loi d'airain du silence.

— Que le Sans-Tête soit vengé ! s'écria le cercle d'une même voix.

— Que le Sans-Tête soit vengé, répéta Lucien avant de s'éclipser dans un nuage de soie rouge.

Quand le frère de Bonaparte fut parti, le Maître reprit la parole :

— L'opération du manoir Brunet est un échec, car ce que nous cherchions n'a pas été trouvé. Heureusement pour nous, ce fat de Lucien n'a rien deviné. Il croit toujours que nous avons monté cette opération pour l'aider. Et semer le chaos avec cette machine infernale.

Une voix, sur sa gauche, s'éleva :

— Tant que nous dissimulons notre véritable objectif, la chance restera de notre côté. Mais nous devons agir rapidement.

À droite, une seconde voix, plus grave, se fit entendre :

— Si nous ne mettons pas rapidement la main sur l'objet de notre quête, nous troquerons un Bonaparte pour un autre. Et celui-là connaît notre existence. Dès qu'il le pourra, il cherchera à nous éliminer.

Le Maître se donna quelques instants de réflexion.

— Oui, mes frères, vous avez raison, déclara-t-il enfin. Le

pouvoir nous tend les bras, et c'est maintenant qu'il nous faut retrouver ce qui a été perdu.

— Mais comment ? Nous avons tout essayé. La seule piste que nous avions était un convive de la soirée du manoir Brunet et il n'a pas parlé. Si cet émigré de malheur ne nous avait pas interrompus...

Sous le masque, l'œil du Maître brilla.

— Justement... Nous allons mettre en pratique ce vieil adage des ci-devant, « quand tu ne peux chasser toi-même, fais chasser ton chien ».

32

L'alliance impie

Rive droite, 19 juin

Le soleil de cette après-midi d'été faisait luire les pavés parisiens chauffés par les rayons ardents qui les frappaient depuis le matin. Talleyrand arpentait en claudiquant l'intérieur frais et poussiéreux d'un mausolée géant.

Afin de mettre Fouché en confiance, il avait décidé d'organiser le rendez-vous avec ce soupçonneux maladif au plus près du ministère de la Police, dans l'ancien couvent des Petits-Augustins, transformé en entrepôt des pillages révolutionnaires. Un entassement extraordinaire de trésors artistiques, rapatriés de palais détruits, de châteaux incendiés et de monastères anéantis. On y avait ouvert un musée où se mêlaient tombeaux du Moyen Âge, sculptures de saints et statues de héros antiques en un gigantesque capharnaüm censé retracer l'expression du génie français de Clovis à Bonaparte.

Pour Talleyrand, ces lieux déserts étaient surtout un symbole du monde d'avant, le sien, que la Révolution avait terrassé et avec lequel il avait manqué de sombrer.

En ces temps d'incertitude politique, alors que le pouvoir était à portée de main, il était bon de se rappeler que l'aristocratie millénaire dont Talleyrand était issu avait été détruite en un claquement de doigts et qu'au moindre faux pas il pouvait connaître le même sort.

Dissimulé dans l'ombre d'un tombeau de marbre noir représentant la Mort armée de sa faux, Fouché observait son collègue ministre qui déambulait à pas lents dans les travées de l'ancien couvent. Ce vieux renard de Talleyrand devait apprécier la symbolique du lieu, lui qui était toujours en équilibre instable entre l'ancien et le nouveau monde. Le maître de la police, en revanche, se moquait de ces reliques d'une époque à jamais révolue.

Ce musée, aux mains d'Alexandre Lenoir – un homme trop amoureux du passé pour ne pas lui être suspect –, était à ses yeux un gaspillage inutile. L'art ancien incarnait la tyrannie, il devait disparaître. Tout comme la superstition.

Fouché se souvenait d'une de ses premières missions de représentant du peuple, dans la Nièvre, quand il avait fait raser tous les symboles religieux dans les cimetières. Sous les coups de pioche, anges et gisants étaient retournés à la poussière. Le ministre de la Police sourit sans que ses lèvres s'étirent. Derrière son masque d'impassibilité, il ressentait toujours le bouillonnement de ses jeunes années. En son for intérieur, la Révolution n'était pas achevée. Quand la mort du Corse serait annoncée, il profiterait du chaos inévitable pour brouiller les cartes. Son grand talent. Ensuite, il pourrait agir et remettre la Nation sur le droit chemin : de l'ordre pour les citoyens, du plomb pour les récalcitrants et de l'or dans sa poche. Beaucoup.

Au cas où.

Mais pour cela, il avait besoin d'hommes du passé, comme Talleyrand et cet insaisissable Calvimont.

Mais ce serait la dernière fois.

Sourire de circonstance aux lèvres, Fouché sortit de l'ombre.

— Cher citoyen ministre, je suis bien aise de vous voir.

Talleyrand eut un sursaut et se retourna.

— Cher collègue ministre, tout le plaisir est pour moi.

Fouché embrassa d'un geste large les lieux silencieux.

— Un choix de rencontre très symbolique, par les temps qui courent.

— Très pratique surtout. Compte tenu de la situation de troubles que connaît Paris, je souhaitais ne pas vous garder éloigné trop longtemps de votre forteresse. Mieux vaut se montrer prudent.

Les traits du ministre de la Police se durcirent. Le jeu commençait.

— Que les rumeurs enfiévrées de la capitale ne vous aveuglent pas, l'ordre est maintenu avec la plus grande vigilance et, à son retour, notre maître trouvera Paris aussi sage et sûr qu'à son départ.

— Vraiment ? Il m'a été rapporté le bruit d'un fort grabuge dans le quartier du Doyenné.

— On soupçonne un émigré. Probablement un de ces ci-devant qui ne supportent ni la liberté ni l'égalité et s'abîment dans le terrorisme.

Talleyrand éclata d'un rire sonore.

— Le terrorisme ! Mon cher, n'avez-vous pas assez à faire avec les chouans qui vous ont filé entre les doigts et vos anciens camarades jacobins toujours prêts à provoquer des turbulences ?

— Justement, certains témoignages indiquent que ce terroriste ressemble furieusement à l'un de vos proches, Armand de Calvimont, que j'ai eu le plaisir de rencontrer au manoir Brunet, où il y avait aussi, comme par hasard, pléthore de cadavres.

— Et si nous parlions plutôt de l'espion que vous avez placé dans mon entourage ? Sachez qu'il n'est plus. Mon ancien camarade du séminaire de Saint-Sulpice a rejoint son créateur, et il s'est fendu d'une ultime confession des plus fascinantes…

— Je constate que votre Armand est aussi tourmenteur qu'assassin.

— Mon Armand, comme vous dites, ne l'a ni torturé

ni tué ! Mortellement blessé, votre agent vous a trahi dans son dernier souffle.

— Et voilà mes illusions sur l'infaillibilité ecclésiastique qui s'envolent, ricana Fouché.

— À quelque chose malheur est bon, car la traîtrise de votre espion a eu le mérite de vous innocenter des meurtres du manoir Brunet.

— Moi ? Innocent à vos yeux ? Voilà qui est nouveau !

— Ne plaisantez pas. Votre haine des aristocrates et le don que possède Calvimont pour se trouver au mauvais endroit au mauvais moment vous incitent à le soupçonner, mais vous vous trompez.

— Votre parole ne peut l'innocenter.

— Tout au contraire ! rétorqua Talleyrand sur un ton de confesseur. Je vous connais, c'est parce que vous êtes persuadé qu'il est coupable que vous déployez tant d'efforts pour le trouver. Ce qui montre que vous n'êtes responsable ni du carnage, ni de la machine infernale que vous vous êtes empressé de subtiliser.

Fouché resta silencieux quelques instants, scrutant Talleyrand avec l'avidité d'un vampire qui chercherait la vérité plutôt que du sang.

— En admettant que vous ayez raison, livrez-moi votre pantin pour prouver votre bonne foi. Nous pourrons alors avancer de confiance et démêler ces nœuds qui menacent de nous étrangler.

— Les interrogatoires au fond des caves humides de votre ministère seront inutiles. Armand n'était pas présent au moment de la tuerie, il n'est arrivé qu'après.

— Il a montré qu'il était capable de produire des hécatombes dont la violence ferait flancher plus d'un soldat. Et au cours de son existence agitée il a sans doute appris à fabriquer une bombe.

Charles-Maurice se redressa.

— Certaines informations vous échappent, cher citoyen ministre. Lorsque le manoir Brunet a été attaqué, Calvimont était chez des amis communs, où il est resté une bonne partie de la soirée. J'en ai eu confirmation il y a une heure à peine.

— Quelles preuves avez-vous à m'apporter ?

— Je vous enverrai le cocher qui a conduit Armand au manoir Brunet ainsi que les identités de deux anciens émigrés présents à la soirée. Nul doute qu'ils sauront répondre à vos questionnements.

— Vous tenez vraiment à innocenter votre ami ?

— Comme vous l'avez constaté à vos dépens, il est d'une efficacité rare, bien qu'un tantinet brutale.

Fouché étira un sourire carnassier.

— Il fait contrepoids à votre excès de subtilité, en somme. En attendant que l'affaire soit éclaircie, je cesserai de le traquer... Lui, et également la jeune femme que vous avez envoyée chez Joséphine.

Talleyrand se raidit. Le fin sourire de Fouché s'élargit.

— Nous parlons, n'est-ce pas, reprit le ministre de la Police, de Mlle de Swarte, qui, après avoir été reçue à la Malmaison, a rendu visite à Rouget de Lisle, dans le quartier du Doyenné, celui-là même où votre ami Calvimont a réalisé des exploits...

— Voilà des rapprochements bien hâtifs, mon cher.

— Des rapprochements nécessaires... Je comprends que vous vous intéressiez à la Créole – elle peut encore avoir son utilité –, mais l'auteur de la rabâchée « Marseillaise », voilà qui m'étonne. Vous allez m'expliquer...

— Rouget de Lisle n'a plus rien à faire parmi nous, répliqua Charles-Maurice d'un ton sans appel.

Fouché plissa les lèvres de gourmandise, comme toujours quand il découvrait une inimitié qu'il ne soupçonnait pas, mais il ne releva pas. Si le Boiteux pouvait le débarrasser de Rouget, cela lui ferait un problème de moins.

— Je vous l'abandonne bien volontiers. Il n'a jamais été de mes amis.

Comme s'ils étaient devenus subitement proches, Talleyrand saisit les mains de Fouché. Celui-ci eut un sursaut de répulsion mais il ne les retira pas.

— Nous voilà enfin accordés ! dit Charles-Maurice avec chaleur. Cependant, la question de cette machine infernale reste à résoudre. Si nous n'en sommes pas à l'origine... alors nous avons un ennemi commun.

Les yeux de Fouché devinrent des fentes.

— La bombe a été confectionnée il y a moins de trois jours, au vu de l'humidité de la poudre. Quant aux débris de métal, nous n'avons pas pu remonter à leur source. En revanche, le tonneau provient d'un vignoble de Cahors, dans l'ancienne province du Quercy. On y produit un vin de piètre qualité et qui supporte mal le voyage.

— Le cahors... Un vin de messe.

Talleyrand avait aussitôt fait le lien avec la cave du château du Plessis où étaient entreposés des grands crus de Bordeaux livrés dans des tonneaux de cahors pour éviter les vols. Ses soupçons au sujet de Lucien se confirmaient... Restait à savoir ce qu'il allait faire de cette réflexion et si le frère du Premier consul était responsable des meurtres en sus de la bombe.

— Oui, un vin de messe, confirma Fouché, ce qui nous oriente vers des réserves ecclésiastiques, donc vers un complot royaliste.

— Vous savez mieux que moi que les vins des églises parisiennes ont été pillés et bus dès les premiers mois de la folie révolutionnaire.

— Oui, les tonneaux pourraient être de récupération mais il nous faut ne négliger aucune piste, aussi mince soit-elle.

Talleyrand acquiesça. Il n'avait pour le moment aucun intérêt à révéler à Fouché ce qu'il savait de Lucien. Dans un marché, il devait toujours y avoir une dupe, songea-t-il.

— J'en conviens. Mais cette bombe est une menace pour nous deux. Qu'en tirez-vous comme conséquence ?

— Que nous devons passer alliance. Que m'apportez-vous dans l'affaire ?

— Le matin suivant l'attaque du manoir Brunet, j'ai vu Lucien, qui a insisté pour que je lui rende visite, ce que j'ai fait hier.

— Vous faites partie des privilégiés invités à contempler les horreurs marbrées du Plessis, ironisa le ministre de la Police.

— Lucien s'est montré très excité. Il projette une prise du pouvoir rapide si les rumeurs sur la mort du Premier consul se confirment.

— Il a toujours été prévisible, mais nous savons aussi que son seul talent politique se résume à pérorer devant un parterre de parlementaires séniles.

— Le sous-estimer serait une erreur, dit Charles-Maurice en secouant la tête. Il a décidé d'avoir recours à l'armée pour asseoir la succession de son frère.

Les yeux de Fouché s'écarquillèrent pour la première fois, révélant un regard lourd de méfiance. En bon républicain, il craignait les militaires, comme Robespierre.

— Quel général serait assez fou pour s'allier à lui ?

— Ce serait oublier la fascination qu'exerce le nom de Bonaparte sur les troupes. Voilà pourquoi j'ai orienté Lucien dans une impasse en lui recommandant de s'entretenir avec Augereau.

Fouché laissa échapper le gloussement crissant qui lui tenait lieu de rire.

— Augereau ! Et il vous a écouté ?

— Oui, il a prévu un rendez-vous en tête à tête pour quémander son soutien.

— Quel jean-foutre, s'acoquiner avec le général le plus détesté de France pour fomenter un coup d'État !

— Bien sûr, je peux compter sur vous pour que la rencontre entre les deux hommes soit de notoriété publique ? susurra Charles-Maurice sur un ton de comploteur.

— De la *Gazette* aux salons parisiens en passant par les gargotes des faubourgs, Lucien sera sali jusqu'au cou par le sang dont Augereau est couvert, répondit le ministre de la Police.

— Nous voilà dans le même bateau, nous qui pourtant sommes si différents.

— Vous comme moi savons quand changer notre fusil d'épaule. Et si Bonaparte est effectivement mort... alors il nous faut préparer la suite.

— Oui, et à défaut d'être amis, nous avons les mêmes ennemis, remarqua l'évêque défroqué.

— Une garantie d'entente, souligna l'ancien séminariste.

Sourire ironique aux lèvres, Talleyrand traça une croix devant lui.

— Ainsi soit-il. Le temps est venu pour nous de prendre les rênes de ce pays.

33

Les troubles du passé

Rive gauche, 19 juin

Armand rentrait chez lui, profitant du temps idéal de cette après-midi pour faire le point sur sa journée agitée. Il était parvenu par miracle à libérer la précieuse Julie, non sans avoir une fois de plus répandu mort et destruction sur son passage. Pour autant, malgré le sang qui lui entachait les mains, il oubliait déjà ses misérables victimes pour se concentrer sur cette mystérieuse jeune femme.

Qui était-elle ? Quel lien étrange l'unissait au Boiteux ? La pensée que Julie était en danger avait poussé Talleyrand à exprimer des émotions sincères plutôt qu'à jouer avec son auditoire, une réaction qu'Armand ne lui avait jamais vue, et il le fréquentait pourtant depuis des années.

Calvimont était partagé entre l'envie d'en savoir plus afin d'acquérir un moyen de pression sur son vieux compagnon d'exil et la crainte de découvrir que la nymphe qui l'obnubilait ne soit que la nouvelle favorite du ministre.

Peut-être n'était-ce dû qu'aux émotions qu'ils avaient vécues ensemble durant leur fuite, mais Armand se sentait étrangement attiré par la vive Julie, un sentiment dangereux dans la situation présente et passablement méprisable alors qu'il traquait les assassins de Charlotte, sa défunte amante.

Il hâta le pas : un bon bain et un repas avec son voisin

Tustal lui feraient oublier les formes lascives de la demoiselle en détresse.

Calvimont gravit l'escalier et retrouva enfin son repaire. Balthazar, le chat qui en avait fait son royaume personnel, se prélassait sur le sofa sans se soucier le moins du monde de son retour. L'affection à géométrie variable de ces créatures ne manquait jamais d'étonner Armand, qui se plaisait à dresser des parallèles entre la gent féline et les plus déplaisantes de ses maîtresses passées.

Bien que fourbu, il entreprit de mettre de l'ordre dans cet appartement qu'il avait abandonné au chat depuis trop longtemps. Bonne occasion de ne pas penser aux cadavres laissés en chemin ni aux mystères qui entouraient Julie.

Il s'affairait en se maudissant de ne pas avoir requis les services de la concierge quand trois coups puissants résonnèrent à la porte.

Tustal ne frappait pas aussi fort. Calvimont se munit de sa dague avant d'aller ouvrir avec méfiance. Il découvrit avec surprise l'écorcheur borgne et alcoolique de la morgue du Grand-Châtelet. Armand le trouva changé depuis la veille, sans doute parce qu'il le voyait enfin sobre et qu'une étincelle nouvelle brillait dans son œil unique.

— Monsieur, je viens aux nouvelles ! Il se dit partout que vous avez connu de sanglantes mésaventures, ce que prouvent les arrivages incessants de cadavres au Châtelet.

— Délicate attention que la vôtre, dit Armand en s'écartant pour le laisser entrer.

Georges pénétra dans l'appartement qu'il balaya rapidement du regard avant de s'asseoir près du chat.

— Alors, les rumeurs du Châtelet sur votre implication dans les turpitudes du passage du Dragon et du Doyenné sont-elles fondées ?

— Vous voilà bien renseigné, Georges...

— Les vieux soldats sont de vraies pies, et vous surgissez régulièrement dans les conversations.

— Autant vous mettre au courant. Notre ami commun, le curé défroqué, a été tué ce matin.

— Quoi ? Mais…

Armand interrompit Georges en levant la main.

— Laissez-moi finir. Il travaillait pour Fouché. Depuis le début de l'enquête, il n'a cessé de m'orienter vers des fausses pistes, me fournissant même le suspect idéal sous les atours d'un homme maniant une serpe de vigneron… D'ailleurs, c'est vous qui m'avez indiqué que les femmes égorgées du manoir Brunet l'avaient été avec une serpe ?

— Oui, c'est ce qui ressort des formes des blessures.

Georges mit quelques instants à absorber les révélations d'Armand.

— Mais alors, Fouché est le coupable ?

— Non, mais d'où connaissez-vous ce traître de curé ?

Georges gratta vigoureusement son cache-œil de soie qui semblait le démanger.

— Eh bien… Durant la Révolution et ses excès, notre curé défroqué, même devenu jacobin, a rendu certains services, surtout pendant la Terreur…

Il fut interrompu par un coup discret à la porte, qui s'ouvrit sur la silhouette ventrue de Tustal, large sourire aux lèvres. Le cuisinier entra de sa démarche chaloupée.

— Ah, mais qui vois-je ? Mes deux compères en crimes ! Je vais de ce pas chercher de quoi nous désaltérer, surtout Georges, ça ne lui va pas d'être sobre. Et pour vous, Armand, dois-je aussi apporter mon jeu d'aiguilles ?

— Inutile, cher voisin, mes vieilles blessures vont bien et les nouvelles ne nécessitent pas le recours de vos mains expertes.

Tustal disparut aussi vite qu'il était apparu.

— Vous avez été blessé ? s'enquit Georges avec inquiétude.

— Rien de grave, ma blessure du manoir Brunet menaçait de se rouvrir et je me suis fait mordre dans la bagarre au passage du Dragon…

— Montrez-moi ça. Après tout, je suis médecin.

Armand enleva sa chemise et Georges l'examina d'un œil attentif.

— Eh bien ! J'ai rarement vu autant de cicatrices sur un homme. Vous feriez honte à certains de nos vétérans les plus endurcis.

— J'ai eu de la chance.

— Et du talent... En tous les cas, aucune trace d'infection, Tustal a fait du bon travail.

Le cuisinier venait de reparaître, une bouteille dans une main et un chapelet de saucissons dans l'autre.

— Joli ouvrage d'aiguille, n'est-ce pas ? En fait, pas plus compliqué que de ficeler un rôti.

Calvimont enfila sa chemise, notant du coin de l'œil le regard de Georges sur la dague cachée dans son dos.

— Quelle merveille nous apportez-vous, Antoine ?

— De l'honnête subsistance : un carafon de vieux bordeaux et des produits d'Auvergne.

— Parfait ! s'écria Armand. Que faut-il de plus pour un homme que de la bonne chère et des amis pour la partager ?

— La jolie croupe d'une jeune femme, bien entendu ! lança Georges avec un rire gras.

Tustal servit le vin et découpa de fines tranches de saucisson.

— À ce propos, Armand, avez-vous retrouvé votre disparue ? demanda-t-il.

— Oui, non sans difficultés, mais cela en valait la peine.

— Et si vous nous la présentiez ?

Calvimont imaginait la surprise de Julie, attablée avec un ancien jacobin et un vétéran de Bonaparte, qui plus est écorcheur du Châtelet et leste de la parole et des mains pour peu qu'il ait bu un coup de trop.

Georges se racla la gorge avec embarras et se tourna vers Armand.

— Notre ami cuisinier et ses délices me font oublier la raison de ma venue. Je suis certes venu prendre de vos nouvelles, mais aussi vous en donner.

— Je vous écoute.

— Un des trois hommes torturés du manoir Brunet a été identifié par sa famille.

Calvimont se dressa aussitôt.

— Un autre ? Qui est-il ?

— Un dénommé Alexandre Peyronnet, et du peu que j'ai appris de son épouse, c'est un enrichi particulièrement discret dont les affaires ne sont pas connues de ses proches. Le contre-exemple même des bourgeois d'aujourd'hui qui se pavanent dans les salons.

— Voilà un point commun avec l'autre victime, qui, lui aussi, cultivait le secret.

— Nul doute que vous parviendrez à percer ce mystère… Vous voudrez bien m'excuser, messieurs, ma morgue m'appelle.

La déception peinte sur le visage, Tustal se leva en même temps que Georges, qui finissait d'un trait son verre de rouge.

— Ami cuisinier, croyez bien que je regrette de devoir partir, mais la mauvaise habitude du ci-devant ici présent d'envoyer tout Paris *ad patres* me fait crouler sous la besogne.

Georges prit congé et sortit, un saucisson odorant sous le bras, laissant Armand et Tustal en tête à tête.

Le cuisinier semblait anxieux, ce qui intrigua Calvimont.

— Un souci, brave voisin ?

Tustal hésita.

— Ma foi, Armand… je connais votre victime, ce Peyronnet que Georges a identifié. Je l'ai rencontré pendant la Révolution.

Calvimont resta silencieux, attendant la suite.

— Il était policier… il travaillait pour le Comité de salut public.

— Et il a survécu à la chute de Robespierre ? s'étonna Armand.

— Étrangement oui, ce qui n'est peut-être pas sans lien avec le fait qu'il se soit subitement enrichi à la fin de la Terreur.

— Voilà qui expliquerait sa discrétion ?

— Il s'était lancé dans les affaires avec succès. La dernière fois que j'ai entendu parler de lui, il y a quelques mois, il venait d'acheter une folie à Neuilly.

— Un ancien policier de la Terreur qui s'installe dans le lieu de villégiature préféré des aristocrates depuis Louis XV, ce n'est pas banal.

— Encore moins que vous ne le pensez, car cette folie était une ancienne « petite maison ». L'un de ces lieux clandestins où les ci-devant de la capitale se livraient à des débauches dont on a fait des gorges chaudes à la fin de la royauté.

— J'ai entendu parler de ce genre de lupanar par feu mon père, dit Armand. Un de ses amis de jeunesse, un certain Sade, s'y était fait arrêter en bien remuante compagnie.

Tustal éclata de rire.

— Un endroit de rêve où poursuivre votre enquête, ne croyez-vous pas ?

— Antoine, merci, sans vous je n'aurais jamais su où orienter mes recherches. D'ailleurs, j'y cours de ce pas.

— Je m'en doutais. Néanmoins, l'invitation à dîner pour vous et votre dulcinée tient toujours.

Calvimont sourit.

— Si je reviens de Neuilly...

34

L'éden du défroqué

Rue d'Anjou, 19 juin

Charles-Maurice avait toujours aimé les jardins. Londres, où il avait passé quelques mois, l'avait séduit par ses espaces secrets, dissimulés entre deux immeubles, où une végétation exubérante ravissait l'âme et le cœur. Quand il avait acquis son hôtel particulier, au mois de janvier, il avait exigé que soient plantés, face à la terrasse, des massifs de rosiers et surtout ces glycines dont il aimait l'odeur depuis l'adolescence. Les couleurs comme les parfums – parce qu'ils provoquaient chez lui une sensation de subtile connivence – l'aidaient à réfléchir au calme ; une nécessité, tant les événements se bousculaient.

En quelques heures, la situation politique à Paris avait beaucoup évolué. La cote des trois hommes forts du régime n'était plus la même. Celle de Fouché avait grimpé en proportion inverse de celle de Lucien, dont la chute n'allait plus tarder. Quant à la position de Talleyrand, qui avait hissé l'un et abaissé l'autre, elle était au zénith. Il était l'allié substantiel sans lequel nul ne saurait s'assurer du pouvoir.

Assis sur la terrasse, Talleyrand contemplait la fontaine au fond du jardin. Une tête de faune laissait échapper un filet d'eau transparent qui troublait à peine la surface mais en maintenait le niveau. C'est ainsi qu'il fallait en user en politique : agir en silence pour préserver l'apparence d'un équilibre.

Fidèle à cette maxime, Charles-Maurice fomentait un coup d'État invisible.

Lui se chargerait du Sénat où, en jouant de l'ambition des uns et de la jalousie des autres, il écarterait ceux qui se croyaient encore un destin politique. Fouché, pour sa part, s'occuperait de la partie pratique : arrestation préventive des opposants, contrôle de la presse et proclamation du nouveau régime. Il fournirait aussi les fonds. Sans corruption, pas de prise de pouvoir. En revanche, aucun des deux n'avait ses entrées dans l'armée. Comment réagirait-elle à la mort de Bonaparte ? Comment empêcher un militaire ambitieux – et il n'en manquait pas – de chercher à lui succéder ? D'autant que le complot de Lucien et d'Augereau ne manquerait pas de donner des idées à certains…

Talleyrand ferma les yeux et pianota joyeusement sur l'accoudoir de son fauteuil en osier. Il tenait la solution : il devait salir Bonaparte pour faire passer l'envie à quiconque d'aller chercher un nouveau général pour gouverner la nation. Et pour cela, il le savait, il allait avoir besoin de complices aussi expérimentés que sans scrupules.

Le regard de Charles-Maurice se porta sur un buisson de roses dont les effluves délicieusement sucrés montaient jusqu'à la terrasse. Il appela un domestique.

— Madame Bonaparte vient de rentrer aux Tuileries. Coupez des roses près de la fontaine et faites-lui porter un bouquet.

« Baise la main que tu ne peux couper », disait un proverbe oriental. Talleyrand souriait en peaufinant son projet. S'il voulait que le nom des Bonaparte s'écrase dans la boue, il avait un besoin impérieux de Julie, elle seule était capable de mettre au jour la corruption de Joséphine. En créant un scandale public, il ne resterait plus rien de la belle Créole.

Mais il fallait aller vite.

Très vite.

Le domestique, les bras chargés de roses, s'arrêta sur un signe de main du ministre.

— Où est Mlle de Swarte ?

— Elle vient de se lever et se change à l'étage, Votre Excellence.

Talleyrand se lova dans son fauteuil comme un chat voluptueux dont on ne savait s'il se préparait à une caresse ou s'il fourbissait ses griffes.

— Faites-lui savoir que j'aurais plaisir à sa compagnie. Qu'elle me rejoigne dans la bibliothèque.

Quand il avait acheté l'hôtel de Gontaud, dans le faubourg Saint-Honoré, Talleyrand avait rompu avec la première moitié de sa vie en délaissant la rive gauche. Il avait vu le jour à l'ombre de l'église Saint-Sulpice et suivi le séminaire à l'angle de la place du même nom. Autant dire que dans le quartier de Saint-Germain on se souvenait que Charles-Maurice était né aristocrate avant d'être ordonné prêtre. On se souvenait aussi comment il avait jeté sa particule aux orties et sa soutane au diable, trahissant en même temps Dieu et son roi. On comprend que le ministre de la République ait souhaité s'installer dans un quartier à la mémoire moins sollicitée.

Mais il y avait une chose que Talleyrand n'avait pas oubliée en traversant la Seine, c'était sa bibliothèque. Charles-Maurice avait toujours eu la passion des livres, qu'il ne cessait d'acheter et de vendre. Il avait aménagé dans l'hôtel de Gontaud une bibliothèque où il aimait à se retrouver seul en leur compagnie. C'était là, étendu sur un sofa rose fané, entouré de reliures précieuses, qu'il avait choisi de recevoir Julie.

Parée d'une robe blanche légère et d'un fichu qui enserrait sa chevelure, la jeune femme avait retrouvé toute sa beauté.

— Vous semblez sortir de *Paul et Virginie* ! lui lança Charles-Maurice.

— Cette niaiserie ? Vous plaisantez, j'espère.

— Ce roman a fait pleurer le Premier consul, sachez-le.

— Je suis bien aise d'apprendre que derrière le grand conquérant se cache une âme tendre, railla Julie en esquissant une révérence.

— N'ironisez pas. Cette âme tendre a peut-être rejoint le ciel et...

— Mon cher, le coupa la jeune femme, il n'y a pas un endroit à Paris où l'on ne commente la mort probable du Premier consul, mais ce ne sont que bavardages du peuple. Que savez-vous vraiment ?

Talleyrand tendit la main vers le tiroir d'un secrétaire, d'où il sortit une liasse de feuilles.

— Voici les minutes des lettres que j'adresse à Bonaparte pour l'informer de la situation diplomatique. Je lui écris quasiment tous les jours depuis qu'il a quitté Paris début mai. Je n'ai plus de nouvelles depuis le 9 juin, date où il a annoncé avoir remporté une victoire à Montebello.

— Et depuis ?

— Rien, sinon la rumeur d'une autre bataille, en date du 14, mais cette fois perdue et où un général français aurait trouvé la mort.

— Combien de temps faut-il pour qu'un courrier arrive d'Italie ?

— Six jours.

— Et nous sommes le 19.

— Ce qui signifie que nous aurons des nouvelles sûres demain, enchaîna Charles-Maurice. Pourquoi ces questions, le sort de Bonaparte vous intéresse-t-il ?

— Non, mais le vôtre me passionne, car je devine que vous allez me demander un nouveau service.

Talleyrand soupira.

— Et vous vous demandez si vous misez sur le bon cheval. Eh bien, je ne puis vous apporter aucune certitude. La situation est tellement instable... Aujourd'hui, je tiens des fils entre mes doigts, mais demain...

Julie ne répondit pas tout de suite. Elle avait failli perdre la vie dans sa dernière mission. Désormais, son prix allait grimper.

— Que m'offrez-vous en contrepartie ?

— Je pourrais vous proposer de l'argent, du pouvoir, un nom... répondit Charles-Maurice en pesant ses mots un par un.

— Vous voulez me marier ? Faites un effort !

Talleyrand réfléchit un instant avant de reprendre la parole :

— Je peux ouvrir la porte à votre souhait le plus secret, celui qui vous apportera enfin la paix : savoir ce qu'est devenue votre sœur.

— Ne plaisantez pas avec ça, Charles-Maurice...

Le ministre montra la bibliothèque.

— Depuis que vous êtes à Paris, vous avez fouillé partout, interrogé une foule de personnes, sans obtenir la moindre réponse. C'est comme chercher un livre sans en connaître le titre ni l'auteur.

— Et vous... vous avez réussi ?

— J'ai passé alliance avec Fouché.

— Vous pactisez avec le diable, persifla Julie.

— Oui, mais le diable tient ses comptes à jour. Et parmi les dossiers qu'il possède, il y a le registre d'écrou de la prison de la Force pour le mois de mai 1794, date à laquelle votre jeune sœur a disparu.

— Il vous l'a montré ?

— Il me l'a promis et tiendra parole. Pour chaque détenu, le registre donne les noms du fonctionnaire qui a procédé à la sortie et de celui qui a organisé le transfert. Cela vous fait deux pistes à suivre.

L'espoir brillait dans les yeux de Julie.

— Que voulez-vous en échange ?

Talleyrand, imperturbable, massait sa mauvaise jambe sur le repose-pieds.

— Vous allez reprendre votre enquête sur Joséphine.

Je veux les preuves de sa corruption. Écrits, témoignages, chiffres. Et je les veux vite.

— Avec ce qui s'est passé au Doyenné, Joséphine et Rouget de Lisle doivent être sur les dents.

— Ce qui va sans doute les amener à commettre des fautes. Sachez en profiter.

La jeune femme s'inclina.

— J'ai carte blanche ?

— Totale.

35

Les secrets de l'eau

Rue de Beaune, 19 juin

Armand méditait les informations que lui avaient livrées successivement Georges et Tustal. L'écorcheur du Grand-Châtelet lui avait apporté une aide précieuse, même si l'origine de ses liens avec La Gaîté restait mystérieuse.

Il haussa les épaules. C'était sans importance. L'ex-soldat et l'ancien prêtre avaient très bien pu nouer amitié lors d'une beuverie où tous deux tentaient d'oublier leur passé.

Quant à Tustal, sa connaissance des jacobins lui avait appris qu'un des martyrs du manoir Brunet était un ancien policier de l'Incorruptible.

Calvimont frémit de dégoût. Il avait entendu parler de cette police que Robespierre, assisté de Saint-Just, avait mise en place dans les derniers mois de son pouvoir. Un ramassis de rebuts de l'humanité qui traquaient les ennemis du Comité de salut public selon un rituel implacable : arrestations arbitraires, tortures innommables et exécutions sans jugement. Prêtres qui refusaient de renier leur foi, aristocrates en fuite, bourgeois trop fortunés... on ne comptait plus leurs victimes.

Armand décida de se changer. Les vêtements qu'on lui avait donnés chez Talleyrand faisaient partie de ceux que les domestiques avaient mis au rebut. Il jeta la redingote aux manches élimées sur le sofa, ôta la chemise et observa son reflet dans le miroir du salon. Sa blessure au cou n'avait pas dégonflé, tout comme la plaie à son flanc, qui commençait à peine à cicatriser. Le reste de son corps était couvert d'éraflures et d'ecchymoses. S'il continuait comme ça, il allait finir au Châtelet, sur la table à éviscérer de Georges.

Talleyrand lui avait ordonné de se tenir tranquille, faute de quoi il risquait de retomber entre les mains de Fouché. Et cette fois il n'en sortirait pas.

Cela ne signifiait pas qu'il devait rester inactif. Il se ferait oublier plus tard.

D'abord, il devait se rendre à Neuilly.

Sitôt passée la Seine, la campagne commençait. Des vignes qui mûrissaient sous le soleil escortèrent Calvimont le long du chemin. Le visage luisant de sueur dans la chaleur estivale, il s'arrêta pour cueillir une grappe. La forme des raisins lui rappela les vignobles qui s'étendaient au pied du château de famille en Périgord. Enfant, il accompagnait les paysans pour les vendanges.

Il se souvenait encore de l'odeur enivrante des raisins dans le fouloir, quand les femmes piétinaient les grains, jupes retroussées jusqu'aux hanches et pieds nus. Sans doute la première fois où il avait ressenti l'appel impérieux de la chair. Un émoi comparable à celui qui avait été le sien quand il avait découvert Julie nue dans le sarcophage de l'appartement du Doyenné. Armand chassa cette pensée. Ce n'était vraiment pas le moment.

Les premières maisons du village apparurent. Une charrette chargée de foin s'avançait, tirée par des bœufs que menait un paysan, bâton de noisetier à la main. Calvimont s'arrêta.

— Salut, citoyen, je cherche le domicile du sieur Peyronnet.

L'homme désigna le haut du village.

— Devant l'église, la maison aux volets gris.

Armand le remercia et s'engagea dans la rue principale jusqu'à une place pavée rafraîchie par l'ombre du clocher. Il s'arrêta près de la fontaine pour boire. La demeure de Peyronnet était en face. Précédée d'une petite cour, elle n'attirait pas l'œil. Les volets étaient clos et la végétation semblait négligée.

Armand s'approcha de la grille et fit sonner la cloche. À la troisième tentative, il décida de faire le tour pour voir s'il existait un autre accès par lequel entrer sans se faire remarquer.

— Vous cherchez quelqu'un, mon fils ?

Il sursauta. Un prêtre se tenait devant lui, un panier de roses blanches à la main.

— Bonjour, mon père, je viens voir la maison du sieur Peyronnet. Vous ne le savez peut-être pas, mais il est décédé.

Le curé se signa.

— Paix à son âme. Souhaitons que Dieu lui fasse miséricorde. Vous êtes un de ses amis ?

— Non, je suis maître Villeréal, notaire de la famille Peyronnet, qui m'a demandé de venir estimer ce bien. Elle souhaite le vendre.

Le prêtre hocha la tête.

— Je comprends, mais pourquoi sonnez-vous ?

Armand sortit un anneau portant les deux clefs de son appartement.

— On ne m'a pas remis les bonnes clefs. Ce qui me met dans l'embarras.

— Si ce n'est que ça, je peux vous ouvrir. Je possède un double, mais…

— Mon père, vous me rendriez un grand service, le coupa Calvimont avec effusion. Permettez-moi d'ajouter cette obole aux roses qui vont fleurir votre église. Je suis certain que votre paroisse a des pauvres à soulager.

Armand glissa une pièce d'argent dans le panier. Le visage du prêtre s'illumina.

— Grâces vous soient rendues, monsieur. J'ai affaire à un homme de bien. Je vais chercher les clefs.

Le curé trotta vers l'église et revint dans la minute, avec à la main un trousseau qu'il tendit à Calvimont.

— Prenez votre temps, vous me les rapporterez au presbytère.

Armand remercia d'un hochement de tête, traversa la cour et ouvrit la porte. Devant lui, un couloir au sol en marbre losangé aboutissait à une pièce circulaire qui ouvrait sur le jardin. Il s'avança.

Une allée bordée de buis conduisait à un puits entouré de bancs en bois. Au fond, une haie de tilleuls protégeait la demeure des regards du voisinage. Calvimont songea à ce que lui avait dit Tustal. Peyronnet avait dû choisir cette maison pour sa discrétion. L'ancien policier de Robespierre disposait d'un refuge à deux pas de Paris si le vent se mettait à tourner.

Armand réintégra la pièce centrale. Un secrétaire aux tiroirs ouverts, une bibliothèque vide, un sofa défraîchi. Peyronnet devait considérer cette maison comme une étape en cas de fuite. La tanière d'une nuit ou deux avant de disparaître, sans doute à l'étranger. Les deux autres pièces, des chambres aux volets fermés, étaient quasiment vides : quelques chaises dépareillées, un lit de camp, une pendule arrêtée.

Calvimont chercha une cave, il n'y en avait pas. Quant au grenier, il était aussi vide que la bourse d'un indigent. Il redescendit dans le salon, tourna le sofa vers le jardin ensoleillé et s'allongea. Il avait besoin de réfléchir.

Peyronnet avait dû envisager le cas où il serait obligé de quitter Paris dans la précipitation. C'est-à-dire sans se munir des moyens de sa fuite, comme de l'argent, un passeport… Armand tenta de se mettre dans sa tête. À sa place, il aurait aménagé une cachette. Un jeu d'enfant pour un limier de l'Incorruptible, mais un casse-tête pour Calvimont s'il devait sonder les murs et défoncer les sols.

Cependant, si l'urgence commandait, cette cachette devait être à portée de main. Armand se leva et alla inspecter le couloir dallé de marbre. On pouvait facilement dissimuler quelque chose sous un carreau.

Sa quête se révéla vite vaine. Les joints entre les carreaux étaient incrustés de poussière. Aucun n'avait été descellé récemment. Calvimont pesta. Par acquit de conscience, il sonda les murs en les frappant, avec le même résultat.

Il retourna dans le salon et examina les lattes du plancher. Au manoir Brunet, c'était ainsi qu'il avait découvert le passage conduisant aux caves. Mais là encore, il fit chou blanc. Découragé, il revint s'allonger sur le sofa.

— Maître Villeréal ?

La voix du curé venait du couloir. Armand se leva.

— Pardonnez mon intrusion, cher maître, mais je vous ai apporté un broc d'eau de la fontaine. J'ai pensé que vous aimeriez vous désaltérer...

— C'est fort aimable à vous, mon père, mais j'aurais pu tirer un seau du puits...

— Grand Dieu, non ! s'écria le prélat. L'eau en est corrompue. M. Peyronnet interdisait même au jardinier de l'utiliser pour arroser le jardin. Et pour s'assurer que personne n'y puiserait, il avait fait démonter le treuil. Mais je vous laisse à vos occupations.

Calvimont s'inclina en silence. Sa tête bouillonnait. Aussitôt que le curé fut parti, il se précipita dans le jardin, jusqu'au puits, dont il examina la margelle en pierre. Il repéra immédiatement deux trous dans la maçonnerie. Le prêtre avait dit vrai. Peyronnet avait fait disparaître l'arceau qui portait le treuil. L'ancien policier ne voulait vraiment voir personne autour de son puits.

Armand se pencha. Le puits avait au moins huit toises[1] de profondeur. Il voyait l'eau miroiter au loin. En ôtant le treuil, Peyronnet avait supprimé tout moyen d'y descendre,

1. Environ quinze mètres.

ce qui signifiait que s'il y avait là une cache elle était à portée de bras. Penché sur la margelle, Calvimont tâta la paroi intérieure.

Il avait parcouru la moitié de la circonférence quand il effleura de la main une aspérité. Il la palpa, reconnut la forme d'une tige en métal. Il la saisit et tira d'un coup sec. La pierre où était fiché le métal se désolidarisa du mur. Il accentua son effort et la délogea entièrement, avant de la poser sur la margelle. Puis il explora la cavité à tâtons. Ses doigts rencontrèrent un objet rectangulaire. Il avait trouvé.

Après beaucoup d'efforts, il remonta à la lumière un coffret qu'il emporta dans le salon. Son cœur battait la chamade. Le coffret possédait un fermoir qu'il crocheta aisément. Pourtant, il ne l'ouvrit pas tout de suite. Il abritait le secret d'un homme. D'un mort. De ce Peyronnet qui avait sans doute les mains imbibées de sang d'avoir servi Robespierre, mais qui n'avait rien avoué sous la torture. Armand revoyait les corps atrocement mutilés du manoir Brunet. Pourquoi un tel sacrifice ?

Enfin, il se décida.

Le coffret contenait une bourse de cuir et un papier scellé à la cire. Armand soupesa la bourse, puis la renversa sur la table. Plusieurs pièces d'or se répandirent dans un tintement sourd. Armand en saisit une et la mordit. Les fausses pièces inondaient la capitale, mais celle-là n'en faisait pas partie. Un louis authentique. Calvimont les compta. Une, deux, trois, quatre…

Il y en avait une douzaine, et l'une des pièces attira son attention. Elle était plus petite et de forme légèrement ovale. Il l'examina de près. Le côté pile était très usé, mais on distinguait une sorte de fleur. Le côté face était plus net. On y voyait un homme debout entouré de bêtes à cornes. Armand fit sauter la pièce d'or dans sa main, puis il la rangea avec les autres dans la bourse. Il verrait ça plus tard.

Restait la feuille cachetée.

Armand brisa le sceau de cire et déplia le papier.

Il découvrit ces quatre mots, dont certaines lettres étaient soulignées :

OPERA
MAGNA
SURSUM
CORDA

36

Le crépuscule des impurs

Palais des Tuileries, 19 juin

Depuis des heures Joséphine arpentait les sombres couloirs des Tuileries. Le soleil, qui disparaissait lentement vers l'ouest, inondait de ses rayons mourants les anciens appartements royaux, silencieux et désespérément vides. Accoudée à une fenêtre, la femme du Premier consul regardait la Seine disparaître vers le couchant, dans une contemplation douloureuse que partageait son amie Mme de Kreny.

Depuis trop longtemps retranchée à la Malmaison, Joséphine avait oublié combien l'ambiance était pesante aux Tuileries. Ce palais avait été construit par Catherine de Médicis, qui, depuis ces mêmes fenêtres, avait contemplé le massacre de la Saint-Barthélemy. Depuis, le drame n'avait cessé de hanter ces lieux qui, à présent, avaient pris l'apparence d'un mausolée.

Voilà pourquoi Joséphine déambulait dans les couloirs vides, fuyant ses appartements aux allures de forteresse assiégée. À quoi donc Bonaparte avait-il pensé en s'installant aux Tuileries ? Certes, elle connaissait les ambitions de son époux, mais ce palais était marqué par un destin trop tragique.

Henri IV y avait trouvé son agonie, Louis XVI et sa femme une prison avant celle du Temple. Sans compter Robespierre et sa clique infernale du Comité de salut public, qui en avaient fait leur antre avant de finir sous la guillotine.

Une véritable malédiction pesait sur les Tuileries et Joséphine regrettait déjà d'avoir accepté les conseils de cette étrange jeune femme qui l'avait convaincue de reprendre sa place légitime au cœur de Paris. Quel était son nom, déjà ?

— Dites-moi, ma chère...

Mme de Kreny s'approcha.

— Oui, madame ?

— La jeune femme qui accompagnait Mlle Lenormand... blonde, jolie, aux manières aristocratiques, qui était-elle ?

— Julie de Swarte, probablement une émigrée amie de la pythie.

— Ne trouvez-vous pas étrange qu'une inconnue me recommande de rentrer à Paris alors que mes proches m'abandonnent ?

— Mais, madame, c'était louable de sa part. Elle nous a préservés de la panique qui nous avait tous saisis.

— Oui, peut-être... renseignez-vous tout de même, ne serait-ce que pour la remercier, j'aimerais savoir qui elle est et où la trouver.

— Bien, madame.

Tout à coup, les cris d'une dispute parvinrent aux deux femmes, qui frissonnèrent. Dans l'ambiance crépusculaire du palais aux mille ombres inquiétantes, l'imagination s'animait au moindre bruit. Trop nombreux étaient ceux qui avaient péri violemment entre ces murs pour ne pas s'y laisser gagner par l'inquiétude.

Mais les voix outragées qui s'approchaient étaient humaines et non d'outre-tombe. Débouchant en courant d'un couloir, une femme de chambre faillit bousculer Joséphine et sa confidente dans sa course.

— Madame ! Un visiteur insiste pour vous voir. Il devient menaçant...

— Un visiteur, à cette heure ? Il porte un uniforme ? s'inquiéta Joséphine.

— Non, madame, c'est M. Rouget de Lisle…

Surprise, Joséphine se tourna vers Mme de Kreny, dont les traits s'étaient figés, composant un masque de cire. Joséphine n'eut pas le temps de reprendre ses esprits, car l'importun avait surgi devant elles.

Rouget de Lisle, le visage et la mise défaits, s'avançait d'un pas énergique, poursuivi par une vieille mulâtresse qui agonissait l'intrus d'insultes en créole.

— Joséphine ! Vous voilà enfin, pardieu !

Il se tourna vers la mulâtresse.

— La paix, vieille folle !

Elle disparut en maugréant, accompagnée de la femme de chambre. Courroucée, Joséphine fusilla Rouget du regard. La richesse le rendait arrogant, mais cette fois il dépassait les bornes : oser venir faire un scandale aux Tuileries !

— Joséphine, nous avons un problème…

— En effet, Rouget, depuis quand vous imposez-vous de force chez moi ?

Le compositeur la dévisagea comme si elle venait de lui écraser le pied.

— Cessez vos simagrées de princesse, nous avons de plus gros soucis que votre orgueil offusqué !

— Je ne vous permets pas, insecte ! répliqua Joséphine en vibrant de colère. Vous me devez tout et vous auriez intérêt à ne pas l'oublier !

Les traits de Rouget de Lisle s'empourprèrent.

— Assez ! s'écria-t-il avec rage. Une femme a suivi votre idiote d'amie jusque chez moi et maintenant nous voilà tous démasqués !

Une pâleur de craie envahit le visage de Joséphine.

— Quoi ? Mais… Qui… ?

— Cette puterelle se prétendait au service de Talleyrand. Mon aide, Louis, a tenté d'en savoir plus, mais mal lui en a pris. Il en est mort.

— Ce n'est pas possible…

— Et s'il n'y avait que lui ! On dénombre trois cadavres

de plus ! Je ne sais qui a diligenté cette espionne, mais il a la mort au bout des doigts !

Manquant de défaillir, Joséphine se retint à Mme de Kreny, qui l'aida à s'asseoir avant de se tourner vers Rouget de Lisle.

— On sait qui elle est ?

— Oui, une certaine Julie de Swarte, elle se faisait passer pour une modiste.

Le peu de sang qui irriguait le visage de Joséphine le quitta pour de bon.

— Mon Dieu, elle nous surveille depuis le début… et dire que j'ai écouté ses conseils, s'écria-t-elle d'une voix paniquée. Ils vont venir nous tuer ! Nous devons partir d'ici !

— La paix, femme ! lança Rouget. Vous allez me dire d'où vous connaissez cette traîtresse !

Mme de Kreny prit les devants :

— Julie de Swarte est venue en compagnie de Mlle Lenormand hier matin, c'est elle qui nous a convaincues de revenir aux Tuileries. Elle a dû me suivre de la Malmaison jusque chez vous.

Le compositeur se tordit les mains. Quelqu'un de très déterminé voulait la peau de Joséphine – et la sienne au passage.

— Malheur, nous allons y laisser nos têtes…

Joséphine se mit à sangloter.

— Je suis sûr que c'est Lucien. Ce malveillant veut me détruire. Si Napoléon apprend que j'ai…

— Mais réfléchissez donc ! explosa Rouget. C'est toute la France qui sera informée de nos manœuvres et vous serez noyée dans un torrent de boue ! Et moi avec…

— Je crois que je vais me sentir mal…

Le compositeur la saisit par le bras.

— Ce n'est pas le moment ! Il n'y a qu'un moyen pour échapper au pire : il faut effacer toutes les preuves de notre collaboration.

— Je ne sais pas de quoi…

— Ne jouez pas les oies blanches, Joséphine. La correspondance sur nos affaires, donnez-la-moi ! Il faut faire disparaître les lettres dans lesquelles je vous demande d'intercéder en faveur de nos… *amis*. Toutes !

— Et qui nous dit que vous ne vous en servirez pas contre nous ? intervint Mme de Kreny sur un ton acerbe.

Rouget de Lisle prit très mal la remarque :

— Les lettres ! beugla-t-il. Je veux tout ! Sinon…

Il attrapa Mme de Kreny par les épaules et la plaqua contre le mur.

— Laissez-la ! s'écria aussitôt Joséphine, ébranlée par la brutalité du compositeur. Vous aurez ces lettres.

— Tout de suite !

— Elle va aller les chercher.

Rouget repoussa la confidente interloquée, qui faillit se retrouver les quatre fers en l'air.

— Obéis à ta maîtresse, idiote, si nous en sommes là c'est par ta faute.

Choquée, Mme de Kreny s'éloigna rapidement. Quelques minutes plus tard, tandis que Joséphine et Rouget patientaient dans un silence glacial, elle revint, pantelante, une cassette en ivoire entre les mains.

Rouget se leva et s'empara du coffret, l'ouvrit. Il était plein ; il vérifierait en détail plus tard. Et malheur à elles s'il manquait une lettre !

Il coula un dernier regard méprisant à Joséphine, qui, en larmes, examinait fixement son mouchoir.

— Je vous salue pour ne plus vous revoir, madame.

Et il tourna les talons, fuyant d'un pas rapide ce palais à la sinistre réputation où Joséphine ne manquerait pas de connaître une fin tragique si la mort de Bonaparte se confirmait. Mais cela n'était plus son affaire, il devait dorénavant se préoccuper de son seul sort. Trop nombreux étaient ceux qui seraient heureux de le voir disparaître sous le couperet de la guillotine ou au fond de la Seine.

La grille des Tuileries derrière lui, Rouget sentit un grand poids abandonner ses épaules. Il avait obtenu ce qu'il voulait. Les rues parisiennes baignées par la lumière du couchant l'apaisaient, et il se mit en route. Peut-être les choses tourneraient-elles en sa faveur...

Le premier coup l'atteignit à l'arrière du crâne, le projetant contre un mur. Suffoquant de douleur et de surprise, il ne vit pas venir le suivant, qui le cueillit à la mâchoire et lui fit goûter la saveur amère du pavé parisien.

Perçant les brumes de son inconscience, une voix féminine le ramena à la réalité, une voix qu'il ne reconnaissait que trop :

— Monsieur Rouget de Lisle, quelle joie ! Votre hospitalité m'a manqué, je tenais à vous remercier en personne.

Sur un signe de Julie, Balafre asséna un dernier coup sur la nuque du compositeur et tout ne fut plus que ténèbres.

37

Tout homme a un prix

Rive droite, 19 juin

La nuit était tombée sur Paris, recouvrant la ville encore chaude du soleil de la journée d'un voile de pesantes ténèbres. De retour de Neuilly, Armand arpentait d'un pas rapide les rues, dans lesquelles, malgré l'heure tardive, les citoyens étaient nombreux à se rassembler. La situation politique incertaine et les vagues de violence de l'impasse du Dragon et du Doyenné agitaient la population, qui s'agglutinait en groupes épars et bruyants.

Calvimont avait répandu la mort autour de lui et le peuple parisien, fidèle à son habitude, s'emparait de ses exploits pour s'exciter. Fouché doit être furieux, pensait-il, et bigrement occupé à surveiller tout départ d'émeute, qu'en bon ancien révolutionnaire il craint plus que tout.

C'était là une raison de ne pas lambiner, nombreux étaient ceux qui voulaient lui mettre la main dessus : des sbires du ministre de la Police aux mystérieux assassins du manoir Brunet, ce n'étaient pas les ennemis qui lui faisaient défaut. Armand accéléra le pas en direction de l'hôtel de Gontaud, où logeait ce fieffé Talleyrand.

Quelques minutes plus tard, il franchissait deux points de contrôle tenus par des vétérans qui gardaient la demeure du Boiteux avec zèle. Peut-être les conseils de prudence de l'aventurier portaient-ils enfin leurs fruits ? Annoncé auprès du maître des lieux, il patienta avant d'être reçu en s'interrogeant sur ce qu'il révélerait ou non à son vieux complice.

Après une trop longue attente au goût d'Armand, les portes s'ouvrirent pour révéler un confortable salon aux profonds fauteuils. Charles-Maurice de Talleyrand occupait l'un d'eux, un journal dans une main, du tabac à priser dans l'autre, et semblait le plus heureux des hommes.

— Armand ! Prenez place, vous allez avoir envie d'entendre ça…

Les sourcils de Calvimont se levèrent de curiosité. Il n'avait pas vu Talleyrand aussi guilleret depuis des lustres, retrouver sa protégée l'avait transfiguré. Il s'assit à côté de son hôte, qui désigna une boîte lambrissée sur une table.

— Du tabac ?

Armand lui offrit un sourire goguenard. Talleyrand lui faisait régulièrement le coup.

— J'oubliais ! s'écria le ministre. Vous m'avez jadis expliqué votre refus du tabac. Puant et affaiblissant l'homme, selon vos propres termes.

— Ce ne sont pas les péchés agréables qui manquent en ce bas monde, à quoi bon se mettre dans la bouche ou le nez des herbes séchées ?

Talleyrand se mit à rire. Armand s'impatientait :

— Sait-on ou non si Bonaparte est passé de vie à trépas ? demanda-t-il tout à trac.

— Suffit, Armand ! Jusqu'à nouvel ordre, le Premier consul gouverne encore, et parler ainsi peut vous causer des ennuis.

— Nous verrons bien… De quoi vouliez-vous m'entretenir ?

— De Lucien ! Cet imbécile a été assez fou pour s'enterrer dans la tombe que je lui ai creusée.

— Je constate que vous vous débarrassez promptement de la concurrence.

— Lisez cette petite merveille de Fouché au lieu de finasser…

Calvimont s'empara du journal que Talleyrand lui tendait.

— Augereau ? Lucien cherche le soutien du boucher de Vendée ? Allons, il n'est pas idiot à ce point…

— Il faut croire que si, de sagaces conseils de vieux amis ont dû aider…

— Voilà qui arrange bien vos affaires, dit Armand sur un ton sobre et neutre.

La réaction mesurée de son compère agaça le ministre, qui aurait souhaité un peu plus d'enthousiasme de la part de son champion devant ses propres succès. Ce qui eût été la moindre des choses, après avoir fait la réputation de ce mercenaire.

— La chute calculée de Lucien est une bénédiction que vous devriez apprécier à sa juste valeur, elle me met en position de tenir mes promesses à votre égard. Et vous apporte la vengeance que vous cherchez.

— Vengeance ? Lucien serait impliqué…

— Oui, j'ai toutes les raisons de croire qu'il est responsable de la machine infernale et peut-être donc de la mort de votre Charlotte.

Armand était stupéfait.

— Expliquez-vous, je vous prie.

— Comme vous le savez, j'ai rendu visite à Lucien au château du Plessis, où j'ai eu la surprise de découvrir des tonneaux de cahors dans les caves.

— Étonnant, je vous l'accorde, le cahors n'est qu'une honorable piquette. Mais quel rapport avec notre enquête ?

Un sourire étira les lèvres du ministre, qui scrutait le visage contracté de son comparse.

— J'ai conclu un accord avec Fouché, qui a apporté la pièce manquante de ce mystère. Ses sbires ont inspecté la machine infernale avec soin et déterminé que le tonneau était cadurcien.

— Une coïncidence troublante, mais qui ne suffit pas à démontrer que Lucien est coupable.

— Allons, Armand, l'homme cherche le soutien de l'armée pour s'emparer du pouvoir et accepte de faire alliance avec un monstre comme Augereau… Qui d'autre aurait les moyens et la motivation nécessaires pour faire fabriquer une machine infernale et fomenter un attentat spectaculaire, sinon un homme prêt à tout pour arriver à ses fins ?

Calvimont réfléchit à ces révélations. Malgré sa logique implacable, l'hypothèse du Boiteux ne l'avait pas entièrement convaincu.

— Tout cela fait sens, monsieur le ministre, bien qu'il me soit pénible de constater que ma cible est aussi… intouchable.

— Armand, laissez-moi agir. Votre vengeance se fera par mon intermédiaire et celui de notre nouvel ami Fouché. Nous nous assurerons que Lucien sera humilié, disgracié et voué définitivement à l'oubli.

— Maigre vengeance, ce n'était pas le dénouement que j'espérais.

— Je comprends votre déception, heureusement vous n'aurez pas le temps de la ruminer. Paris est une poudrière et je vais avoir besoin de vous. Mais d'abord, racontez-moi vos tribulations de la journée.

Armand se lança dans le récit de son expédition dans le village de Neuilly où l'avait conduit la piste d'une victime du manoir Brunet.

— Qu'avez-vous trouvé ?

Calvimont n'hésita qu'une fraction de seconde. Il jugeait prématuré de révéler au ministre la découverte du coffret.

— Rien qui vaille la peine, malheureusement, cette ancienne « petite maison » était vide, je l'ai fouillée de fond en comble.

Les deux hommes furent interrompus par l'irruption de Balafre. L'agent de Talleyrand entra dans la pièce de toute sa masse de lutteur. Son crâne chauve luisait et il arborait son éternel sourire de benêt souligné par sa cicatrice mais que démentait son regard vif.

— André ! Que nous vaut le plaisir d'une si soudaine intrusion ?

Sous l'œil inquisiteur de Talleyrand, Balafre esquissa une révérence qui aurait fait s'arracher les cheveux à un maître de cérémonie de la Cour.

— Mes excuses, monsieur le ministre, je viens au rapport... au sujet de Mlle de Swarte.

La bonhomie qu'affichait Talleyrand s'effaça d'un coup. Il se redressa dans son fauteuil et pointa un regard sévère sur un Balafre qui se faisait tout petit.

— Qu'a-t-elle encore fait ? Où est-elle ? Pourquoi ne la surveillez-vous pas ?

Se dandinant d'un pied sur l'autre, Balafre coula un regard incertain vers Calvimont, qui désigna un fauteuil.

— Asseyez-vous, l'ami, et dites-nous tout.

D'un signe de tête, il remercia Armand sous le regard inquiet du ministre.

— Eh bien, lorsque la jeune dame a quitté l'hôtel cette après-midi, je l'ai filée comme vous me l'avez demandé. Mais maintenant, elle sait que vous la faites suivre. Elle a réussi à m'échapper dans un dédale de rues que je pensais connaître, avant de surgir devant moi pour... Ma foi, disons-le, pour me tancer vertement de l'avoir suivie.

Calvimont éclata d'un rire franc tandis que Balafre contenait mal sa gêne et Talleyrand son mécontentement.

— Après m'avoir insulté de tous les noms et menacé d'à peu près autant, elle a exigé mon aide. Et le moins qu'on puisse dire, c'est que votre Julie, elle n'a pas froid aux yeux...

Le ministre, toujours tendu, se massa les tempes. Il fit signe à Balafre de poursuivre.

— La petite m'a embringué dans la recherche de Rouget de Lisle, à qui elle avait plus que deux mots à dire. Nous l'avons trouvé et filé jusqu'aux Tuileries, où il est resté un moment. Et quand il est sorti...

Balafre se tut et regarda ses souliers. Talleyrand prit une longue inspiration.

— Ne me dites pas que...

— Nous l'avons enlevé, monsieur. Il est entre les mains de Mlle de Swarte.

— Sacrebleu, elle est totalement inconsciente. Vos manières de brigand déteignent sur elle, Armand. Vous voyez l'influence désastreuse que vous exercez sur autrui ?

— Elle a de l'audace en plus d'avoir de l'esprit. De quoi vous plaignez-vous ?

Charles-Maurice secoua la tête.

— Vous étiez faits pour vous entendre. Mais puisque notre ami André, que vous surnommez si cruellement Balafre, n'a pas réussi à contrôler ma chère Julie, c'est vous qui allez vous en charger.

Calvimont se rembrunit. Encore une fois, Talleyrand lui donnait des ordres comme un suzerain. L'affaire du manoir Brunet était close. Armand ne lui devait plus rien.

— Les derniers jours ont été trop éprouvants pour que je me soucie des facéties de votre pupille.

— Vous plaisantez, j'espère. Julie s'emploie à démêler une affaire qui assurera notre position dans les jours à venir.

Sous le regard interrogateur d'Armand, Talleyrand désigna la porte à Balafre, qui s'empressa de s'éclipser.

— Julie enquête sur la provenance de la fortune de Joséphine, qui semble ne jamais manquer de fonds malgré ses dépenses excessives.

— Vous cherchez un moyen de pression pour agir sur la réputation de la femme du Premier consul ?

— Et sur celle de tous les Bonaparte. C'est pourquoi Julie ne doit pas se laisser emporter par sa soif de vengeance. Soyez son chaperon, vous serez récompensé au centuple.

— Vous vous laissez aller à des promesses, monsieur le ministre. Rien de plus illusoire dans la situation actuelle.

— Si fait, ma position est assurée quels que soient les troubles à venir et j'aurai bientôt les moyens de vous accorder tout ce dont vous pouvez rêver. N'avez-vous pas en votre Périgord un vieux castel qui vous est cher ? Une ruine qu'il conviendrait de relever ?

Une étincelle s'alluma dans les yeux de Calvimont, que Talleyrand ne manqua pas de remarquer avec satisfaction.

— Je saurai vous rappeler à votre promesse, monsieur le ministre.

Sur ces mots, l'aventurier se leva et rejoignit Balafre. Dans la cour de l'hôtel, Armand se dit que chaperonner une aussi belle enfant en échange d'un château n'était vraiment pas cher payer.

38

Les griffes de Némésis

Rive droite, 19 juin

D'un œil froid, Julie examinait la mansarde où elle détenait Rouget. Balafre l'avait louée pour deux heures à un concierge convaincu qu'il allait se livrer à une partie de débauche. Les deux pièces au mobilier misérable, éclairées par de rares chandelles, n'avaient rien à envier au galetas miteux où elle était emprisonnée le matin même.

Les cartes avaient changé de main et c'est elle qui contemplait à présent le visage effrayé de celui qui l'avait condamnée à mourir enfermée vivante dans un sarcophage.

Rouget de Lisle, solidement ligoté à une chaise, occupait le centre de la pièce, un bandeau sur les yeux. Julie lui tournait autour, tel un fauve affamé. Stupéfait, ahuri, le compositeur tremblait en respirant bruyamment. Julie attendait le retour de Balafre, qui avait demandé à s'absenter pour une course urgente et rapide. Il tardait.

À bout de patience, Julie décida de commencer seule l'interrogatoire de son prisonnier. Elle gifla violemment le compositeur, qui se mit à hurler.

— Monsieur ! Je souhaitais vous faire goûter la même hospitalité que celle que vous m'avez si généreusement accordée…

Elle arracha le bandeau de ses yeux.

— C'est bien vous ! La fausse modiste ! s'écria Rouget.

Deux gifles lui répondirent. Les yeux écarquillés, l'homme dévisageait avec terreur la furie blonde devant lui qui le dominait. La lueur vacillante des chandelles jetait sur le visage de sa tortionnaire des ombres inquiétantes.

— Vous comprenez vite. Celle-là même que vous avez confiée aux bons soins de Louis.

— Madame, tout cela est un affreux malentendu, nous pouvons nous entendre... J'ai de l'argent !

Deux nouvelles claques firent valser la tête du prisonnier.

— Lorsque j'en aurai fini avec vous, vous m'offrirez bien plus que de l'argent.

Julie sortit des plis de sa robe une paire de ciseaux qu'elle mit sous le nez de Rouget, lequel pâlit instantanément. Sans se presser, elle entreprit de découper les vêtements du compositeur qui, paralysé, observait le trajet inexorable des ciseaux. Alors qu'il était déjà presque à moitié dénudé, Julie s'arrêta pour planter son regard dans celui de sa victime effarée, à laquelle elle offrit un sourire.

— Savez-vous ce qu'est un knout, monsieur ? Louis en avait un, mais il n'a pas eu le temps de s'en servir...

À ces mots, Rouget crut défaillir, mais Julie lui asséna une nouvelle paire de claques rageuses. Pâle de colère, la jeune femme lui enfonça les pointes de ses ciseaux dans les narines.

— Essayez encore de vous évanouir et je m'attaque à vos extrémités.

En finissant de dénuder son prisonnier, Julie tomba sur une cassette en ivoire dissimulée dans les replis des vêtements.

— Tiens, tiens, qu'est-ce que cela ?

Elle ouvrit le coffret, dont elle examina avec intérêt le contenu : des lettres de Rouget à Joséphine et d'autres documents, plus compromettants les uns que les autres. Elle qui se préparait à faire subir mille tourments au compositeur pour en tirer quelque chose, voilà que cela lui était servi sur un plateau d'argent. Elle en était presque déçue.

— Ce sont ces lettres qui vous ont attiré aux Tuileries ?

— Je vous en prie, je suis sûr que nous pouvons trouver un arrangement... Je ne pouvais pas imaginer que Louis vous ferait du mal... Il devait seulement vous intimider.

Julie eut un sourire mauvais.

— Vous allez constater que, pour ma part, je ne me contente pas de menaces.

Elle brandit une liasse de feuilles sous le nez du compositeur.

— Et pour cela, j'ai ici tout ce qu'il me faut pour étaler au grand jour les preuves de votre corruption et celle de Joséphine. Ah, il est beau, l'auteur de « La Marseillaise », un rapace qui profite de la femme du Premier consul pour piocher dans les caisses de l'État ! Qu'est-ce que vous comptiez faire de ces lettres ? Les brûler ?

— C'est Joséphine... Elle a tout le temps besoin d'argent... Je lui trouvais des clients, c'est tout... Je suis une victime...

— Ne me prenez pas pour une imbécile.

— Mais je ne...

Un soufflet partit, imprimant une nouvelle marque rouge sur le visage cireux du compositeur.

Elle avait la main levée quand deux coups secs furent frappés à la porte, signalant le retour de Balafre, qui allait pouvoir se salir les mains à sa place.

— Enfin, cela vous en a pris, du temps...

Elle se tut, bouche bée. À la place du sbire, c'était Armand de Calvimont qui entrait dans la pièce.

— Je vous vois dépitée et j'en suis désolé, déclara-t-il avec un sourire goguenard.

— J'aurais dû me douter que ce soudard filerait la queue entre les jambes auprès de Charles-Maurice, répondit Julie en faisant la moue.

— Rouget de Lisle, je suppose, dit Armand en désignant

du menton le prisonnier ligoté et à moitié nu. Balafre est en bas et assure nos arrières. Puis-je me joindre à la fête ?

Julie montra la cassette en ivoire.

— J'ai découvert toute une correspondance sur de juteuses affaires et de grasses combines autour des marchés de fournitures aux armées. Tout un système de corruption monté par ce pourceau et la Créole.

— J'ai trop rarement l'occasion de frapper du bourgeois cupide, je vous laisse les questions et je m'occupe du reste...

Armand ôta sa veste et remonta ses manches de chemise sous l'œil angoissé du compositeur, qui se demandait qui était ce nouveau venu et ce qu'il lui voulait.

— Monsieur, je vous en supplie, cette femme est possédée, elle veut me...

Les premiers coups s'abattirent sans préavis, Armand visant avec précision le torse du compositeur afin de provoquer le maximum de douleur sans abîmer la physionomie. C'était une technique qu'il avait apprise auprès de ses amis russes, experts en méthodes pour briser la résistance de leurs prisonniers sans toucher au visage ou aux extrémités. Ce qui permettait de conserver les apparences lorsque venaient le temps du procès et celui de l'exécution.

Les glapissements de Rouget de Lisle, plus proches de l'animal que de l'humain, se muèrent en gémissements implorants auxquels Armand resta sourd. Il n'était pas encore à point.

Plusieurs côtes fêlées plus tard, Calvimont s'arrêta et, ruisselant de sueur, alla s'asseoir dans un coin de la pièce. À présent, son travail au corps allait porter ses fruits.

Julie observait Armand, qui soulageait ses phalanges endolories dans une cuvette d'eau. Elle ne savait si elle devait être impressionnée ou effrayée par la séance de torture à laquelle elle venait d'assister. L'aventurier avait martelé le responsable de ses malheurs avec un détachement méthodique trop froid pour être humain. Étrange personnage, se dit-elle, mais qui semblait connaître son affaire. Rouget paraissait totalement vaincu. Elle s'approcha du compositeur, qu'elle sortit de sa stupeur en le secouant.

— L'argent, comment et sous quelle forme le faites-vous parvenir à Joséphine ?

— Je... je... S'il vous plaît, plus de coups.

— Répondez-moi et il ne vous touchera pas.

— Mme de Kreny, c'est elle qui vient le chercher... De l'or, Joséphine veut des pièces d'or.

La mention des pièces rappela à Julie l'étrange monnaie d'or, ce florin qu'elle avait trouvé dans la bourse que Joséphine avait offerte à Mlle Lenormand. Le numismate qui l'avait authentifié avait été si effrayé qu'il l'avait chassée de chez lui en la suppliant d'oublier jusqu'à son existence. La pièce venait-elle du trafic de Joséphine et Rouget ?

— Et l'or, d'où provient-il ?

— Comment pourrais-je le savoir ?... Je prends ce qu'on me donne... Et je ne pose jamais de questions.

Julie ne le croyait pas. Cet individu était du genre à plonger ses mains moites dans l'or comme d'autres caressent une femme.

Julie sortit le florin de son sein et le plaça sous les yeux de Rouget.

— Et cette pièce qui vient de chez Joséphine ? Tu l'as déjà vue ? Tu la reconnais ?

Le compositeur hagard regardait la pièce sans comprendre. Julie soupira et fit signe à Calvimont.

— Armand, à vous...

Rouget n'entendit pas la suite. Sa tête bascula en avant. Il s'était évanoui. Julie l'empoigna par les cheveux.

— Pas la peine, il ne sait rien ! déclara Armand.

— Comment pouvez-vous en être sûr ?

— C'est la peur qui lui a fait perdre conscience. La peur de ne pas savoir quoi vous répondre.

Julie frappa du pied sur le plancher.

— Je ne saurai jamais d'où vient cette maudite pièce !

— Si…

Armand fouilla dans son gousset et un reflet jaune apparut entre ses doigts.

— … parce que j'ai la même.

39

La forge d'une nouvelle ère

Quai Malaquais, 19 juin

Fouché avait posé le lourd registre sur son bureau. Quand il avait été nommé ministre de la Police, à la fin du Directoire, ses sbires avaient fait main basse sur les registres d'écrou de toutes les prisons de Paris. Une mine d'informations dont il avait fait dresser un inventaire nominal. Tous ceux qui avaient été incarcérés sous la Terreur avaient leur fiche au ministère et Fouché ne se privait pas de la ressortir à bon escient. Nombre de ses visiteurs en avaient fait la surprenante, et souvent amère, expérience.

Le ministre ouvrit le registre de la prison de la Force au mois de mai 1794. Pourquoi Talleyrand s'intéressait-il au relevé des sorties de cet établissement en particulier ? D'autant qu'à cette période – quelques semaines avant la chute de Robespierre – on incarcérait bien plus qu'on ne libérait. D'ailleurs le registre ne conservait la trace que de deux sorties. L'une en date du 17, un certain Pérégrin, ferblantier de son état et qui avait été transféré dans une maison de santé. Une note précisait qu'il était mort deux semaines plus tard. Peu probable qu'un marchand de casseroles ait attiré l'attention du Boiteux. L'autre sortie avait eu lieu le 23, une jeune fille, Hermine de Warets. Elle avait quitté la Force sans que sa destination soit indiquée. Fouché réfléchit. Si cette Hermine avait été conduite dans une autre prison, le concierge l'aurait mentionné. Il avait seulement noté un nom dans la marge : *Dubois*.

Fouché considéra le registre. Il pouvait s'agir d'une évasion, avec un faux ordre de sortie, auquel cas ce Dubois était évidemment un complice agissant sous pseudonyme, ou alors d'une manœuvre du Comité de salut public, dont ledit Dubois était un exécutant. Dans les deux cas, il y avait anguille sous roche.

Le ministre sonna et un huissier entra.

— Faites faire une copie du registre des sorties de la prison de la Force pour le mois de mai 1794 et transmettez-la sur-le-champ au ministre des Relations extérieures.

Fouché ferma le dossier. Ce mystère l'intriguait, mais aujourd'hui il n'avait pas le temps de s'en préoccuper.

— Faites mander Turot, Villiers et Desmarets. À l'instant.

Les trois âmes damnées se tenaient debout devant le bureau du ministre.

— Villiers, a-t-on des nouvelles d'Italie ?

— Aucune, monsieur, mais depuis ce matin la rente baisse.

Fouché saisit l'allusion. Si la Bourse commençait de fléchir, c'est que les financiers anticipaient de mauvaises nouvelles. Désormais, chaque heure allait compter.

— Messieurs, vous connaissez la situation politique. Si le Premier consul est mort, nous entrerons dans une période d'instabilité majeure. Les jacobins se réveilleront, les royalistes s'agiteront, la guerre des factions ensanglantera la France à nouveau. Sans compter l'armée, qui lorgnerait volontiers les rênes du pouvoir.

— Le plus à craindre est Augereau, il est à Paris en ce moment…

Fouché fit un geste du tranchant de la main.

— Considérez le cas Augereau comme réglé.

— Et Lucien, s'alarma Turot, il pourrait rameuter les républicains et…

— Le cas Lucien ne se pose plus. Il ne reste que deux autorités : le Sénat et moi.

Ses collaborateurs regardèrent Fouché comme s'il était le messie. Ce diable d'homme avait donc tout prévu ?

— Messieurs, dans les heures qui viennent, Talleyrand va prendre, avec mon soutien, le contrôle du Sénat. Pour cela, le Boiteux a besoin d'argent, que nous allons lui fournir.

Fouché se tourna vers Desmarets.

— Vous ferez porter au domicile personnel du ministre des Relations extérieures la somme hebdomadaire que nous percevons sur la recette des cercles de jeu. Vous ne demanderez pas de reçu. Bien sûr.

Un éclat de rire lui répondit. Tout le monde connaissait la vénalité légendaire du Boiteux.

— Qu'attendez-vous du Sénat, monsieur ? demanda Villiers.

— Un vote qui détermine deux consuls pour diriger le pays. Talleyrand et moi.

— Une prise de pouvoir légale, approuva Turot, mais qui risque de provoquer des remous. Il ne faudrait pas que les faubourgs s'agitent.

Chacun avait en mémoire les insurrections nées dans les quartiers populaires qui avaient ensanglanté toute la période de la Révolution.

— Voilà pourquoi nous devons procéder à des arrestations préventives dès maintenant. Villiers, vous établirez une liste de jacobins à interpeller en priorité.

— Considérez qu'elle est prête, monsieur. Puis-je vous suggérer d'y ajouter quelques agitateurs royalistes notoires afin que l'on ne vous accuse pas de partialité ?

Fouché approuva de la tête.

— Une fois arrêtés, ne regroupez pas les détenus dans une même prison, mais dispersez-les et placez-les avec des criminels de droit commun. Ils deviendront invisibles.

— Ce sera fait, monsieur, mais puis-je revenir sur le vote du Sénat ? Vous faites vraiment confiance au Boiteux ? Rien ne nous dit qu'en ce moment même il ne négocie pas avec quelqu'un d'autre...

— Sans la police, Talleyrand ne peut rien.

— Alors pourquoi ne pas s'en passer ? insista Desmarets. Nous pouvons facilement mouiller Talleyrand dans une conspiration. Un aristocrate, qui plus est évêque défroqué...

— Non, car les sénateurs prendraient peur. C'est l'erreur qu'a faite Robespierre à la Convention et qui lui a coûté sa tête. Et nous avons besoin de Talleyrand pour rassurer les puissances étrangères. La guerre n'a que trop duré. Il nous faut la paix en Europe pour asseoir notre pouvoir en France.

— Et vous comptez sur le Boiteux pour négocier ?

— Pendant qu'il cherchera un compromis avec Vienne et Londres, il ne s'occupera pas des affaires intérieures. Nous aurons les mains libres.

Un silence respectueux suivit les paroles de Fouché.

— Nous en profiterons pour renvoyer dans ses foyers le gros des troupes, reprit le ministre, un geste que le peuple appréciera. Et qui permettra de réduire l'influence de l'armée.

Tous approuvèrent. Le ministre se tourna vers Turot.

— Je veux que vous prépariez la proclamation qui annoncera au pays la mort de Bonaparte et l'avènement du nouveau régime.

— Vous aurez un texte dans deux heures.

— Elle sera placardée dans les rues de Paris et envoyée en nombre dans chaque département le moment venu. Assurez-vous de la faire imprimer en toute discrétion.

Turot fit la grimace. Sa mission s'annonçait difficile.

— Rien que pour Paris, il faudra des milliers d'affiches, ce qui signifie la mobilisation de dizaines d'ouvriers. Il sera impossible de garder le secret. Sans compter que si Bonaparte n'est pas mort...

Les trois hommes échangèrent un regard. Si le Premier consul revenait, il serait rapidement informé. Et tous les présents seraient bons pour la cour martiale et le peloton d'exécution.

— Comment garantir notre sécurité si Bonaparte revient d'Italie ? s'enquit Villiers après une seconde d'hésitation.

Fouché contempla un instant le buste du Premier consul posé sur la cheminée, puis il sortit un dossier d'un tiroir.

— Voici la liste des imprimeurs de Paris. La croix rouge signale ceux qui publient des livres clandestins. Libelles royalistes, littérature érotique... Ce sont eux qui vont imprimer la déclaration. Entre la prison et travailler pour nous, leur choix sera vite fait.

Turot s'inclina. Décidément, le patron avait tout prévu.

— Quant à Bonaparte, poursuivit Fouché dont l'œil s'était allumé, s'il revient, c'est moi qui l'informerai d'un complot contre lui. Un complot venant du Sénat, mené par son ministre des Relations extérieures...

— Mais il voudra des preuves ! s'exclama Villiers.

— Il les aura.

Le ministre dévisagea chacun de ses interlocuteurs.

— Il y a une question qu'aucun de vous ne s'est encore posée. Il ne s'agit pas seulement d'imprimer clandestinement des milliers de proclamations, il faut aussi les remiser avant de les placarder.

— Ce qui nécessite un endroit sûr, commenta Desmarets.

— D'où on peut entrer et sortir sans attirer l'attention, ajouta Turot.

— Et qui surtout n'a aucun lien avec le ministère, conclut Villiers, toujours méfiant.

Fouché sortit un dossier plus mince que le précédent.

— Au mois de janvier dernier, notre ami le Boiteux a acheté l'hôtel de Gontaud, rue d'Anjou, dans le quartier Saint-Honoré. Il y héberge sa mère et... sa maîtresse.

— Un lieu intime, mais que nous avons déjà infiltré, annonça Desmarets, sauf que le Boiteux y reçoit nombre de visiteurs. Nous ne pourrons jamais y cacher les proclamations.

Le ministre de la Police ouvrit son dossier.

— Talleyrand n'a pas acheté que l'hôtel de Gontaud. Il

est aussi en négociation pour acquérir cinq terrains adjacents entre la rue d'Anjou et la rue d'Astorg[1].

Fouché déplia un plan cadastral de Paris.

— Et sur l'un d'eux, le terrain Suchet, au milieu d'un jardin retourné à l'état sauvage, se trouve un ancien cellier souterrain.

Villiers, Turot et Desmarets observèrent un rectangle gris sur lequel venait de se poser le doigt effilé du ministre.

— Un cellier abandonné qui offre toutes les garanties de discrétion.

Fouché se leva.

— Turot, quand les affiches seront prêtes, vous les entreposerez dans cette cache que vous ferez surveiller jour et nuit.

— Entendu, monsieur le ministre.

En souriant, Fouché observa à nouveau le buste du Premier consul qui trônait sur le rebord de la cheminée.

— Et si Bonaparte a la mauvaise idée de survivre à l'Italie, je me ferai un plaisir de découvrir les preuves du complot de Talleyrand...

Il montra le plan.

— ... en fouillant sous ses fenêtres.

---

1. Talleyrand achètera en 1802 l'ensemble de ces terrains pour la somme de cent cinquante mille francs.

40

La fièvre de l'or

Rive droite, 19 juin

À la vue de la deuxième pièce de monnaie, Julie ne montra rien de sa stupeur. Sa méfiance se réveilla : à la vérité, elle ne savait rien de cet aventurier sulfureux que Talleyrand employait pour ses basses œuvres. Il avait le don de toujours être là au moment opportun, et cela suffisait pour s'en méfier. Elle recula d'un pas et resserra sa prise sur ses ciseaux. Après tout, pas plus tard que ce midi, un autre vieux compagnon de Talleyrand s'était révélé être un traître...

Du coin de l'œil, Armand perçut le manège de la jolie blonde et comme preuve de sa bonne foi lui lança sa pièce d'or, qu'elle attrapa au vol. Tout en restant sur ses gardes, elle examina le florin. Il était en tout point identique au sien, tout aussi usé et mal fondu.

— Vous me devez une explication, mercenaire.

— Et vous donc ! La mienne, je l'ai dénichée au cours de mon enquête sur une autre affaire, qui semble avoir une connexion avec la vôtre. D'où tenez-vous cette pièce ?

— C'est la grande question. Je m'échine depuis deux jours à comprendre d'où elle provient, mais je pense que notre ami ici présent peut nous fournir la réponse.

Rouget de Lisle, qui avait suivi la conversation, manifestement dépassé, tenta vainement un mouvement de recul quand Armand s'approcha de la chaise.

— De telles coïncidences n'existent pas. Monsieur, éclairez-nous, je vous prie.

— Quoi ? Mais ? Je ne vous suis pas...

Armand soupira avant de décocher un coup de poing qui fit éclater le nez de Rouget, maculant de sang son visage tuméfié. Les narines encombrées de sang, le compositeur s'étouffait mais deux soufflets salvateurs lui dégagèrent les conduits. Julie s'approcha de lui, une pièce d'or dans chaque main.

— Les florins, Rouget ! D'où viennent-ils ?

— S'il vous plaît ! Arrêtez ! Je n'en peux plus !

— Les pièces ! Parle !

— Pey... Peyronnet, l'un de nos... partenaires. Il paye avec ces pièces étranges... Un legs de famille...

Sourcils froncés, Armand s'avança d'un pas vers la chaise où était ficelé le compositeur terrorisé et tremblant.

— Peyronnet ? Alexandre Peyronnet ?

— Oui ! Oui ! Ne me frappez plus ! Je vous dirai où le trouver !

— Nul besoin, il est à la morgue...

Rouget s'évanouit pour de bon, perdant le contrôle de sa vessie. Le fumet âcre de l'urine chaude se répandit dans la pièce et un Calvimont pensif alla ouvrir la lucarne de la mansarde. Julie, quant à elle, essayait de contenir sa colère et son impatience.

— Monsieur ! lança-t-elle à Armand. Vous savez quelque chose sur ces pièces, expliquez-vous si vous ne voulez pas vous faire une ennemie de plus...

L'aventurier se mit à rire.

— Je tremble rien qu'à cette idée, chère Julie. Je vais tout vous dire, mais occupons-nous d'abord de cette épave.

Julie le foudroya du regard avant de piquer la pointe de ses ciseaux dans le gras de l'épaule de Rouget.

— Il ne m'a pas l'air de simuler. Cet individu sent

mauvais, de l'âme comme du corps, vous ne l'avez pas soulagé que de sa conscience...

Calvimont gloussa avant de sortir son coutelas pour trancher les liens du prisonnier, qui glissa jusqu'au sol sans reprendre connaissance. Surprise, Julie pointa ses ciseaux sur l'aventurier.

— Que faites-vous là ? Je n'en ai pas fini avec lui.

— Pourquoi croyez-vous que Talleyrand m'a envoyé vous épauler ? Il veut Rouget vivant, Dieu sait pourquoi, d'ailleurs. Votre vengeance devra attendre.

Armand donna un léger coup de pied dans les côtes fêlées de Rouget, qui reprit conscience en gémissant, barbouillé de sang et d'urine, dans les ombres de la pièce mal éclairée.

— Levez-vous ! Tout de suite !

Le compositeur se dressa sur ses pieds en vacillant.

— Dieu vous offre une nouvelle chance, compositeur ; oubliez tout ce que vous avez entendu et quittez Paris sur-le-champ, sans quoi je vous retrouverai.

— Mais...

Le coutelas de Calvimont se posa sur la gorge de l'homme.

— Si par malheur je vous croise un jour, pourceau, ce sera votre dernière heure.

— Merci ! Merci ! Vous ne me reverrez plus, je vous le jure !

Armand retira la lame, et le compositeur détala de toute la vitesse que lui permettait son corps endolori. On l'entendit qui titubait avec fracas dans l'escalier au risque de se rompre le cou. Calvimont ferma la porte et se retourna pour affronter la jeune femme, dont les yeux lançaient des éclairs.

— J'attends toujours vos explications, dit-elle sur un ton cinglant, les bras croisés.

Armand soupira et hocha la tête.

— Tout a commencé par l'attaque du manoir Brunet.

Julie ouvrit de grands yeux.

— Quoi ? Les meurtres de la bande du Dragon ? Que me chantez-vous là ?

— Je vois que Talleyrand n'a pas pris le temps de tout vous expliquer ; la bande du Dragon est une invention de Fouché pour leurrer la populace avide de sensations. Le manoir a été investi par des tueurs qui ont torturé ses occupants afin de s'emparer de quelque chose. Je les ai interrompus...

— Par Dieu, mais vous êtes de tous les mauvais coups, monsieur !

— Ça, je vous l'accorde, mais c'est à mon corps défendant... répondit-il en haussant les épaules. Je vous fais grâce des péripéties aux côtés de La Gaîté pour en venir à l'origine de cette pièce peu commune...

Armand lui raconta son expédition à Neuilly sur les traces d'un supplicié du manoir Brunet, le fameux Peyronnet en affaire avec Rouget, chez qui il avait déniché une cassette contenant ce florin qui l'avait intrigué.

— Cet Alexandre Peyronnet est un ancien policier jacobin au service du Comité de salut public qui s'est étrangement enrichi à la chute de Robespierre. Intéressant, non ?

La défiance avait à présent tout à fait disparu dans l'attitude de Julie.

— Ce Peyronnet est au centre du mystère, l'attaque du manoir Brunet devait le viser, le massacre permettant de brouiller les pistes...

— Tout semble l'indiquer. Son passé jacobin, le fait qu'il ait sauvé sa tête, son enrichissement soudain, ses étranges florins... Que savez-vous sur ces pièces ?

— J'ai consulté un numismate qui a eu une réaction des plus étranges. Il a pris peur, pire que ça, il était terrifié et m'a fichue dehors en me conseillant de me débarrasser de la pièce. Il en sait long, c'est certain.

L'un et l'autre restèrent pensifs un instant, assemblant les morceaux de cet imbroglio sans queue ni tête.

Julie secoua la tête.

— Je ne sais quelle énigme se cache derrière tout cela,

mais j'en viendrai à bout avec votre concours. Désormais, nous faisons équipe.

Un discret sourire aux lèvres, Calvimont réfléchit en observant la jeune femme au regard ardent qui, dans la lumière vacillante des chandelles, ne lui avait jamais paru si belle et désirable.

— Entendu, marchons de conserve. Apportez les lettres au Boiteux et tirez-en une récompense, mais pas un mot sur les pièces, à la mention de l'or notre ami a tendance à reconsidérer ses fidélités.

Ils échangèrent un sourire de connivence qui scella leur accord.

41

Un coup d'État à cheval

Rive gauche, 20 juin

Le fiacre de louage roulait lentement le long de la Seine en direction de l'Institut. À l'intérieur, Talleyrand consulta sa montre de gousset. Encore une poignée de minutes et il rejoindrait son rendez-vous matinal devant l'ancien palais Mazarin. Le sénateur Monge avait accepté sans rechigner son invitation à le rencontrer discrètement. La révélation de la rencontre entre Lucien et Augereau, publiée la veille, y était pour beaucoup. Tous les soutiens de la famille Bonaparte au Sénat étaient désorientés, ne sachant comment réagir au revirement prévisible de l'opinion publique sur leur chef. Il leur fallait une nouvelle direction et Talleyrand comptait bien leur servir de boussole. Le fiacre ralentit, la porte s'ouvrit et Monge monta.

— Monsieur le sénateur, le salua Charles-Maurice tandis que la voiture s'ébranlait.

Monge hocha la tête prudemment. Certes, il avait accepté de rencontrer Talleyrand, mais il s'en méfiait comme de la peste.

— Que pensez-vous de la situation politique, cher ami ?

Monge se pinça le nez qu'il avait proéminent. Signe chez lui d'un profond embarras. Ce mathématicien d'exception avait toujours été plus à l'aise avec les chiffres qu'avec ses contemporains.

— Vous connaissez ma fidélité au Premier consul, elle est indéfectible.

— Il est vrai que vous l'avez accompagné en Égypte, rappela Charles-Maurice, mais vous savez aussi que le bruit de sa mort se fait de plus en plus insistant...

Monge secoua la tête. Homme de science et de raison, il n'avait pas l'habitude de construire sa réflexion sur des rumeurs.

— J'ai toujours été de parole. Mon amitié est engagée auprès de Bonaparte et il n'est pas question pour moi de la mettre en question.

— Aviez-vous cette loyauté envers Robespierre, lorsque vous siégiez avec lui au Comité de salut public ? s'enquit Talleyrand non sans perfidie.

Le nez de Monge rougit violemment.

— Je ne me suis occupé que de questions d'organisation. Je n'ai jamais signé le moindre ordre d'arrestation !

— Je vous crois, cher ami, mais vous savez combien l'opinion publique peut être redoutable. Voyez ce pauvre Lucien, une simple rencontre avec Augereau et le voilà tombé de son piédestal. Quant au Premier consul, il vacille. Et Joséphine ne va pas l'aider.

— Pourquoi me parlez-vous de la Créole ? demanda Monge.

— Parce qu'elle va être éclaboussée par un scandale d'argent qui va rejaillir sur toute la famille Bonaparte. Tenez...

Talleyrand lui tendit les lettres échangées avec Rouget que lui avait remises Julie. Le mathématicien les feuilleta rapidement avant de les lui rendre avec dégoût.

— C'est indigne !

— La vérité n'est jamais indigne, mais en politique elle est mortelle. Si cette correspondance est dévoilée, les Bonaparte sont finis, et avec eux tous ceux qui prendraient le risque insensé de les soutenir.

Monge semblait soudain accablé.

— Ni vous ni moi ne souhaitons revoir les jacobins au pouvoir, insista Charles-Maurice. Et encore moins les Bourbons. Enfin, je parle surtout pour vous, car je n'ai pas voté la mort du roi.

Le visage du mathématicien devint aussi écarlate que son nez. Non seulement il avait voté la mort de Louis XVI, mais il avait cosigné son ordre d'exécution.

— Que voulez-vous ?

— Votre amitié et votre influence pour que la France demeure une république protectrice de tous les citoyens.

— Sous quelle forme ?

— La même qu'aujourd'hui. Mais au lieu de trois il n'y aura que deux consuls.

— Qui ?

— Fouché et moi.

— Vous me demandez de choisir le diable !

Charles-Maurice sourit.

— Un diable à deux têtes, mais qui vous garantit que la vôtre restera sur vos épaules.

Monge accusa le coup. Si la République s'effondrait, minée par des dissensions internes, les royalistes en embuscade s'empareraient du pouvoir. Et pour ceux qui avaient le sang de Louis XVI sur les mains, il n'y aurait comme alternative que l'exil ou la guillotine.

— Puis-je compter sur votre voix et celles de vos amis si, par malheur, la mort du Premier consul se confirmait ?

Défait, le mathématicien lui tendit la main avec réticence.

— Vous avez ma parole.

Le fiacre continuait son chemin le long des quais. Talleyrand faisait ses calculs. Entre ses amis et ceux de Monge, il frôlait la majorité au Sénat. Il suffirait de débaucher deux ou trois sénateurs… mais il s'y refusait. Ce n'est pas ainsi qu'il concevait la politique. Il devait réunir un nombre suffisant d'alliés pour attirer les indécis et obtenir l'unanimité. Il fallait que le Sénat présente un front déterminé et sans fissures. Et pour cela il avait besoin de Sieyès.

Le fiacre ralentit pour tourner dans la vieille rue de Buci qui menait à Saint-Germain. Talleyrand avait toujours souverainement méprisé Sieyès. Il le jugeait creux comme un tambour et empli du son de son propre vide. Il s'écoutait en permanence et n'entendait personne. Se croyant indispensable et passant son temps à tenter de le faire croire, Sieyès avait réussi à s'entourer d'un cénacle de sénateurs pour lesquels il était un prophète les guidant dans le désert. Si Bonaparte disparaissait, nul doute que le sénateur Sieyès voudrait passer du rôle de Moïse à celui du roi Salomon.

— Monsieur ?

Le cocher tapait contre la portière. Le ministre glissa un regard discret par la vitre. Une silhouette épaisse se matérialisa et Sieyès monta dans le fiacre en faisant gémir les ressorts.

— Talleyrand, je suis bien aise de vous voir. J'ai à vous parler.

Charles-Maurice retint un ricanement. C'était lui qui avait convoqué le sénateur.

— L'heure est grave et l'avenir incertain...

Talleyrand détestait les phrases grandiloquentes, mais avec Sieyès impossible d'y échapper.

— C'est pourquoi il nous faut un homme d'exception, au caractère d'acier, au cœur trempé de bronze, pour mener le char de l'État !

— Et où trouver pareil spécimen ?

Sieyès parut surpris de la question.

— Enfin, cher ami, il n'y a que moi ! C'est ce que m'ordonne ma conscience et me conseillent mes amis, qui me pressent de me dévouer pour sauver le pays !

— Le sacrifice de votre personne, cela est généreux.

— J'y suis prêt ! répliqua Sieyès avec emphase.

— Et qui affrontera les jacobins quand ils se soulèveront ?

Le sénateur se rembrunit.

— Des rumeurs, voyons !

— Quand le peuple en armes se présentera devant le Sénat, il parlera avec des fusils, puis il actionnera le couperet de la guillotine. Vous saurez alors ce que signifie le mot « sacrifice ».

Sieyès frémit.

— En cas d'émeute, je ferai appel à l'armée...

— Autant vous en remettre à vos meilleurs ennemis. Les généraux se feront une joie de vous arrêter. Vous finirez fusillé dans un fossé de Vincennes.

— Vous cherchez à m'effrayer ! J'ai compris ! Vous voulez le pouvoir pour vous-même !

— Si je voulais le pouvoir, je n'aurais qu'à vous laisser faire, vous seriez aussitôt balayé dans le sang et la place serait libre. Je n'aurais qu'à me baisser...

Talleyrand frappa contre la vitre et le cocher ralentit la course des chevaux.

— C'est d'ailleurs ce que je vais faire. Vous laisser creuser votre propre tombe.

Sieyès lui saisit le poignet. Il avait la main grasse et moite.

— Que voulez-vous ?

— Votre amitié et votre influence pour que la France demeure une république.

— Et maintenir le consulat ?

— Oui, sauf qu'au lieu de trois il n'y aura que deux consuls.

— Qui ?

— Fouché et moi.

— Jamais ! s'écria le sénateur. Il a trop de sang sur les mains !

— Il contrôle les jacobins, ce qui évitera au vôtre de couler ! Mais je comprends vos scrupules et j'ai un moyen de les adoucir. Aussitôt le nouveau consulat voté, vous serez nommé président du Sénat...

Sieyès se rengorgea. Parfait ! L'attelage formé par Fouché et Talleyrand ne durerait pas longtemps. S'il fallait s'y mettre à plusieurs pour prendre le pouvoir, un seul pouvait l'exercer. Les deux démons ne tarderaient pas à s'entre-tuer. Et le nouveau président du Sénat allait les y aider.

— Il faut que je consulte mon entourage.

— Je reconnais là le vrai démocrate.

Le fiacre s'arrêta. Sieyès descendit. Talleyrand savait qu'il accepterait. À la tête du Sénat, Sieyès était convaincu qu'il saurait tirer son épingle du jeu au gré des événements, sauf qu'il se trompait : il n'en aurait pas le temps.

— Cocher, rue d'Anjou.

Charles-Maurice ferma les yeux et sourit. Il n'avait même pas eu besoin de corrompre cet imbécile. Une simple promesse avait suffi. Il n'avait pas dépensé l'or que le ministre de la Police lui avait fait parvenir. Mais ça, personne n'avait à le savoir. Surtout pas Fouché.

42

Les princes de l'énigme

Rue de Beaune, 20 juin

Armand tapota le rebord de cuivre de sa baignoire. La vapeur s'élevait en volutes translucides qui fuyaient par la fenêtre entrouverte dans la fraîcheur du matin. Il ne s'était pas senti aussi serein depuis longtemps. Son rapprochement avec Julie dans leur quête commune y était pour quelque chose, ainsi que ces pièces mystérieuses qui les fascinaient tous les deux. Pour la première fois, il avait l'impression d'apercevoir le bout du tunnel dans lequel il se débattait, aveugle, depuis plusieurs jours. Désormais, cette affaire, sans cesse manipulée par d'autres, s'éclaircissait d'une lumière imprévue. Ce n'étaient plus des fantômes qu'il poursuivait en vain, mais une énigme qu'il pouvait peut-être résoudre. Il passa le bras par-dessus le rebord de la baignoire, fouilla la poche de sa redingote et en tira le message codé qu'il avait trouvé dans le coffret du puits de Neuilly.

OPERA
MAGNA
SURSUM
CORDA

Jusque-là, ses efforts pour percer ce casse-tête avaient échoué. Il avait besoin d'aide. C'est pourquoi il avait demandé à Tustal de le rejoindre. L'esprit pénétrant de l'ancien jacobin serait précieux. Georges devait lui aussi être de la partie. Le médecin, malgré son penchant pour l'alcool, était capable d'éclairs de lucidité étonnants. À trois, ils ne seraient pas de trop pour tenter d'élucider cette énigme.

Son voisin fut le premier à se présenter, quelques minutes après la fin de son bain. Une bouteille et des verres en main, il s'installa près de la fenêtre et entreprit de les servir.

— J'ai apporté du bourgogne. Il affine et excite l'esprit. Comment vont vos blessures ?

Armand leva son verre comme s'il portait un toast.

— De mieux en mieux.

On frappa à la porte et Georges entra. Vêtu de propre, rasé de frais, il ne ressemblait en rien, si ce n'était son œil mort, à l'écorcheur aviné dont Calvimont avait fait la connaissance dans les profondeurs du Châtelet.

— Ah, Georges, prenez place, dit Tustal en tâtant la poche de sa veste. Figurez-vous, Armand, que Georges et moi nous sommes découvert une passion commune…

Il sortit deux pipes en porcelaine qu'il posa sur le rebord de la fenêtre.

— Pour faciliter la réflexion, rien ne vaut le tabac. Il apaise les angoisses et débride les chevaux de l'imagination. J'ai acheté ces pipes à la civette du Palais-Royal en même temps qu'un mélange de Virginie.

Le cuisinier râpa un cube compact de tabac et disposa les miettes dans le fourneau de sa pipe avant de les tasser avec l'index.

L'écorcheur brandit un sachet de cuir au flanc rebondi.

— J'ai mon propre mélange. Du tabac d'Alsace. Un nectar.

Tustal battit son briquet et alluma sa pipe. En un instant, des volutes bleutées envahirent la pièce. Calvimont n'était pas fumeur, mais l'odeur du tabac virginien éveilla des souvenirs de ses années outre-Atlantique.

— Du bourgogne, une bonne pipe, nous sommes parés. Si vous nous disiez, cher voisin, pourquoi vous nous avez réunis ? demanda Tustal.

— J'ai besoin de vos lumières, mais d'abord il faut que je vous explique la situation...

Il leur raconta brièvement le déroulement des faits, du massacre du manoir Brunet à la fouille de la maison de Neuilly en passant par l'échauffourée du passage du Dragon, sans omettre l'implication de Talleyrand ni celle de Fouché.

— Georges, c'est vous qui m'avez lancé sur une nouvelle piste. Ce Peyronnet que vous avez identifié, et que par chance Tustal a connu et dont il m'a parlé. Je me suis rendu à Neuilly pour fouiller sa maison...

— Vous avez trouvé quelque chose ?

— Oui, pouvez-vous m'apporter la bourse en cuir posée sur la table du salon, je vous prie ?

Intrigué, l'écorcheur s'exécuta.

— Voilà ce que j'ai trouvé, caché dans le puits du jardin, reprit Armand en ouvrant la bourse.

Tustal et Georges examinèrent les pièces une à une.

— Des louis. Une jolie somme. En revanche, cette pièce m'est inconnue, dit le cuisinier en brandissant le florin insolite.

— Depuis la Révolution, de nombreuses pièces anciennes circulent, précisa Georges. Elles se négocient au poids de l'or. Il n'est pas étonnant d'en trouver.

Tustal approuva.

— Ce Peyronnet appartenait à la police de Robespierre, il a dû se constituer un magot pour pouvoir disparaître en cas de menace.

— C'est probable... Mais ce n'est pas pour ça que je vous ai fait venir. Car je n'ai pas trouvé que de l'or dans le puits de Neuilly.

Calvimont déplia la feuille portant les quatre mots de l'énigme et la passa aux deux compères.

— Ce papier se trouvait dans une cassette à côté de la bourse d'or.

— Un message codé ! s'écria Georges dont les yeux brillaient.

— J'ai pratiqué le latin dans ma jeunesse, indiqua Tustal, si on le traduit ça donne ceci : grande œuvre / élevons les cœurs...

— J'étais arrivé à la même traduction, intervint Armand, mais je ne vois pas...

— Moi, si, le coupa Georges. Le terme « Grand Œuvre » appartient au lexique de l'alchimie et évoque la pierre philosophale capable de transmuter des métaux en or.

— De la charlatanerie pure ! s'écria le cartésien Tustal. Plus personne aujourd'hui ne prête crédit à ces niaiseries...

— Certes, cher ami, mais si on prend Grand Œuvre comme une image, ce serait celle de l'or.

Calvimont fronça les sourcils.

— Le message codé ferait référence à un trésor ?

— Et sans doute au moyen d'y parvenir, mais je ne comprends absolument pas ce que viennent faire les deux autres mots, *sursum corda.*

— Là, je peux vous aider. J'ai été enfant de chœur... commença Tustal.

— Vous, un mécréant jacobin ? persifla Armand.

— Au cours de l'office, le prêtre prononce « *Sursum corda* », « Élevons nos cœurs », et les fidèles répondent « *Habemus ad Dominum* », « Nous les tournons vers le Seigneur ».

— Si Grand Œuvre renvoie à l'or, alors *sursum corda* indique peut-être un lieu saint... Vers où tourne-t-on son cœur, sinon une église ?

— Un trésor caché dans une église... murmura Armand. Une ironie en effet bien dans le style des jacobins. Mais laquelle ? Il y en a des centaines rien qu'à Paris.

Tustal montra le papier.

— L'indication figure sûrement ici. Regardez, quatre lettres sont soulignées : *A G N D*.

— Ça n'a aucun sens apparent, commenta Armand. Même si l'on joue sur la position des lettres, comme dans une anagramme, cela n'évoque que la ville de Gand.

— Non, mon ami, rétorqua Georges, car, voyez-vous, je ne serais pas étonné que ce Peyronnet ait fricoté avec une loge maçonnique. Vous savez combien ces gens se passionnent pour les sciences occultes.

Un silence circonspect accueillit les paroles de l'ancien médecin.

— Vous allez comprendre… Puisque pour deviner le sens caché des deux premiers mots il fallait se servir de cette supposée alchimie, pourquoi ne pas essayer la science des nombres pour les suivants ?

— La science des nombres ? s'étonna le cuisinier.

— Oui, un savoir ancien qui nous viendrait de Pythagore, à chaque lettre de l'alphabet correspond un nombre : 1 pour A, 2 pour B… et ainsi de suite.

Calvimont saisit un calepin et nota.

— A donne 1, G donne 7, N donne 14 et D donne 4. Mais pour la lettre N, nous avons un nombre, pas un chiffre…

— Dans ce cas, il faut additionner les deux chiffres qui le composent, ce qui donne 1 + 4, c'est-à-dire 5.

— Et on obtient… 1754, conclut Armand.

— Ça m'a tout l'air d'une date, dit Tustal.

— Oui, mais quel rapport avec une église ?

— La date de construction ? proposa Georges. Je ne vois que ça…

— Par Dieu, s'exclama Armand, vous avez raison ! Mais a-t-on construit des églises à Paris sous le règne de Louis XV ?

— Une seule, répondit Tustal, mais si c'est dans cette église que Peyronnet a caché son trésor vous allez avoir grand mal à y entrer. Elle a beaucoup changé et, surtout, elle est habitée.

— Par qui ?

— Par des morts.

Armand bondit sur ses pieds.

— Le Panthéon !

43

Un couple infernal

Rive droite, 20 juin

Armand attendait Julie à quelques rues de l'hôtel de Gontaud, où Talleyrand logeait désormais sa protégée afin de lui éviter de nouvelles mésaventures. Nul doute que si le ministre avait su ce qu'elle projetait et en compagnie de qui, il l'aurait enfermée telle une princesse dans sa tour.

Vêtue d'une discrète robe grise et de pauvres souliers jurant avec ses bas de soie, Julie rejoignit Calvimont, qu'elle étreignit en lui glissant quelques mots à l'oreille :

— Jouez le jeu, je suis peut-être suivie.

Armand appliqua un sourire niais sur ses traits et enlaça la jeune femme tel un amoureux transi avant de l'entraîner d'un pas léger, bras dessus, bras dessous.

— N'en faites pas trop, goujat ! murmura Julie sans desserrer les dents.

— Vous porter secours est devenu une seconde nature chez moi, répliqua Armand avec une mimique amusée. Mais j'aimerais que vous cessiez de vous jeter entre les griffes du diable.

— Malheureusement, ce sont les diables qui s'intéressent à nous…

— Il est vrai qu'entre celui pour lequel nous travaillons et l'autre à la police omniprésente, les cercles de l'enfer nous sont bien trop familiers ces derniers temps.

Julie frissonna et se serra imperceptiblement contre Armand.

— Charles-Maurice m'a laissé entendre que nous n'avions plus à nous inquiéter de Fouché, il semblerait que nos deux damnés marchent dorénavant de conserve.

— L'attrait du pouvoir crée des alliances étonnantes, je l'ai constaté maintes fois.

Julie coula un regard par en dessous sur Armand dont elle ne s'était pas écartée, autant pour préserver leur couverture que pour l'étrange sentiment de sécurité qu'elle éprouvait dans la proximité du mercenaire.

— « Maintes fois » ? Il est vrai que vos aventures vous ont mené dans tant d'endroits que, à en croire Charles-Maurice, vous auriez fait le tour du monde... Je serais curieuse de les entendre de votre bouche, pour changer.

— Ne croyez pas les fariboles que le Boiteux dégoise à mon sujet, et ce sont là des choses que je souhaite oublier plutôt que ressasser.

— J'insiste ! dit-elle avec des mines de chatte gourmande.

— Une autre fois, chère Julie. La journée est trop belle pour ces vieilles histoires...

La jeune femme se le tint pour dit et ils marchèrent un moment en silence, traversant la Seine pour rallier la rive gauche et Saint-Sulpice, où le numismate tenait repaire.

— Que savez-vous de moi ? lâcha enfin Julie, alors qu'apparaissaient les tours inachevées de la monumentale église qui donnait son nom au quartier.

— Charles-Maurice était diablement inquiet, et il m'a confié quelques détails à votre sujet, espérant que cela m'aiderait à vous trouver.

— Nous voilà bien plus informés l'un sur l'autre que nous ne le voudrions.

— De la bouche de la même personne, qui voit par ailleurs d'un œil jaloux notre rapprochement.

Les sourcils froncés, Julie se dégagea d'un mouvement

de l'étreinte de Calvimont et lissa sa robe froissée par le contact de leurs corps. Armand lui lança un regard intrigué.

— Rapprochement, dites-vous ? J'ai pourtant l'impression que vous gardez dans votre manche des atouts que vous ne sortez que contraint et forcé. J'ajoute vos tentatives de m'écarter de votre traque qui, comme nous nous en doutons tous les deux, pourrait nous mener à un joli trésor en pièces d'or...

Les yeux de Calvimont se durcirent et balayèrent la rue, à l'affût d'une oreille indiscrète.

— Tenez votre langue, à la mention de l'or les esprits s'échauffent.

Julie ne l'écoutait pas.

— Sans compter que j'ai la certitude que d'autres motivations vous animent.

Armand broncha.

— J'ai monnayé mon aide à Talleyrand contre son assistance afin de régler une affaire inachevée qui me regarde. J'ai mes secrets, vous avez les vôtres, comme ce que cache votre nom d'emprunt.

Julie s'immobilisa, sidérée. Charles-Maurice en avait-il trop dit ? Cela paraissait peu probable... Cet aventurier ajoutait une intuition démoniaque à ses qualités de bretteur.

— Votre perspicacité ne laisse pas de me surprendre, monsieur... Peut-être nous ressemblons-nous plus que je ne l'admettais. Si l'on passe outre à votre âge canonique, bien sûr.

Armand éclata d'un rire mélodieux tandis qu'ils s'engageaient dans la rue des Fossoyeurs.

— Et cette langue de vipère vous viendrait-elle du Boiteux ?

Julie lui lança un regard enjôleur qu'accompagnait une moue moqueuse. Tout à coup, elle l'arrêta en lui posant la main sur le bras.

— C'est ici.

Calvimont jaugea la façade de l'immeuble : discrète et

propre, exactement ce à quoi on s'attendait d'un lieu où s'échangeaient des fortunes d'or et d'argent. Pendant que Julie se recomposait une allure, Armand enfila les gants de cuir qu'il portait à la ceinture ; après l'expérience Rouget de Lisle de la veille, il entendait épargner ses phalanges meurtries s'il avait de nouveau à faire usage de ses poings.

Ils grimpèrent l'escalier et, à l'étage, Julie frappa au heurtoir du logement du numismate. M. de Golème ouvrit la porte et recula aussitôt d'un pas.

— Mademoiselle ! Il n'est bon ni pour vous ni pour moi de nous parler à nouveau. Partez, s'il vous plaît.

La jeune femme haussa les épaules.

— Ce n'est pas moi qui vais faire la conversation aujourd'hui.

La grande silhouette d'Armand obscurcit l'entrée.

— Bonjour, monsieur, j'ai quelques questions...

À la vue de Calvimont, le numismate pâlit et d'un bond soudain, surprenant venant d'un corps aussi frêle, il fit volte-face et fila dans les profondeurs de l'appartement. Armand se lança sur ses talons, suivant de près sa proie qui, pour tenter de le ralentir, renversait tout ce qu'elle trouvait sur son passage. Peine perdue. Il rattrapa le numismate, qui venait d'atteindre une porte ouvrant sur un escalier de service. Emporté par son élan, il bouscula le fuyard, qui alla s'écraser contre le battant, se brisant le bras gauche sous le choc. Golème s'effondra sur le sol en criant de douleur.

Julie arriva et examina la scène d'un œil circonspect. Devant elle se dressait un Armand au souffle court aux pieds duquel gisait l'érudit gémissant.

— Décidément, on ne peut pas vous laisser cinq minutes sans que vous abîmiez quelqu'un...

— Quelle idée, aussi, de fuir ainsi ! dit Calvimont sur un ton outré.

— Votre mine en inquiéterait plus d'un, figurez-vous ! Poussez-vous.

Dans un mouvement gracieux de la jambe, Julie posa son talon droit sur les parties intimes du numismate, dont les gémissements redoublèrent. Les yeux écarquillés, Golème dévisagea la jeune femme comme si elle était un démon sorti des enfers.

— Par Dieu, mais qui êtes-vous ?...

— Cela ne vous regarde pas, mais je présume que vous savez pourquoi je viens ?

— Oui, votre florin ?

— Dites-moi tout ce que vous en savez, ou je fais de vous le castrat de l'année.

— Non, je vous en supplie... Je ne veux plus rien savoir de cette pièce...

Calvimont saisit un coupe-papier sur un bureau et joua avec en fixant le numismate dans les yeux. Celui-ci se décomposa, et Julie accentua la pression de son pied pour qu'il se décide à céder tout à fait.

— Cette monnaie est issue d'une collection exceptionnelle, des pièces rares rassemblées par un aristocrate parisien...

— Qui ? cracha Julie.

— Cela n'a plus d'importance, il a été guillotiné.

— Mais encore... ?

— La collection... Elle a été pillée par des hommes de l'Incorruptible, quelques jours avant sa chute.

Julie et Calvimont échangèrent un regard : Peyronnet. Puis ils reportèrent leur attention sur le numismate, qui se liquéfia un peu plus.

— C'est tout ce que je connais de cette histoire ! Personne ne sait où ont disparu ces jacobins de malheur, je le jure ! Mais je sais qu'ils sont là, quelque part ! Ils me surveillent !

— Et la collection ?

Julie remua le talon.

— Rien ! Je ne sais rien !

Armand exultait. Les éléments du mystère s'emboîtaient

parfaitement. Il venait d'apprendre l'origine du trésor de Peyronnet et surtout pensait savoir où le récupérer.

— Arrêtez, il ne nous est plus d'aucune utilité, je sais où est l'or.

La jeune femme fit volte-face et planta un doigt accusateur dans la poitrine de son compagnon.

— Vous le savez ? Alors que faisons-nous ici à perdre notre temps ? Vos cachotteries m'insupportent, Armand !

— Avec les pièces d'or, j'ai découvert à Neuilly un billet en latin, un message crypté que j'ai déchiffré avec des amis. Le trésor serait caché dans une église parisienne...

Il se tut, ménageant son effet. Poings sur les hanches, Julie le fusillait du regard.

— J'attends !

— Le trésor est au Panthéon.

Julie resta coite une seconde avant de glousser :

— Évidemment ! Quel endroit plus symbolique pour des jacobins qu'un temple de Dieu transformé en nécropole des héros révolutionnaires... Allons-y. Tout de suite.

— Entendu, mais que faire de votre ami ? Pour le coup, il en sait trop.

Le coupe-papier à la main, Calvimont se pencha sur le numismate.

— Attendez ! Vous n'êtes pas les premiers ! On m'a déjà interrogé sur les pièces !

Surpris, Armand se redressa.

— Il n'y a pas plus d'une heure, trois hommes sont entrés et m'ont menacé, ils voulaient eux aussi savoir, pour les florins.

Une sueur froide coula dans le dos de Calvimont.

— Vous leur avez tout dit ?

— Oui, c'est pour cela que je me suis enfui, je pensais que vous veniez m'achever pour leur compte.

— À quoi ressemblaient-ils ?

— Ils étaient masqués !

— Petits ? Grands ? Gros ?

— Je ne sais pas ! Mais l'un d'eux, le chef, celui qui parlait, portait une tabatière de cuir à la ceinture.

Armand s'immobilisa, les traits soudain figés. Il jeta le coupe-papier et croisa le regard étonné de Julie.

— Je ne peux pas vous expliquer pourquoi, mais il a gagné le droit de vivre. Maintenant, filons au Panthéon, vite !

44

Le tombeau des indignes

Quartier Sainte-Geneviève, 20 juin

Une cloche de la chapelle de la Sorbonne sonna onze heures. Julie et Armand remontaient la rue Saint-Étienne-des-Grès. Depuis qu'ils avaient quitté le repaire du numismate, Calvimont était resté silencieux comme s'il ruminait une pensée dont il ne parvenait pas à se défaire.

— Quelque chose vous tracasse ? demanda Julie, peu habituée au mutisme de son compagnon.

— La visite qu'a reçue votre ami numismate.

Julie s'arrêta un instant pour se mirer dans la vitrine d'une boutique de mode tout en vérifiant que personne ne les suivait. Ils savaient désormais qu'ils n'étaient pas seuls sur la piste du trésor des jacobins.

— Eh bien ? Vous vous demandez comment l'homme masqué qui a tant effrayé le malheureux se trouve à suivre la même piste que nous ?

— Justement, je ne me le demande plus.

Surprise, Julie s'arrêta devant l'échoppe d'un apothicaire et tapa du pied sur le sol.

— Armand de Calvimont ! J'en ai plus qu'assez de vos mystères ! Torturez et tuez tant que vous voulez, mais cessez de dissimuler !

Calvimont montra, dans la vitrine, un pot en faïence où était inscrit, en lettres rouges, *nicotiana tabacum.*

— Comme je vous l'ai dit, j'ai demandé de l'aide à deux amis pour déchiffrer le message codé que j'ai découvert à Neuilly.

— Je m'étonne, vous avez des amis ? railla Julie.

Armand eut un sourire sans joie.

— Mon voisin, un ancien jacobin, et le chirurgien de la morgue du Châtelet.

— Qui se ressemble s'assemble ! déclara Julie avec une moue de dégoût.

— Ces deux hommes ont un vice en commun : le tabac à fumer. Qu'ils conservent tous deux dans une blague en cuir.

— Et vous croyez que…

Julie saisit le bras d'Armand.

— Mais oui, bien sûr, eux seuls savent où vous allez ! L'un d'eux vous a donc trahi et nous risquons fort de le croiser.

Comme ils tournaient au coin de la rue, Armand ralentit le pas, saisi par la vision de la masse blanchâtre du Panthéon qui se dressait devant lui. Tout autour du monument s'élevaient des échafaudages à l'abandon, des monceaux de gravats couverts d'immondices et une grue décharnée qui semblait prête à s'effondrer. Stupéfait, Calvimont se tourna vers Julie.

— Mais que diable s'est-il passé, ici ?

La jeune femme haussa les épaules. Elle ne mettait jamais les pieds dans ce quartier délabré. Du regard, elle désigna un homme assis sur les marches, une bouffarde au bec et un bonnet phrygien sur la tête.

— Demandez donc à cet énergumène, il fleure la Révolution à plein nez. Il saura sans doute vous expliquer comment les républicains ont transformé cette église en porcherie.

Armand s'approcha du bonhomme.

— Salut, citoyen ! Je viens de province. Je voulais rendre hommage aux courageux fils de la République que leur gloire a fait entrer ici, mais je suis surpris, j'ignorais que le Panthéon était en chantier...

Un rire amer éclata sous le bonnet rouge.

— Toi, tu tombes de ta province comme de la lune ! Ça fait des années qu'ici ce n'est qu'un amas de pierres. Y a bien longtemps que la République a oublié ses enfants et c'est pas le Bonaparte qui va changer ça !

— Mais je ne comprends pas ! Tous ces grands hommes qui...

— Tu sors d'où, citoyen ? Ici, il reste plus que les os de Voltaire et de Rousseau. Les autres, ils sont partis pourrir ailleurs. Mirabeau, le premier qu'on y a mis, on l'a dégagé aussi sec quand on s'est aperçu qu'il complotait avec le roi : on l'a jeté dans un trou à Clamart. Quant à Marat...

Julie les avait rejoints. Elle avait toujours détesté cet exalté. Heureusement, il s'était fait trucider dans sa baignoire. Et par une femme, par-dessus le marché. Une vengeance d'autant plus jouissive.

— Après Thermidor, on l'a déterré illico. Et comme personne en voulait plus, on a balancé ce qu'il en restait dans les égouts. Tout ça, ce serait jamais arrivé si...

La phrase resta en suspens. Armand la saisit au vol.

— Si on n'avait pas assassiné l'Incorruptible, compléta-t-il. Je suis bien de ton avis, citoyen. Je comprends mieux pourquoi on délaisse le Panthéon.

— Pour sûr, maintenant, y en a que pour les militaires ! D'ailleurs, si le Bonaparte vient à trépasser, sûr qu'il finira ici.

Manquant de pouffer, Julie imagina Talleyrand menant le convoi funèbre du grand stratège jusqu'à sa dernière demeure. Charles-Maurice serait parfait. Comme toujours, quand il s'agissait d'enterrer un régime politique pour le remplacer par un autre, le sien. Calvimont, lui, fixait la coupole du Panthéon. Un échafaudage branlant grimpait jusqu'au sommet où se dressait une statue monumentale.

— Il n'y avait pas une croix, avant ?

Le bonnet rouge opina.

— Si, mais on l'a abattue pour la remplacer par une statue. « La Renommée », qu'ils disent. Une bonne femme qui souffle dans une trompette.

Armand s'attarda sur la coupole. Toutes les lucarnes avaient été bouchées. Sans doute pour qu'on ne pénètre pas dans le bâtiment par les échafaudages. Même à l'abandon, le Panthéon était bouclé comme un coffre-fort.

— Et moi qui voulais me recueillir à l'intérieur ! s'écria le jeune homme.

— Impossible, déclara le bonnet rouge en se levant, d'ailleurs c'est moi le gardien, et j'ai pour consigne de ne laisser entrer personne.

— Et vous êtes comme Robespierre, *incorruptible* ? lança Julie.

— On ne plaisante pas avec ces choses-là, s'offusqua le gardien.

— Même pour un jaune ? insista la jeune femme en faisant miroiter une pièce d'or.

— C'est qu'il y a du précieux à l'intérieur, les cloches, par exemple, tout en bronze, on les a pas enlevées.

Comme si elle était vexée, Julie fit disparaître la pièce en fermant le poing.

— Évidemment, si vous pensez qu'on va repartir chacun avec une cloche sous le bras...

— J'ai pas dit ça. C'est d'accord, pour ce qu'on me paye... Vous avez qu'à passer sous l'échafaudage, là-bas. La porte est ouverte puisqu'il y a des ouvriers qui sont arrivés.

Julie lança la pièce au gardien. Armand fronça les sourcils.

— Des ouvriers ? Le chantier reprend ?

— Comme je vous dis ! Des mois que j'ai vu personne et là, d'un coup, voilà du monde qui débarque. Je serais pas étonné qu'ils préparent le trou pour le Bonaparte.

Armand saisit Julie par la main et l'entraîna sous l'échafaudage.

— Ils sont déjà là. C'est trop risqué. Vous allez rester ici, et si dans une demi-heure je ne suis pas revenu...

La jeune amazone se dégagea en secouant la tête.

— Hors de question ! Je me suis préparée. Vous me prenez vraiment pour une jouvencelle !

Elle remonta sa robe et montra un pistolet à canon court glissé dans sa jarretelle.

— Une petite merveille anglaise qui vous tue son homme à bout portant. De quoi calmer bien des ardeurs...

— Et lorsque vous aurez tiré votre unique balle, que ferez-vous ?

Julie haussa les épaules.

— Nous verrons bien. Maintenant, entrons dans ce grand dépotoir.

Avec sa coupole que l'on voyait de tout Paris, l'ancienne église, dont la construction avait débuté sous le règne du Bien-Aimé, était bâtie en forme de croix grecque à quatre branches courtes et égales. On prêtait à Louis XVI la volonté d'en faire une nécropole royale pour abriter les dépouilles de ses ancêtres. Il n'en avait pas eu le temps. Et la crypte qui devait abriter les tombes royales était devenue le sanctuaire de ceux qui avaient mis à bas la monarchie. C'est à cette ironie de l'Histoire que songeait Armand en entrant par une porte du transept. Il se demandait ce qu'étaient devenus les corps de ses ancêtres qui reposaient depuis deux siècles dans la chapelle du château, là-bas en Périgord. Leurs ossements avaient-ils subi le même sort que ceux des rois de France à Saint-Denis, exhumés et profanés, ou reposaient-ils toujours en paix ?

— Attention !

Julie venait de l'attraper par la manche avant qu'il ne heurte de la tête la planche d'un échafaudage.

— Vous êtes distrait. Ce n'est vraiment pas le moment.

Ils pénétraient sous la coupole. Tout autour, ce n'était qu'un amoncellement de statues et sculptures détruites, brisées, émiettées. Les révolutionnaires s'en étaient donné à cœur joie.

— Il n'y a personne ici.

Armand sortit son arme, vérifia l'amorce et montra à Julie le palier d'un escalier qui s'enfonçait dans le sol dallé.

— Ils doivent être dans la crypte.

À son tour, la jeune femme exhiba son pistolet.

— Alors ils n'en remonteront pas.

45

Le royaume des morts

Quartier Sainte-Geneviève, 20 juin

À la différence du rez-de-chaussée, encombré des gravats révolutionnaires, la crypte avait été préservée. Sans doute parce que s'y trouvaient les tombeaux de Rousseau et de Voltaire. Si le père de *Candide* était entré en premier au Panthéon, selon le vœu unanime et enthousiaste de la Convention, c'était sur décision de Robespierre que l'auteur des *Confessions* avait rejoint son ennemi acharné. Ironie du sort, ces deux philosophes qui se détestaient de leur vivant étaient à présent réunis dans la mort. Leurs cercueils, l'un en pierre, l'autre en bois, se faisaient face. La sépulture de Voltaire, surmontée d'un globe, symbole d'universalité, affrontait celle de Rousseau, ornée d'un flambeau, signe de la lumière de l'esprit.

— Mes frères, formons le triangle de la fraternité !

Autour des tombeaux des deux idoles de la Révolution se dressaient trois silhouettes, le visage dissimulé par une capuche qui leur donnait une allure de pénitents. Plus loin gisaient deux cloches abandonnées contre un mur.

— Mes frères, nous sommes ici devant les Grands Anciens pour accomplir notre œuvre : restaurer la République une et indivisible.

— La République de Saint-Just ! ajouta une deuxième voix.

— Celle de Robespierre ! renchérit la troisième.

— Aujourd'hui, nous touchons au but, reprit celui qui semblait le chef. Nul ne sait si celui qui a confisqué la liberté est encore en vie, mais ses complices, eux, sont toujours présents et se préparent à s'emparer du pouvoir. Nous devons les éliminer. Patiemment, depuis la chute de l'Incorruptible, nous avons levé, partout dans le pays, une armée invisible qui n'attend que notre signal pour restaurer la République.

— Gloire à nos frères de l'ombre !

— Gloire aux Fils d'Acéphale !

Tapi dans l'escalier, Armand écoutait, stupéfait. Les jacobins étaient de retour ! Organisés et déterminés, ils étaient prêts à se lancer à la conquête de l'État. Et ni Charles-Maurice, ni Fouché n'avaient rien vu. Un aveuglement qui risquait de leur coûter cher.

— Il faut prévenir Talleyrand. Vous allez… murmura-t-il à l'oreille de Julie.

— Hors de question. Ils sont trois, nous sommes deux. La partie est jouable.

Armand jura dans sa barbe, pas facile de se disputer en chuchotant.

— Et qui vous dit qu'ils sont seuls ? Qu'au premier coup de feu, des complices ne vont pas nous tomber dessus ?

— Ils sont ici pour l'or de Peyronnet, qui servira à financer leur coup de force. Je doute fort qu'ils aient ameuté le ban et l'arrière-ban de leurs troupes pour une opération aussi sensible…

Calvimont réfléchit. Julie n'avait pas tort. Autant agir, et vite. Sans états d'âme.

— D'accord, finissons-en tout de suite. Si nous tirons en même temps, nous en éliminerons deux sans qu'ils aient le temps de réagir. Le dernier ne pourra pas nous résister.

— Toujours votre manie de semer des cadavres ! Laissons-les plutôt chercher le trésor à notre place. Et s'ils le trouvent, alors nous agirons. Et vous n'avez pas envie d'en apprendre plus et de savoir qui vous a trahi ?

Armand ne répondit pas. Les trois voix étaient déformées par l'écho et les cagoules, il n'en avait reconnu aucune. Et s'il s'était trompé ? Si la blague à tabac était une coïncidence ? Si ce n'était ni Tustal ni Georges qui l'avaient trahi ? Julie avait raison. Il devait savoir.

— L'un semble le chef. Lui, il faut l'épargner. Je veux voir son visage et lui parler.

— Et moi le vendre à Fouché. Je suis sûr qu'il nous en donnera un bon prix. Il adore se débarrasser de ses anciens amis.

Armand observa le visage impassible de Julie. Le cynisme de cette femme le sidérait. Il songea à ce que lui avait rapporté Talleyrand de sa détention sous la Terreur. Que s'était-il passé en prison pour l'endurcir à ce point ?

— Je ne suis pas là pour aider Fouché à se défaire de ses adversaires. Et ne sommes-nous pas censés travailler pour le Boiteux… ?

— Alors que nous conspirons à nous emparer d'un trésor pour notre propre compte ? Ne devenez pas sentimental, je vous prie.

— Et votre loyauté ?

— C'est là un sentiment qu'on m'a forcée à oublier…

La voix du chef retentit à nouveau sous les voûtes de la crypte :

— Mes frères ! Longtemps nous avons cherché ce qui nous revenait de droit. Nous savions qu'avant de tomber sous les coups des traîtres les amis de l'Incorruptible avaient confié à trois hommes sûrs la mission de cacher de l'or pour que vienne le jour de la revanche.

— Mais parmi ces fidèles se dissimulait un félon, intervint une voix amère.

— Un parjure qui, après avoir éliminé ses frères, s'est emparé du trésor de la République.

Ils parlent de Peyronnet, pensa Armand.

— Une trahison qui lui a été fatale. Mais, aujourd'hui, nous savons où il a dissimulé ce qui est à nous. C'est ici, dans le sanctuaire de la République, que se trouve l'or de la Révolution. Nous avons versé le sang au manoir Brunet pour le trouver, jurons de ne point nous séparer avant de récupérer ce qui nous appartient.

— Sur les mânes de Marat, Saint-Just et Robespierre, je le jure ! firent les deux comparses dans un bel ensemble.

À la mention du massacre du manoir Brunet, Armand s'était figé. La vision du corps suspendu de Charlotte lui brouilla la vue et l'esprit. Il arma le chien de son pistolet.

— Que faites-vous ? s'alarma Julie.

— Je solde une dette.

Armand se rua en bas des marches. Le bruit de sa course alerta les Fils d'Acéphale. L'un d'eux porta la main sous sa cape. Ce fut son dernier geste. La balle de Calvimont lui troua la tempe. Il s'écroula, souillant la sépulture de Rousseau de son sang.

— Ton arme est déchargée et nous sommes deux… lança un conjuré masqué.

— Vous *étiez* deux, répliqua Julie en pressant la détente de son pistolet.

Un bruit d'apocalypse roula sous les voûtes de la crypte. Sous l'impact, l'homme s'écrasa sur la tombe de Voltaire, brisant le globe qui la surmontait et s'empalant sur les arêtes. Armand jeta son pistolet et brandit sa dague pour tenir le troisième homme à distance, avant de se pencher et d'arracher un premier masque.

Un inconnu.

Puis un second.

Tout aussi inconnu.

Armand s'avança en agitant sa dague. La même dont on se servait pour achever la bête que l'on avait longtemps traquée.

— Pourquoi avoir tué Charlotte et les autres ? Pourquoi ne pas vous être contentés de Peyronnet ? lança-t-il au dernier Fils d'Acéphale en le menaçant de son coutelas.

— Un seul crime n'était pas suffisant pour semer la peur dans Paris, répliqua l'inconnu sous la cagoule.

La réponse glaça Calvimont.

— Qui a ordonné un tel massacre ? Lucien ?

— Moi seul.

Après des jours et des nuits de chasse, l'homme qui avait tué Charlotte était enfin devant lui. Pourtant il hésitait à lui planter son couteau dans le cœur, comme s'il était tétanisé par la violence froide qui émanait de ce monstre. Il fixait la longue cape, la cagoule étroite. La voix, étouffée par l'épaisseur du tissu, était méconnaissable.

Julie s'était approchée. Elle remarqua un détail inquiétant. Les mains de l'inconnu étaient invisibles, dissimulées sous sa cape. Il prépare un mauvais coup, se dit-elle. Sans même réfléchir, elle lança son pistolet déchargé en direction de la cagoule. Surpris, le chef des jacobins leva la main pour parer le coup.

Un éclair de métal brilla ; un rasoir avait jailli. Armand reprit ses esprits. Il revit le corps de Charlotte qui se balançait, nu et abandonné, pendu à un lustre. Il bondit et frappa, plantant la lame dans le ventre du conjuré.

Le sang gicla et éclaboussa le sol. L'inconnu pourtant resta debout.

Droit comme un I.

Il ôta sa cagoule, sourit quand Armand le reconnut.

Et Georges se trancha la gorge.

Calvimont était étonnamment serein. Il avait vengé Charlotte. Et il était soulagé que le borgne ait été le traître. Si ça avait été Tustal… Il chassa cette pensée. Le cuisinier jacobin, avec son ventre rebondi et ses truffes odorantes, était devenu son ami.

— Vous récitez un *Pater* ? demanda Julie sur un ton goguenard.

Armand songea qu'il en faudrait bien plus pour sauver l'âme de l'écorcheur.

— Je vous rappelle que nous avons un trésor à trouver, poursuivit la jeune femme. Que disait votre énigme ?

— Les deux premiers éléments indiquaient qu'il s'agissait d'or. Les deux autres suggéraient un lieu de culte. *Sursum corda*, « Élevons nos cœurs ». Un chiffre nous a mis sur la piste du Panthéon.

— C'est tout ?

Calvimont s'ébroua : il se trouvait dans la crypte du Panthéon avec trois cadavres en train de se vider de leur sang.

— Nous ne pouvons pas rester ici. Il faut déguerpir.

Julie ne l'écoutait pas. Elle pensait à voix haute.

— S'il n'y a rien d'autre, cela signifie que votre *sursum corda* indique aussi où est caché le butin. Ces mots font partie du rituel de la messe…

— Oui, au moment de l'Élévation…

Julie lui saisit les mains.

— Et on regarde où, pendant l'Élévation ?

— On se tourne vers Dieu, on regarde vers le ciel, vers…

Armand poussa un cri de triomphe.

— Vers le haut ! Vers les cloches !

La jeune femme se précipita vers les deux cloches renversées contre un mur. Elle les inspecta, les tâta, en vain. Il n'y avait rien.

— Ce n'est pas possible !

De rage, elle donna un coup de pied dans le battant d'une des cloches, et se redressa, surprise.

— Qu'est-ce qu'il a, ce battant ? Il est bien lourd, il n'a pas bougé.

— Et il a une drôle de forme, ajouta Armand.

Il s'approcha, sa dague à la main, gratta le métal du battant.

Des copeaux de bronze tombèrent sur le sol.

— Par le sang de Dieu !

Un reflet luisant venait d'apparaître.

De l'or !

Armand et Julie traversaient le Panthéon à toutes jambes. Calvimont dissimulait le battant sous sa redingote.

— Ce sont des pièces de monnaie que nous cherchions… s'étonna Julie.

— Peyronnet n'a pas voulu prendre de risque. Il les a fait fondre. Et si j'en crois le poids de ce battant, nous avons là plusieurs kilos d'or.

Les yeux de Julie brillèrent. Si Talleyrand tenait sa promesse, elle aurait bientôt en main les registres de la prison de la Force, une piste pour retrouver sa sœur. Et avec de l'or, on pouvait réveiller bien des mémoires. Elle s'arrêta net.

— Il faut que je vous dise pourquoi…

— Pas maintenant ! Ouvrez la porte.

La jeune femme s'exécuta. Ils firent un pas à l'extérieur, se figèrent aussitôt.

Un vacarme assourdissant les accueillit.

Les alentours du Panthéon étaient noirs de monde.

Des enfants jetaient des pétards en riant et un cortège de femmes s'était lancé dans une farandole endiablée.

— Paris est devenu fou ! s'écria Julie.

Armand agrippa un bourgeois par la manche.

— Citoyen, que se passe-t-il ?

— Comment, vous ne savez pas ? Nous avons remporté une grande bataille en Italie ! Les Autrichiens sont vaincus !

Un groupe d'ouvriers exaltés se mit à hurler :

— Marengo ! Marengo ! Victoire !

Emporté par la joie, le bourgeois attrapa Calvimont par les épaules.

— Et Bonaparte est vivant !

46

Les lauriers de la victoire

Rue du Bac, 20 juin

Un visiteur indiscret n'aurait pas reconnu la cour d'honneur du ministère des Relations extérieures tant, depuis l'annonce du retour de Bonaparte, elle avait été métamorphosée en un rucher fébrile et bourdonnant par une cohorte d'artisans empressés. Le grand escalier ovale qui menait au salon d'apparat était en train de disparaître sous une forêt odorante qui mettait la Provence en plein Paris. Des jardiniers installaient sur les marches des caisses de palissandre d'où émergeaient des orangers chargés de fruits tandis que d'autres faisaient jaillir, de vases vernissés, des bouquets de myrte, de laurier et de romarin. Julie et Calvimont se frayèrent difficilement un passage dans l'escalier.

— Charles-Maurice fête-t-il quelque chose ? demanda la jeune femme à son compagnon.

— En tout cas, ce n'est pas son accession au poste de consul, railla celui-ci.

Un bruissement mélodieux insolite attira leur regard en hauteur. Surplombant le grand salon, des musiciens avaient pris place à l'étage et accordaient leurs instruments dont les notes montaient en trilles vers la coupole.

— Laissez passer !

Armand saisit Julie par la taille pour l'écarter du chemin

d'un groupe d'ouvriers. Du support en bois qu'ils tenaient sur leurs épaules émergeait un front altier en bronze.

— Pas un pas de plus ! Il faut que je le voie.

La voix de Charles-Maurice s'élevait de derrière une colonne.

— Posez votre chargement.

Les ouvriers s'exécutèrent et Calvimont découvrit un buste de Brutus, portant toge plissée et barbe fournie. Talleyrand frappa le marbre du sol avec sa canne.

— Parfait, placez-le au fond du jardin dans le temple étrusque.

— Un temple étrusque ? s'étonna Julie.

— Chère Julie, vous voilà ! s'écria le ministre avec enthousiasme. Et notre cher Armand, toujours là pour vous sauver. Comment trouvez-vous mon intérieur ?

Talleyrand montra de sa canne un arc de triomphe tout entier en fleurs naturelles que des petites mains édifiaient avec minutie. Un gros homme apparut, le front écarlate et la voix éraillée.

— Les roses, nom de nom ! Piquées aux angles comme dans une corbeille de fleurs. Ce n'est pas un veston, grand Dieu !

— Voici Bélanger, mon architecte, dit Charles-Maurice en souriant. Le malheureux est en train de devenir fou !

Talleyrand prit Armand par le bras et offrit le sien à Julie avant de les conduire dans le jardin.

— Notre bien-aimé Premier consul est en chemin pour Paris, auréolé de la gloire de son immense victoire. Il me revient, en qualité de ministre des Relations extérieures, de recevoir le vainqueur avec le plus grand faste pour lui témoigner, au nom de la France unanime, notre reconnaissance éternelle ! déclama Charles-Maurice sur un ton pompeux, mais avec une lueur d'ironie dans l'œil qui fit glousser ses deux amis.

Ils passèrent la grande porte-fenêtre qui ouvrait sur le jardin. Des vétérans réquisitionnés montaient des tentes de garnison aux couleurs flamboyantes tandis qu'une nuée de servantes dressaient les tables. Au fond, des ouvriers clouaient une toile peinte sur un échafaudage de bois.

— Et voilà le temple étrusque. Il n'est pas terminé. C'est un décor d'opéra. Je trouve qu'il fait parfaitement illusion, qu'en pensez-vous ?

— Autant que votre joie de savoir le Premier consul vivant, répondit Julie en esquissant une révérence.

Talleyrand lui donna une petite tape sur le poignet.

— N'ajoutez pas à votre beauté le charme de l'insolence, je ne saurais y résister.

— Je me demande, intervint Calvimont, si Bonaparte appréciera la statue de Brutus, lui qui se prend pour César…

— Détrompez-vous, ce buste, c'est le Premier consul qui l'a rapporté d'Italie lors de sa précédente campagne. Un cadeau du pape.

— Alors je doute qu'elle convienne à votre *ami* Fouché, le massacreur de curés, ajouta Calvimont sur un ton acide.

— Mon ami Fouché… répéta le ministre, qui se rembrunit. Mais je suppose que vous n'êtes pas ici par simple courtoisie ?

— Nous avons des choses à vous révéler, répondit Julie.

— Et d'autres à vous rappeler, compléta Armand.

Talleyrand les avait conduits à l'étage dans son bureau de ministre, déserté par les secrétaires et les commis, tous réquisitionnés pour aider à la réception du Premier consul. Tout en observant les préparatifs dans le jardin, Talleyrand, le front posé contre la vitre fraîche, réfléchissait aux conséquences possibles de ce que venaient de lui apprendre Julie et Armand.

— Dire qu'il existe en plein Paris une société secrète jacobine prête à tout pour s'emparer du pouvoir…

— Existait, rectifia Armand, nous avons tué leur chef et deux de ses affidés. Les autres doivent être en fuite.

— Et Fouché n'est pas au courant ?

— Il doit l'être à présent, répondit Julie, la police a sûrement découvert les corps, et elle ne mettra pas longtemps à les identifier. L'un des conjurés travaillait à la morgue du Châtelet.

— Je suis curieux de voir comment le diable du quai Malaquais va retourner cette affaire à son avantage, déclara Armand, lui qui excelle à réécrire les faits.

Talleyrand ne réagit pas. Dans le jardin, les ouvriers dressaient le buste de Brutus sur un autel de pierre. Fouché pouvait bien se hausser du col, lui, Charles-Maurice, avait désormais une carte maîtresse dans la main et il comptait bien l'abattre dès ce soir. Il se retourna vers ses hôtes.

— Laissons Fouché s'arranger de cette affaire. Elle devrait l'occuper un moment. Il est plus important de regarder vers l'avenir. Une nouvelle ère commence.

— Celle de Bonaparte ? demanda Julie.

Talleyrand prit un air entendu.

— Non, celle de Napoléon ! Et je compte bien y jouer le premier rôle.

Armand regarda cet homme au visage impassible et à la voix sans faille. Quelques heures plus tôt, il fomentait un coup d'État et à présent il organisait une fête pour célébrer celui dont il visait le trône. Fouché devait être fait du même métal froid et dur. Mieux valait ne pas se trouver pris entre les deux.

— Pour autant, je n'oublie pas ce que je vous dois, reprit Charles-Maurice tout en se dirigeant vers un secrétaire dont il ouvrit un tiroir.

Il revint avec une feuille de papier pliée qu'il posa sur la table.

— Voilà ce que vous m'avez demandé, Julie.

La jeune femme s'empara aussitôt du document. Elle avait sous les yeux l'ordre de sortie de prison de sa sœur. Un nom attira son attention. Dubois. Désormais, elle avait une piste, et l'or du Panthéon serait à même de réveiller bien des mémoires.

— Quant à vous, Armand, voici la levée de séquestre sur vos biens en Périgord. Vous vous retrouvez propriétaire d'un château...

— En ruine.

— ... et de la forêt de Coupiac. Trois cents arpents de chênes. On dit que Bonaparte veut donner à la France une flotte digne de ce nom. Il va avoir besoin de bois, et le ministre de la Marine est de mes amis. Tirez-en le meilleur parti.

Armand s'inclina.

— Merci, Excellence.

La porte s'ouvrit et laissa passer Balafre.

— Monsieur le ministre, je vous rappelle que vous êtes attendu à l'opéra ce soir.

— Oui, je le sais, vous ferez préparer les chevaux. La femme du Premier consul sera-t-elle des nôtres ?

— Sa présence est annoncée.

— Parfait.

Charles-Maurice tapota le parquet de sa canne, signe d'une secrète jubilation.

— Il y aura aussi le ministre de la Police...

Balafre jeta un coup d'œil suspicieux à Julie et Armand.

— Parle en confiance, le rassura Talleyrand.

— Il y a eu du mouvement cette nuit au quai Malaquais. Des voitures, venant de partout, sont entrées dans la cour du ministère et n'en ont plus bougé. Personne n'en est sorti depuis.

Talleyrand se tourna vers Calvimont.

— Qu'en pensez-vous, Armand ?

— Que de toute façon Fouché va chercher à vous nuire. Quand on est deux dans un coup fourré, il y en a toujours un de trop. Une maxime que j'ai apprise en Russie.

Charles-Maurice ne releva pas. Dès ce soir, il remettrait les lettres reprises à Rouget à sa légitime propriétaire. Nul doute que Joséphine ne lui voue une reconnaissance éperdue, augmentée de la crainte qu'il n'en ait fait une copie.

Désormais, Charles-Maurice avait une alliée jusque dans le lit de Bonaparte.

— Ne vous inquiétez pas pour moi… mais pour vous, Armand. Fouché et sa police n'ont cessé de vous croiser ces derniers jours. Au manoir Brunet, dans le passage du Dragon et dans le quartier du Doyenné… Cela fait beaucoup. Il va falloir vous faire discret pour quelque temps. Vous allez partir en villégiature jusqu'au retour de Bonaparte. Balafre va vous emmener dans un endroit connu de moi seul. Un pavillon de chasse à l'orée de la forêt de Saint-Germain-en-Laye. Le pavillon de la Muette.

— Et qui vous dit que Fouché ne m'y trouvera pas ?

— C'est un prête-nom qui l'a acheté et je n'y ai jamais mis les pieds. Le lieu est très reculé, près des vestiges d'un château. On raconte qu'un souterrain qui conduit aux ruines existe toujours. Vous pourrez toujours le chercher si vous vous ennuyez.

— Il ne s'ennuiera pas.

La déclaration de Julie était sans appel.

— Je viens avec lui.

47

L'opéra triomphal

Rue de Richelieu, 20 juin

Le rideau n'était pas levé sur la scène et l'on venait à peine d'éclairer la salle que déjà se pressait une foule aussi compacte qu'enthousiaste. Du bourgeois à gilet au marchand à la face cramoisie, de l'artisan endimanché à la courtisane du Palais-Royal, le peuple de Paris avait pris d'assaut la salle de spectacle. L'annonce de la victoire de Marengo avait enflammé la capitale. Tous les regards se tournaient vers le balcon où commençaient d'arriver les dignitaires du régime. Les deux consuls, Lebrun et Cambacérès, furent longtemps acclamés, mais celle que tous attendaient, Joséphine, se faisait encore désirer. Sa loge, tendue de soie rouge, demeurait vide, à part deux valets qui allumaient les chandeliers surveillés par des hommes en noir. La femme du Premier consul était désormais sous la protection rapprochée de la police de Fouché.

Talleyrand, qui venait de s'asseoir, ne bénéficiait pas de la même sollicitude. Arrivé seul, il observait d'un œil amusé le spectacle de la haute hypocrisie. Monge, qui l'avait soigneusement évité dans les couloirs, serrait la main du moindre militaire qu'il croisait. Quant à Sieyès, il pérorait au milieu d'un groupe de sénateurs bêlants. Talleyrand n'avait pas besoin de l'entendre, il savait que les louanges de Bonaparte dégoulinaient en flots éloquents de sa bouche servile. Pour autant, il ne craignait rien, il savait que les deux sénateurs avaient tôt fait d'oublier leur entretien. En politique, l'amnésie est une vertu capitale, une garantie de survie.

Dans sa loge, le ministre de la Police avait réuni ses trois collaborateurs, qui se tenaient derrière lui dans l'ombre. D'un geste, Fouché fit s'approcher Villiers. Les traits tirés et la chevelure en bataille, le jeune homme se précipita. Centralisant les informations qui remontaient de Paris comme de province, il n'avait guère dormi ces derniers jours.

— Quelles sont les dernières nouvelles ?

— Bonaparte a passé les Alpes. Il s'approche de Lyon, où toute la ville s'apprête à lui faire un triomphe.

Au nom de Lyon, le ministre pinça les lèvres. Cette ville ne lui avait jamais porté chance. Et voilà qu'elle s'enthousiasmait pour Bonaparte.

— On dit que Lucien s'apprête à le rejoindre.

Fouché esquissa un rictus de mépris. Après avoir conspiré à le remplacer, Lucien courait maintenant à bride abattue pour être le premier à jurer allégeance à son frère. Une piteuse tentative pour faire oublier sa rencontre avec Augereau.

— Autre chose ?

— On a trouvé trois cadavres dans la crypte du Panthéon.

— Au Panthéon... répéta Fouché sur un ton pensif, comme si ce nom faisait vibrer la toile mentale au centre de laquelle il se tenait, telle l'araignée guettant sa proie. Vous avez une piste, j'espère.

Villiers hocha la tête.

— Le gardien a déclaré qu'un homme et une femme se sont introduits dans le bâtiment à la suite d'un groupe d'ouvriers qui prétendaient faire des travaux. Ensuite, il a entendu deux coups de feu. Nous avons une description du couple, et celle de l'homme correspond à ce Calvimont, déjà présent au manoir Brunet, au passage du Dragon et dans le quartier du Doyenné.

— Toujours lui, siffla Fouché, l'âme damnée de Talleyrand !

— Nous avons déjà identifié un des corps, poursuivit Villiers. Il s'agit de l'écorcheur du Châtelet. Un vétéran, un médecin qui a servi dans les armées de la République.

Le ministre grimaça un sourire. Celui du prédateur qui vient d'apercevoir sa proie. Il fit signe à Turot de s'approcher.

— Annoncez dans votre journal que la police vient de déjouer un complot dans le Quartier latin, fomenté par d'anciens militaires. Ajoutez qu'une machine infernale a été découverte sur les lieux.

Le front dégarni de Turot se plissa.

— Vous voulez dire que le tonneau chargé de poudre et de mitraille retrouvé au manoir Brunet...

— Va prendre le chemin du Panthéon et devenir la preuve d'un attentat préparé par des militaires jacobins.

Le journaliste ne cacha pas son admiration. Cette manipulation était un coup de maître. Fouché, lui, préparait déjà le coup suivant. Il songeait à ce que lui avait révélé bien tardivement Charles-Maurice : l'origine du tonneau, venu de Cahors, et dont on retrouvait les jumeaux dans la cave du château de Lucien. Il lui suffisait d'un mot, d'un seul, et le frère du Premier consul serait fini.

Une acclamation retentit. Le rideau s'était ouvert sur deux acteurs portant un buste de Bonaparte couronné de lauriers. La salle s'enflamma. Un comédien tenta de déclamer des vers, mais sa voix fut aussitôt couverte par des cris de joie à la gloire du Premier consul. Des femmes détachaient des roses de leurs corsages et les jetaient sur la scène. Bientôt, ce fut une pluie de chapeaux qui envahit les planches. Les acteurs battirent prudemment en retraite, non sans avoir déposé le buste du Premier consul sur une console de marbre.

— Si après ça Bonaparte ne devient pas consul à vie... lâcha Villiers sur un ton admiratif.

Fouché ne répliqua pas. Il avait vu le buste de Marat

porté en triomphe par des foules enthousiastes et celui de Robespierre orner le moindre édifice public. La faveur populaire était comme le vent, versatile et imprévisible.

Desmarets, qui jusque-là était resté muet, se pencha à l'oreille de son patron.

— Vous m'avez demandé de dresser une liste de jacobins à arrêter...

Le ministre réfléchit. Si la conspiration qu'il venait d'implanter au Panthéon produisait l'effet espéré, Bonaparte se lancerait dans une purge de tous les émules de Robespierre et ne pourrait soupçonner que ses deux principaux ministres avaient envisagé de le remplacer. Toutefois, Fouché n'avait aucun intérêt à ce que les jacobins soient tous exterminés. Il pouvait en avoir besoin.

— Vous avez cette liste sur vous ?

Desmarets lui tendit une feuille pliée et scellée.

— Combien de noms ?

— Soixante-quatre.

— Je la transmettrai moi-même au Premier consul.

Desmarets retint un soupir de soulagement. Cette liste lui brûlait les doigts. Fouché, pour sa part, savait qu'il ne livrerait à Bonaparte que la moitié des suspects. Il ferait prévenir discrètement les autres afin qu'ils puissent prendre le large à temps. De quoi s'ouvrir un large crédit à leur reconnaissance.

— Si Bonaparte est aux portes de Lyon, intervint Turot, il ne tardera pas à arriver à Paris. Or nous avons fait imprimer les proclamations annonçant sa mort... et son remplacement.

Villiers manqua de tomber à la renverse. Si quelqu'un mettait la main dessus, ils finiraient tous sous la guillotine.

— Sacrebleu, mais où sont-elles ? s'écria-t-il.

— Je les ai toutes récupérées. Elles sont au ministère.

Desmarets faillit s'étrangler.

— Mais vous êtes fou ! Il faut les détruire, les brûler !

— Des milliers d'affiches... Vous voulez allumer un feu de joie dans la cour du ministère ?

— Mais... Il n'avait pas été prévu de les déposer en face de... demanda Villiers en montrant la loge de Talleyrand.

— J'ai envoyé des agents reconnaître les lieux, se défendit Turot, mais le Boiteux doit craindre pour sa sécurité, les environs de son hôtel sont étroitement surveillés, impossible de cacher quoi que ce soit à proximité.

Tout à coup, une rumeur monta à nouveau de la salle, suivie d'une ovation. Joséphine venait de faire son apparition. Vêtue d'une simple robe blanche, mais le front ceint d'un diadème, la Créole salua la foule d'un geste gracieux de la main, et les applaudissements redoublèrent.

— Savez pourquoi Joséphine ne sourit jamais en public ? demanda le ministre.

Ses collaborateurs secouèrent la tête, surpris.

— Parce qu'elle a les dents gâtées, expliqua Fouché.

— En tout cas, dit Desmarets, ça ne dégoûte pas le Boiteux. Le voilà qui se rend dans sa loge. Ils ont des choses à se dire...

Villiers était obnubilé par le danger qui les menaçait. Rallié au Consulat alors qu'il était issu d'une vieille famille aristocratique, il n'avait pas trahi sa caste pour finir fusillé sur ordre de Bonaparte.

— Oubliez donc Joséphine ! Que faisons-nous des proclamations, grand Dieu ! Vous voulez vous retrouver six pieds sous terre ?

Un frisson glacé parcourut les nuques de Desmarets et de Turot. Tous les trois sursautèrent quand on frappa à la porte de la loge. Ce n'était qu'un message du ministère. Fouché l'ouvrit, puis se tourna vers Desmarets.

— Rentrez à l'instant quai Malaquais : chargez les affiches dans une charrette que vous recouvrirez de fruits et de légumes, puis déguisez deux de nos meilleurs hommes en maraîchers pour la conduire !

— Je m'en charge tout de suite.

— Quant à vous, Turot, avant d'aller déposer la machine infernale au Panthéon, videz la moitié de son contenu dans un autre tonneau. Vous le joindrez aux proclamations dans la charrette et…

Villiers en resta bouche bée. En un tournemain, Fouché avait tourné la situation à son avantage. La charrette allait exploser, justifiant ainsi la conspiration jacobine inventée de toutes pièces, et les affiches partiraient en fumée. Il n'y avait pas à dire, le patron était un génie dans l'art de la manœuvre.

— Avez-vous décidé où cette charrette et son chargement devront… se volatiliser ?

Le ministre sortit un crayon de son gilet et inscrivit une adresse au dos du message qu'il venait de recevoir. Il la montra à Villiers, puis la fit disparaître dans sa poche.

— Au pavillon de la Muette à Saint-Germain-en-Laye… s'étonna Villiers. Pourquoi ?

Fouché sourit. Il avait bien fait d'acheter les services de ce balafré qui travaillait pour Talleyrand. Un informateur précieux.

— Pour faire d'une pierre trois coups.

Épilogue

Saint-Germain-en-Laye, pavillon de la Muette, 20 juin

Dissimulé dans les vestiges d'une tour, Balafre observait le premier étage du pavillon. Une chambre venait de s'éclairer sous la lueur éphémère d'un chandelier. Un éclat de rire s'échappa d'une fenêtre entrouverte et une ombre fugitive disparut dans l'obscurité. L'homme de main patienta quelques minutes, puis il descendit dans la cour aux pavés disjoints. La charrette attendait au milieu des ruines. Un sbire de Fouché surveillait le cheval pour qu'il reste immobile et silencieux, un autre était penché sur le tonneau.

— Tout est prêt ? demanda Balafre.

L'homme montra un cordon de coton finement tressé.

— Je vérifie la mise à feu. Le tressage permet de ralentir la combustion de la mèche. Je l'ai trempé dans de l'alcool. Quand on l'allumera, nous aurons trois minutes pour déguerpir avant l'explosion.

Balafre se hissa sur la charrette pour vérifier le contenu du tonneau. La poudre au grain lourd brillait dans le clair de lune. Bientôt le pavillon de la Muette et les deux amants qui l'occupaient ne seraient plus qu'un souvenir.

— Allons-y, dit-il aux deux agents de Fouché. Portez le tonneau à l'arrière du pavillon. Il y a une porte de service. Elle est ouverte et donne sur une réserve. Posez le tonneau à l'intérieur et allumez la mèche.

— Nous risquons de faire du bruit…

Balafre ricana.

— À mon avis, les deux tourtereaux auront mieux à faire que de tendre l'oreille, mais je ne veux pas prendre de risque.

Il sortit deux pistolets de ses poches.

— Je vais me poster près du puits et je tirerai une balle dans la fenêtre de leur chambre pour faire diversion. Vous en profiterez pour placer le tonneau dans la pièce du fond. Quand vous entendrez la seconde détonation, vous allumerez la mèche. Pour la suite, j'espère que vous avez de bonnes jambes.

De la main, il montra la haute silhouette du pavillon qui se profilait dans la nuit.

— Sinon, ce sera votre tombeau.

Julie avait roulé sur le lit, serrant dans ses bras le battant d'or de la cloche du Panthéon. Assis à ses pieds, Calvimont lui ôtait délicatement ses escarpins brodés.

— Selon toi, combien pèse-t-il ? demanda-t-elle.

— Au moins dix livres. Les hommes de Robespierre ont dû fondre des centaines de pièces. Un fameux trésor de guerre.

La jeune femme défit son corsage. Pareille fortune lui donnait le tournis. À moins que ce ne soit la main d'Armand qui montait à tâtons le long de son bas de soie.

— Te voilà une femme riche ! Que vas-tu faire de ce magot tombé du ciel ?

— Et toi ? répliqua Julie en éludant la question.

— D'abord régler mes dettes qui, comme les armées du diable, sont légion, puis rentrer quelque temps dans le Périgord. J'ai là-bas un vieux château que j'espère relever de sa ruine.

Il se pencha sur le délicat fouillis de dentelle qui enserrait son corsage.

— Mais tu n'as pas répondu à ma question…

Julie plongea la main dans les cheveux d'Armand et lui leva la tête. Le regard qui était plongé dans le sien, ordinairement sombre et hanté, s'était éclairci comme un ciel lavé de ses nuages. Elle resta silencieuse un instant, hésitant à lui révéler l'objet de sa quête. Puis elle se lança :

— Je cherche ma sœur. Elle était détenue avec moi à la prison de la Force pendant la Terreur. Un jour, le geôlier est venu la chercher et je ne l'ai plus revue. Il y a six ans maintenant.

— Elle a disparu sans laisser de traces ?

— Aucune. J'ai retourné tout Paris depuis mon retour, mais personne ne l'a vue. Morte ou vivante.

Calvimont toucha du doigt le battant de la cloche.

— Et tu penses que l'or va délier les langues ?

— L'or... et le document que m'a confié Charles-Maurice, la levée d'écrou de ma sœur. L'homme qui l'a emmenée s'appelle Dubois. C'est une nouvelle piste.

— D'où le Boiteux tient-il ce document ?

— Fouché lui en a fait cadeau, pour sceller leur brève alliance.

Armand grimaça. Nul doute que le ministre de la Police, intrigué par la demande de Talleyrand, allait lui aussi s'intéresser à ce Dubois, et par conséquent à Julie.

— Pourquoi ne viendrais-tu pas avec moi en Périgord, le temps de nous faire un peu oublier ? demanda Calvimont en glissant la main dans la chaleur du corsage de Julie.

— Voilà une proposition bien tentante qui...

La jeune femme ne termina pas sa phrase : un éclair accompagné d'une détonation, et la vitre d'une fenêtre explosa en mille morceaux.

Protégé par la margelle du puits, Balafre rechargeait son arme en tendant l'oreille. Le pavillon était plongé dans l'ombre et le silence, après le vacarme du coup de feu. Armand devait être tapi quelque part à l'affût. S'il était armé, il ne tirerait qu'à coup sûr. Son arme à nouveau prête à l'emploi, Balafre quitta l'ombre protectrice du puits et se dirigea vers l'arrière du pavillon. Ses deux compères devaient avoir déposé le tonneau dans la réserve, plongé la mèche dans la poudre, et ils attendaient la seconde détonation pour y bouter le feu. Le spectacle allait commencer.

Armand et Julie avaient roulé dans l'étroit passage entre le lit et le mur. Le parquet était jonché de débris de bois et de verre. Calvimont fixait sa redingote qu'il avait posée sur une chaise près de la fenêtre. Son pistolet était dessous. Julie le retint par le bras quand il fit le geste de se lever.

— N'y va pas. Tu vas faire du bruit en marchant sur le verre. Le tireur va te repérer.

Armand acquiesça. Elle avait raison. Mieux valait attendre qu'il vienne les débusquer.

— Je ne comprends pas, reprit Julie. Seul Charles-Maurice est au courant du lieu de notre refuge.

— Tu oublies Balafre…

Calvimont n'avait pas le moindre doute. L'ami de La Gaîté travaillait lui aussi pour le ministre de la Police, lequel voulait effacer ses traces.

— Pour accéder à cet étage, il faut emprunter l'escalier. Il craque. Nous entendrons le tueur arriver, alors je me précipiterai pour saisir mon arme et aussitôt qu'il entrera…

Julie ne le laissa pas terminer. Elle lui saisit le visage et colla ses lèvres ardentes contre les siennes.

Balafre contourna le pavillon avec prudence, un pistolet dans chaque main. Il aperçut la porte de la réserve dans la lumière pâle de la lune. À l'intérieur se profilaient deux ombres de part et d'autre du tonneau. Il s'approcha. L'un des agents de Fouché se tourna vers lui.

— La mèche est prête, mais nous attendions la seconde détonation.

— Il n'y en aura pas, répondit Balafre.

— Pourquoi ?

— Ce n'est pas nécessaire, répliqua Balafre en appuyant sur la détente.

Frappé à la poitrine, l'homme s'écroula. Son comparse brandit un briquet qui s'illumina d'une flamme jaune.

— Lâche ton arme ou je balance le briquet dans le tonneau. Je ne m'en sortirai pas, mais toi non plus.

Balafre estima la distance. Il était à moins de trois pieds de la machine infernale. Une seule étincelle et tout sautait. Il laissa tomber ses pistolets dans l'herbe.

— Pourriture ! cracha l'agent. Sale traître ! Tu nous as attirés dans un traquenard ! Pourquoi ?

Balafre ne répondit pas.

— J'aime mieux crever que voir un jean-foutre comme toi s'en sortir ! s'écria l'homme.

— Alors tu vas être exaucé.

L'agent se retourna. Calvimont avait surgi dans son dos. Il y eut un éclair, une détonation, et le crâne du sbire de Fouché éclata sous l'impact de la balle de plomb.

Le briquet vola en l'air.

Balafre se jeta sur le tonneau et le fit rouler d'un coup d'épaule loin du point de chute du briquet, qui s'éteignit en touchant le sol. Sourire aux lèvres, l'aventurier dévêtu aida le soudard de Talleyrand à se lever.

— Balafre, vieille canaille, j'ai bien cru que vous nous aviez vendus…

— J'aurais bien aimé, maudit ci-devant, mais le Boiteux tient à votre tête, et encore plus au joli minois que voilà.

Julie, à moitié vêtue, avait fait son entrée.

— Vous trouverez une charrette dans les ruines à côté, reprit Balafre, je vous y attends. Inutile de prendre racine ici.

Et il disparut dans la nuit.

— Il a raison, dit Armand. Dépêchons-nous de…

— Pas si vite !

Julie était penchée sur le contenu du tonneau répandu à terre.

— Regarde-moi ça…

Sous la poudre, une pile d'affiches venait d'apparaître. Armand lut la première phrase :

Citoyens, le Premier consul est mort !

Julie montra du doigt la dernière, manifestement la signature :

Fouché, Talleyrand, consuls

Elle s'empara de deux proclamations qu'elle agita en l'air.

— Une pour toi, une pour moi. Je crois que tu pourras ajouter une tour à ton château.

— Et toi retrouver la trace de ta sœur, répondit Armand en souriant.

Il prit le tas d'affiches et le jeta sur l'herbe avant de le recouvrir de poudre. Julie battit le briquet.

— Un vœu, Armand ?

— Un seul. Ne nous quittons plus.

Il l'embrassa tandis qu'un feu de joie montait dans la nuit claire.

Composition et mise en pages
Nord Compo à Villeneuve-d'Ascq

MIXTE
Papier issu de sources responsables
FSC® C003309

L'éditeur de cet ouvrage s'engage dans une démarche de certification FSC® qui contribue à la préservation des forêts pour les générations futures.

Pour en savoir plus :
www.editis.com/engagement-rse/

CET OUVRAGE
A ÉTÉ ACHEVÉ D'IMPRIMER
SUR ROTO-PAGE
PAR L'IMPRIMERIE FLOCH
À MAYENNE EN OCTOBRE 2022

N° d'impression : 101186
Imprimé en France